山水豆腐

SHANSHUI DOUFU

王月山 著

生活中，常常忽略某些细微的东西，直至某一天、某一特定的场合起到关键的作用时，才恍然想起它的存在。它曾经充满着生命的活力，就如被忽略的卵石。

中国文史出版社

图书在版编目（CIP）数据

山水豆腐 / 王月山著. -- 北京 : 中国文史出版社, 2019.11

ISBN 978-7-5205-1682-2

Ⅰ. ①山… Ⅱ. ①王… Ⅲ. ①散文集－中国－当代 Ⅳ. ①I267

中国版本图书馆 CIP 数据核字(2019)第 274280 号

责任编辑：全秋生

出版发行：中国文史出版社
地　　址：北京市海淀区西八里庄路 69 号　　邮编：100142
电　　话：010－81136602　81136603　81136606（发行部）
传　　真：010－81136655
印　　装：北京温林源印刷有限公司
经　　销：全国新华书店
开　　本：787×1092　　1/16
印　　张：15　　字数：240 千字
版　　次：2020 年 5 月北京第 1 版
印　　次：2020 年 5 月第 1 次印刷
定　　价：49.80 元

心田上的树

——序王月山的散文集《山水豆腐》

钟　声

月山是我辅导的弟子中最为特例、又让我欣慰的一个！

因生活所需，月山长年商海打拼，拾笔补辍不过短短几年，他凭着天生的悟性，不懈地努力，在文学创作方面，成绩斐然，他的知名度，在国内渐次显山露水，可以用“刮目相看”来审视。

我替月山的诗集《云与水》作过序，对他的创作做过介绍，给予了肯定，今又收到他的散文集文稿《山水豆腐》，阅读他的作品，似观赏景泰蓝之蓝，有着非看完不可的磁力，让人爱不释手。

本次编辑出版的《山水豆腐》共分四辑，第一辑沧海桑田。收录作品十五篇，都是珍贵的乡村记忆，“卵石的生命”被赋予了新意，“江南山巅一棵松”依然挺拔；“鄱阳湖的雪”将北国风光投影于江南水乡，那是别有意趣的。“不可沉寂的文化母舰”铸就了坚固的心灵长城，因而“梦从这里延伸”“旗手”的雄姿总是昂扬奋发。

第二辑醉山卧水。收录作品十一篇，作者将丰沛的感情寄情于山水之间，“心中的神灯”总是亮的，“心中的百合花”总是带着芬芳，“寥子花开”里怒放的不仅仅是特殊的花草，而花草丛中徜徉着寻求快乐与真理的学者。

第三辑感悟人生。收录作品二十八篇。厚重的分量被作者尽情演绎，母亲在这里成为主角，“母亲的豆豉”原汁原味散发着豆豉的清香；母亲的情怀陈杂多样，寄寓融入“山水豆腐”，山水的造化，让人一生品味，受益终生。哪怕“一件风衣”“一棵树”“生存中的一条鱼”，甚至“那花那草那些事”，都是他心中的牵挂，因为他“心中有座山”，所以生活再苦涩，感情依然丰富细腻，“酒花飘香”，奇味芬芳。“沸腾的心”似一匹鲜活的“黑马”，一路腾跃驰骋，让读者在金字塔里流连忘返。

第四辑信笺札记，收录作品十二篇，这辑内容是与朋友书信交流的记录和读书札记，作者虽说不是军人，却富有军人的真挚情感，乐于捉笔代劳，“致战友的一封信”细腻地描绘了战友情，让人刻骨铭心。“叠起的生命”垒筑信念的长城，束束浪花彰显“士兵的高度”，用“头发的故事”诠释高尚的节操。邀几位密友“走向田野”，似陶令般崇尚大自然，曲水流觞，豪饮之余，会使人联想起历史上酒泉将军痛饮的“酒魂”文化！

> 生活中，常常忽略某些细微的东西，直至某一天、某一特定的场合起到关键的作用时，才恍然想起它的存在。它曾经充满着生命的活力，就如被忽略的卵石。往往，一种理念，一个志向，一种信仰，浇注成一个不屈不挠的民族之魂，同时又无不向往、支撑着个人脆弱的生命。

这篇“卵石的生命”以小见大，折射深刻的哲理。在平时不起眼时，它像贾平凹笔下的“丑石”，不被人看中，一旦排上有用场，它就会义无反顾地造福人类，闪亮着金子般的光。

再看这篇“鄱阳湖的雪”：

> 鄱阳湖的雪似乎格外不同，即使下得纷纷扬扬，只要一贴湿的地面，她定会羞涩地躲入地下。

开篇寥寥数语，便写出了南国雪的特点。紧接着表现北方的雪：

在鄱阳湖的天空中飞翔。文明的春风吹拂着每个人的心胸，人们拿李春如等人的事迹为旗帜、为楷模，自觉遵守，尽心尽力保护鄱阳湖的山水、花鸟与草木，缔造人间天堂。

有一种仙境让人沸腾，这是多少人梦寐以求的梦想。如今，梦想在人的共同努力下逐一实现。都昌，千年古文明之县再度焕发文明之风。都昌人士正在栽下梧桐树，编织凤凰窝，不久的将来定会引得无数的天鹅与凤凰前来栖息，流连忘返，乐不思蜀。

我期待着、期待着这一天迅即来临，人将变得更加心旷神怡，激情荡漾、愉悦。

那天，我多想成为一只青鸟！

端午漫谈

今年的端午节似乎没什么变化，往年，全家都愿沿着东湖大堤、鄱湖大道、南山兜上一圈。小儿也说东湖娱乐场与东湖游乐园都已玩过，想想没新鲜花样，吵嚷着要求加入伙伴之列玩耍。

无奈之下，只得邀请女儿陪伴，骑上电动车，似乎例行公事出行一番。

芙蓉南路，美食似乎是街道的主打。众人围坐餐桌，总是食之不厌。

沿着芙蓉南路伸展，肥牛之家、一品香、鄱湖鱼馆、农夫家乡菜等充斥眼球。街道两旁的烧烤“吱吱”冒着青烟，诱人的香味引起行人的馋欲。

老三理发店改头换面成鳄鱼漆店，佳德仕油漆招牌被替代成扬州烫发美容。如同扎着马尾巴长辫的女孩梳成潇洒的披发，偶尔一绺乌发染上洋气的红色。

电动车沿着湖堤缓缓前行，新建的水泥宽道一直朝前伸展。殊不知，去年刚建的水泥大道突兀一坑，积满了雨水，让人感觉深不可测。一辆小车越过，泥水迸溅，激起行人的怒骂。

女儿对游玩似乎不感兴趣，要求打马回转，前方突现一条新马路，我抱着尝试的态度挽留女儿，试着与她一同前往。

父女俩一边骑车，一边大饱眼福。蓦见一条大理石铺就的新路通达路边山上，见一座新坟突兀，有院有楼台，恰好建在一片新砍伐的树林边。想必坟主家占着这里的风水，造型豪华别致，令人瞠目结舌。当我驻足感慨之时，女儿道前方不远处，仍有数条水泥或大理石路通达山坟。人的思想不可捉摸，平日里，买菜购物往往捉襟见肘、斤斤计较、锱铢必争。

县城近年来发展的规模如章鱼触角，呈三百六十度向四周纵深辐射，让人感觉日新月异。犹如女人让心爱的衣服添上颗颗珍珠纽扣，又或点缀一朵精致的胸花。

路边的风景树上吊着输液袋，往往被人误认为某病人中途纳凉歇息。再沿风景树定睛细看，又见许多树上也挂着，针头绕成一圈插入树干。想到同学话及外地、市早先就有植物医院，如今始才亲见。

立在自家的屋顶，总能遥望无数的怪鸟。今日，我近前抚摸它硕大的躯干，它的羽翼遮天蔽地，灵活似轻燕，微风拂过，它就毫无倦怠地转动翅膀。我立于羽翼之下，人不过是它身旁一片活的树叶。

人生短暂，不过是历史长河中的一滴水，梦过之后或许就了然无痕。

“黄河之水天上来，奔流到海不复回……”

“孔子曰：学而时习之，不亦说乎……”

一阵清越的读书声从前方的石壁回荡，掠过水面，飘然而来。我注目凝视，对面的石壁映入“云住”“空远”两处摩崖石刻，它以不变的身姿，一如既往地诉说这里曾是规模宏大的云住书院，虽然褪去了昔日的时光，入驻了新颜，可它生前七百余年的风光，浩浩荡荡的气派，还能依稀可见。

是云，留住它的风采，微笑着面对大地万物苍生，历见世代沧桑。学院的开创者云住，一生淡泊名利，好学慎行，不求闻达，终生不仕。他选择绿草如茵、华树如盖、面临碧波荡漾的湖光山色创立书院，远离世俗尘念。

如今，“云住”的云彩飘落新一中校内，落地生根。倘若云住在云彩中聆听到琅琅的读书声，我想：他定然会手捻颔须，脸呈欣慰之色，久久不愿离去。

小车偶尔从身边掠过，车后扬起一层薄薄尘雾。一辆小车突地路边刹住，车门打开，现出一家三口。

男青年指向前方不远的小山道：“那就是中坝的小矶山！”

我细瞧仅一带之隔的小矶山，思忖道：这难道是有着传奇色彩的小矶山？记得大学读书时，坐轮船出港经过山前，往往要花近一个小时，如今近在眼前，伸手可及。

也许，男青年观之有所感叹，“啊——”长长的声带掠过水面，久久在山间飘荡。不知喊声是否惊动沉睡已久的精灵，醒来观之，它是否感慨道“山中方几日，世上几千年”！只因贪恋杯中乾坤，殊不知世间沧海桑田，变化无穷。

迁　徙

很久以前，鄱阳湖边有一棵很高很粗的树。树上栖息着一群鸟，只因一次雷电袭击，树被烧毁，巢化成灰烬，鸟儿被迫背井离乡，迁徙到其他的树上栖息，繁衍后代。

鸟儿成年累月地忙碌，在附近的田野寻找食物，又总把枝繁叶茂、四季葱绿的大树梳妆打扮得更加迷人、入时。

大树上，鸟儿一批批繁殖，某一天，树实在承受不住负荷，只得再次分家，飞到更远的地方觅食、栖息。

一次次的狂风，大树在风中摇摆，鸟巢数次被摧毁，它们只得一次次重建，就是不忍离去。

不知何时，竟蹿来一只铁大象，长长的鼻子将树连根拱起，鸟儿最终被迫聚拢到大树林。

时间过去了若干年，鸟儿还是每天照例围着大树之处盘桓、旋转，久久不肯离去。

旗　手

这是一个真实的故事，它发生于一座僻远的小城。忠全叔不是一位赫赫有名的将军，而是一个平凡而质朴的英雄，他过早地沉寂于喧闹的城市，却因偶尔的机遇，人们又将他似金子般捞起，拭去表层泥土，显露耀眼的光华。

十月的国庆，天高云淡，金秋送爽。小城的行人道上熙来攘往，摩肩接踵。两侧高耸的建筑大楼，遍插五星红旗。

汽车缓缓驶过街道，车顶上红旗迎风猎猎，驾驶室里小旗轻轻摇曳。婚车的长队，不时地从街道穿过。宽阔的街道沸腾了，到处沉浸于红色的海洋里。

趁着空前的人流，广告商不失时机地展宣传攻势。一杆杆红旗开路，锣鼓敲得震天响，走过一队又一队，旗手后面的“鄱湖野生龙虾馆”“至尊野生鱼馆”的横幅格外醒目；紧接着唐僧师徒手擎红旗，取得家电真经，为庆贺店面开张二十年，国庆正在举行优惠大酬宾；孰知，摩托车队更展雄风，片片红旗飙起“领先家具新时潮”——队列新颖独特，一波三起，不断地把节日的喜气推向高潮。

人行道上，人们纷纷前往观望，汇聚成两条长龙。观众里，谁也没注意一个穿着褪色军装的老头，衣服上打着补丁。此时，他倒像个小孩，乐呵呵地嚷喊着：“红旗！红旗！”

众人朝老者投去似乎有些嫌厌的目光。一辆送货的电动三轮车，很不情愿地在老头面前刹住，车主摁响喇叭，老人毫无反应，口里竟然喊着：“同志们，冲啊！冲啊！”

车主恼怒地长按着喇叭，我忙从店门口跑过去，将老者搀扶一旁，一愣，忙道：“忠全叔，怎么是你？”

老人斜着眼，努力地看我，不语。俄而，眼光注视着对面邮政大楼的红旗，忙立正，敬礼！邻近刚想散去的人见老人怪异，忙又围拢过来。

老人标准的军礼，让我想到遥远的朝鲜战场，他擎着红旗，冲上山顶，双手将旗插稳时，一颗流弹穿过他的头颅。医院醒来后，他便落下轻度脑震荡。回国后，部队安排他做后勤工作，他闲不住，要求回到了地方，当地领导根据他的特殊情况，安排在民政部门上班，他说从小练过武术，要求分配到县公安刑侦大队。

“红旗！我要红旗！”忠全叔异常激动，他嚷着，想挣脱我搀扶的手。见一位大人手拿相机，身旁两个十岁左右的男孩分发小红旗。有人接过，也有人退回。

忠全叔忙接过小孩送来的一面，大人忙按下快门。此时，我对他们的活动感兴趣，正表示敬佩时，小孩忙说要付两元钱成本费。在商品经济至上的年代，心里不免产生一种强烈落差。

人们用异样眼光刺着忠全叔，并为他的孩童行为哄笑，忠全叔很不习惯。一小孩搂抱着母亲说：“妈妈，这位爷爷是疯子吗？我怕！”

“疯子有啥怕？有妈！”年轻的母亲鄙屑道。

忠全叔似乎明白，朝母子龇着嘴道：“你——你——才是！”

小孩“哇”的吓哭了，年轻的母亲忙蒙住小孩离去，嘴里不干不净地怒骂道：“天杀的老疯子！”

忠全叔竟咧开嘴笑，群里，一个老者跨出人群，他朝忠全叔敬了一个军礼，叔忙将小红旗举过头顶，嘴里喊道：“同志们，冲啊！”

忠全叔热爱那份职业，从青春洋溢、热血沸腾的小伙子，干到经验丰富、老成持重的干警，工作兢兢业业，踏踏实实，抓捕罪犯如旗手，总爱冲在前头，制伏罪犯，动作敏捷、干练，深得同事的尊重，局领导的喜爱。

忠全叔警局一干二十多年，他是名副其实的领头羊，局领导提拔他担任刑侦队长，他借故委婉推托。

一九八一年的一天深夜，潜伏的战友冲入罪犯家中，棍棒冷不防朝队友砸下时，忠全叔猛扑过去。他因头部再次受击，脑震荡让他变得痴呆、失常。

“红旗！”“红旗！我有红旗啰！”瞧着孩童般的他，心中涌出莫名的滋味。

忠全叔转业时，每年的十月一日，见他身穿打补丁的军装，脖子上戴红领巾，手擎一面红旗，巡回各小学，讲他负伤的那次战斗，讲他心目中的旗帜。

两个协管员见有碍交通，驱散众人，粗暴地架着忠全叔，他执拗地挣脱，手擎红旗，高喊着："同志们，冲啊！"

我正替忠全叔分辩，协管员不听，又再次粗暴地架起他上车时，老者再次出面，他立于忠全叔前，立正，敬礼！

忠全叔惊愕着，俄而，目光如炯，精神陡地一振，立正，左手敬礼，道："旗手忠全向您报到！"动作快捷迅疾，众人一阵哄笑，他却庄严肃穆。

忠全叔离职在家时，我刚乔迁朝阳巷居住，从此与他结为邻居。起初，他神志不清，半夜吵闹着喊红旗，后来渐渐平静下来。

他老伴不离不弃，悉心照料，三十年如一日。一次，我去他家借扁担，进门，见他家的窗棂上绑系着一面红旗，忠全叔静静地坐着，凝望着红旗。婶子说：忠全很怪异，整日凝视着旗子，不吵不闹，除了吃喝拉撒，一待整天。进入他房间，除了红旗还是红旗。再后，因忙于经商，见面的次数也就渐渐少了。

忠全叔国庆出走，只因婶子忙着操持儿子的婚事。也许屋前新建大楼的红旗招引的缘故，才导致忠全叔离家出来。

协管员见有人向忠全叔敬礼，便识趣地开车隐去。我忙看一眼时间，见开席时间差不多。

忠全叔现已故去很多年，他高举红旗、栩栩如生的形象左右着我，让我挥之不去。

山坳上的生命

村后的山坳，有一座孤坟，面对空旷、寂寞的山野，静卧了几十年。

也许此事极为普通，犹如一杯水倒入湖中，无波无纹，只得任由它随着湖水流入江海。

听祖父讲：那是红军北上后的一件事，当时，村里风传附近有朱毛兵。长头发，共产共妻，吓得村人晚上不敢出门。

山里人喜欢到山里抽竹笋，预备春荒之时下饭。春耕临近，陶大妹子闷得慌，便邀上大丫、二妞、三姑，带上干粮，结伴到深山抽竹笋。

四人一路嘻嘻哈哈，来到山凹的草地，大丫眼尖，瞥见山坳上，一个衣衫褴褛的人仰卧草丛，手抓一支长枪。

几个姑娘吓得战战兢兢，陶大妹子刚结过婚，胆子也大，她吩咐姐妹藏好，自己壮着胆靠近，见是二十出头的小伙子，嘴里咬着草，鼻内尚存气息。

陶大妹子试着掰开他的嘴，想喂点水，没碗。因刚生过孩子，胸前的两坨肉有点涨。想要解开衣襟，忽又迟疑下来。

想到前些时日，二婶因耐不住寂寞，与外地来的棉花匠私会被抓，村里人纷纷指责二婶，要求族长执行家法。浸猪笼时，二婶抗争时对世间最后一丝留恋的眼神，令她全身打了一个冷战。正想抽身走开，那人动了一下，又昏过去了。

陶大妹子放心不下，顾不上考虑口不关风、随意乱言的大丫，还有凭空捏造、爱生是非的三姑，脱下外衣，遮住他难堪的下身，扶靠胸前，露出两只丰腴饱满的乳房，众人惊讶，纷纷将头转向一旁。

陶大妹子搓了搓奶房，乳头凑近那人嘴角，汁水渗入口内。良久，小伙子缓缓醒过来，见是陌生的少妇，很尴尬。她又递与干粮，劝他吃下。

小伙子在她家待了三天，便要寻找自己的队伍。临走时，大丫、二妞、三姑都来送行。

小伙子走后，村里恢复了往日的宁静，似乎一切从未发生过。

二十年后，村里来了一位解放军干部，寻找当年救他的人，众人都说没那回事，只有大丫，她悄悄地把那位干部带到山坳的新坟前，让他深深跪拜。

直到大丫（我的奶奶）临终时，才把此事告诉了祖父。

梦从这里延伸

人杰地灵、美丽富饶的鄱阳湖畔，丁仙峰山脉逶迤绵亘着，山上，香樟林立、青松蔽日。一年四季，烟雾围绕山峦盘桓、流连。

“文革”之前，半山腰曾经有一座灵验不息、香火鼎盛的丁仙峰庙。我曾在此寻踪觅迹。顺着丁仙峰向下俯瞰，一条龙脉沿着蜿蜒曲折的港湾奔腾而去，一路灌溉着四围的农田，川流不息地汇入鄱阳湖中。

独自寻踪觅迹之时，飘忽不定的云平添若干仙气。山风徐徐拂过，那云那雾袅袅娜娜，飘落在人烟稠密、气温宜人的小镇之中。恍惚之时，忽见一朵奇葩异卉突现，市镇的人们奔走相庆，告诉世人，一九五七年，三汊港中学建校伊始，便从这块灵犀之地诞生。

三汊港中学正值校庆六十周年，莘莘学子云集母校，载歌载舞。

举杯欢庆之时，我的神思随着时间的迫近频频闪现，虽说无缘在贵地拜读，梦中却无时不和它相度相生，后又因偶尔一次机遇，我才得以同它相识有缘。

四年前，我正在县商城经营杂货，暑假的一天，恰逢一位青年购买食堂用具，问之，方知是三汊港中学食堂管理员，姓方（名字未加详问），购物付钱时，问及送货否？鉴于数量较多与慕名寻梦，未加考虑，欣然愿往。

从人烟稠密的街道缓缓前行，穿过三汊港镇中心街道。正当寻找校门，蓦见街侧空旷之处，凸现一处普通的铁质栅栏大门，倘不是大门顶端鲜艳醒目的“三汊港中学”闪耀着辉光，也许因一时疏忽，汽车定将一掠而过。

门卫见我送货，打开校门让我进去。只因手机未带，迫不得已，只得将车停靠校园围墙。趁此，一边浏览校园风景，一边守候着进出的老师。

顺着浓荫蔽日的法国梧桐和香樟前行，左边是硕大宽阔的足球场，紧贴操场是一栋五层教学综合大楼，后面紧连着老师与学生的宿舍楼。楼层之间绿树成荫，宿舍因树冬暖夏凉，遮风挡尘。树间点缀着各式花圃：圆形、椭圆形、梅花形——千姿百态，各领风骚。花圃里栽种着冬青、玫瑰等鲜花。它们相互争艳，花朵锦簇。

树间砌着大理石条形桌凳，间或点缀剪裁齐整的冬青。我穿插其间，浑然不知炎炎灼烧的夏日。

我独自欣赏校园的格局与美景，仿佛置身石桌石椅间诵读语文与英语。

校舍的后方是绿草如茵的园林，如若不是假期，想必师生定会聚集树荫、假山之间，或散步，或阅读，或高峰论坛。

我浏览已罢，正独自寻人。忽见一位书生意气、春风扑面的老师迎面走来。

正自惊疑，老师竟先开口道："老王，什么风把你吹来了？"

"是您？——尚林老师，我给食堂送货来了！"我定神细看，有些激动。

我与尚林初识，源于县作协的一次安徽寿县采风，我的身边坐着一位朝气蓬勃的老师，交谈中得知供职于县三汊港中学，平时喜爱看书，擅长写小说。

短短两天采风，彼此留有好的印象。我们边喝茶边聊天，主题渐渐切入学校的渊源。

付老师滔滔不绝地介绍道："三汊港中学始建于一九五七年，那时，规模不大，仅仅初一一个年级三十八人，为了扩大校园规模，赵家林校长率领师生自力更生，破土开荒，辟出一座农村中学。

"谁知，遇上'文革'，学校曾一度迁址幸福水库。赵家林边劳动，边教学。开辟建舍的校园被社办企业和医院挤占借用，学校并未遣散，而是经受住大风大浪的考验，屏息等来了时机。

"作为生源短缺、设施陈旧、仅仅数排风雨飘摇校舍的村高中，学校英明、果断，欣然背债前行，按照常规教学，艰难探索涉进。

"欲与天公试比高，邵小平校长力撑危局，找差异，带领全校师生奋力拼搏。

"十年压抑，一旦解放，教师的积极性空前高涨，似丁仙峰山的溪水滔滔向前，汇入浩瀚的鄱阳湖，交汇于长江。

"学校在恢复高考后，狠抓教学质量，成绩卓著，声名远播，省内外的人员慕名纷至沓来求学。省安义县、贵州等地区纷纷组团前来观摩借鉴学习——"

诸多的成绩与荣誉，倾注了学校与师生多少辛勤汗水，他们呕心沥血，绞尽脑汁，一心为校倾情出力，荣誉榜上镌刻着每一份功劳，无不渗透着师生们的斑斑汗渍。

付老师指着排排新添的校舍说：“因生员众多，学校需要开拓扩建，前景喜人。食堂大胆改革创新，多品种多花样，改善满足四千多师生的需求，让师生吃得放心、实惠。学校环境优美，舒适，倾全力创办一所现代化的高品质、高趣味、高效率的百花园地。”

如今，三汊港中学走出的莘莘学子遍布天下，荣誉之花接踵而至。

斗转星移，六十年甲子，弹指一挥间。校园乘风破浪，坚守开拓，赢得农村中学的一面光辉旗帜。

“路漫漫其修远兮，吾将上下而求索！”三汊港中学领导、教师呕心沥血，另辟新径，不忘初心，砥砺前行，且渐行渐远。

我眺望着苍翠、古老的丁仙峰，一缕缕白雾似云似锦，伴随着缕缕仙气徐徐飘落校园内，幻化成一所育人树人的仙境之地，似梦，而非梦！

“君不见黄河之水天上来，奔流到海不复回——”

“孔子曰：学而时习之，不亦说乎？”

“子在川上曰：逝者如斯乎？”

绿　梦

一

我庆幸二十世纪九十年代末买下现有的地基，并营造了能容纳六尺身躯的房屋。屋前有个院子，妻子还不满意，说实用价值不高。先前，曾有几拨人看过，他们都被本村的苛刻条件吓得退避三舍。我只因抱着雄心购买了一套制造塑料用品的设备，才傻里傻气地选中了不足一亩的偏僻地，开始做起塑料王的美梦。

要说屋的西面是一片农田，春夏之季，便是绿油油的一片。其中还有两口活水池塘，一年四季灌溉稻田。水是从芙蓉山脚渗透出来的矿泉水，含有丰富的矿物质。开初，县里利用芙蓉山的矿泉水钻了一口深井，加以开发，曾也红红火火，热热闹闹了几年。后因质量等诸多原因，公司也就倒闭关门。倒是井里长年冒出来的水冬暖夏凉，注满池塘。每日，人们提着大篮小包的衣服去池塘浣洗。待洗毕，便用手捧一口甘甜的水漱口，滋润滋润干裂冒烟的喉咙。

夏天的夜晚，繁星满天，蛙声如潮。我斜倚着竹椅纳凉，享受着大自然给予的氧吧。那黑魆魆的稻田上，萤火虫打着灯笼飞来飘去，有胆大的竟然跑到我的脸上与我亲吻。田野里溢满了稻谷成熟时的芳香；还有人的欢歌笑语，我的心里被一股温热的浪冲撞着，让我勾起少年农忙时的情趣。

三年后，自己辛勤一手培植起来的绿苗因诸多因素而作罢。我的内心隐隐作痛，倒是妻子一句算了吧，让我那颗失落的心得到了安慰。

办厂夭折后，只得收拢资金，将一层平房加至三层。立在顶层楼面时，我的视角豁然开朗，远远望去，苍翠欲滴，郁郁葱葱的南山如泼墨般巍峨耸立于东湖边，卧龙般的倩影跃入湖底，随着波光微微荡漾。金光跃入湖面，满湖反射出耀眼的光芒。

二

湖面上，不知何时漂浮起长长竹排，听人讲：曾有位台商包下那片东湖，做着闪光的珍珠梦，但梦境被当地的无赖搅醒，他抱着一腔遗恨愤愤而去，湖里只留下一池墨绿。

后来，开发商相中了屋旁的这片农田，随即开来了铁甲将军。日日夜夜的打桩机响过后，一排排高层的商品房陆续冒出地面。先前的活水被上游建房改道阻断，两池死水开始发出难闻的气味，风一吹，冒出满池的泡沫。开发商将淤土填实后建起了商品楼，我的绿色范围随之越来越少。

如今，我立于屋顶上远眺，四面都被林立的高洋房挡住了视线，再也不能随心所欲地看到前方的山湖之色。眼睛渐觉疲劳，就连冒出屋顶的南山之巅新建的高塔也懒得搭理。夜幕来临时，山顶上冲天的七色光柱横空扫过一切，让人落下莫名惆怅。平日里，倘要看山看湖，只得跑上几公里的步，来到东湖边，方能看到南山的雄姿，鄱阳湖的宽广。

随着城市的扩张、延伸，城区似乎越来越臃肿、膨胀，东湖坝外的港口已被填塞，犹如硕大丰厚的手掌捏住东湖的咽喉。座座似山般的房子沉重地压扁它的脖颈，东湖再也不能轻松自如地扭动。楼房里，无数只眼窥探着它的秘密，吓得东湖不敢探视。它的边沿渐渐镶嵌着水榭歌台，还有精制别巧、风格独特的首脑机构。东湖的边缘护坡堆砌玉石，上面移栽各地运来的风景树，树下绿草如茵，就如美女腰围绷着的玉石丝带。

黄昏时，川流不息的人们徜徉其间，东湖倒像提着脖颈的鸭子，再也不能喘气或进食。

近几年，东湖和鄱阳湖内因大量偷采螺蛳，湖里的水如伸长的脖颈喘息咳出的脓痰。虽然政府加大力度禁止采偷，但还时常见外地车抢运出境。正与反、红与黑，相互抵抗，他们被高额的利润引诱，从而铤而走险破坏大自然的动脉。东湖因诸多破坏，水边漂浮一层不明物，水质渐渐发出腐朽的异味。迫切需要每个鄱阳湖人自觉维护、遵守，我们的母亲湖才得以净化、流畅与延续。这才是身为每个鄱阳湖人义不容辞肩负的责任，任重道远，克己克人，共创山美水美鄱湖美，人的心灵方才更美。

三

紧挨着我的屋边是姐姐的三层楼房，她也是这片土地的亲历者之一。记得我和妻子刚结婚时，姐姐和姐夫开始营造自己的乐园，所处的西洼村还是远离县城的农村，前些年才纳入城区的版图。如今的西洼村已成城市的中央地带。姐姐做屋之时还是光秃秃的荒郊野外，脊背上是条窄窄的泥泞路，连骑自行车都常陷车。每遇起风时，漫山遍岭是一片起伏的绿色海洋。绿的小麦、绿的油菜、绿的棉花、绿的稻田、绿色的池塘，一条泥泞路从变电站往山岭的龟背上伸展。 姐夫、姐姐因工作无田地，村中祖屋地盘又不够建房，为了开阔不受影响，他率先选择龟背的一块绿地，继而，绿地陆续被后来者蚕食。西洼人、外姓人如绿叶上的蚕虫，渐渐将房屋营造在这片绿地上。绿地由此被四方盒子压在了屋底下。那条蜿蜒的路最终被三米宽的水泥路所代替。

姐姐家有个不大不小的院落，里面栽种了很多树，有葡萄、梨树、红杉、榉树等，每到春天，红色、紫色、白色的花朵香遍庭院，玛瑙似的葡萄缀满蔓藤，最让我感兴趣的是枣树。满树的枣子压满枝头，谦逊至地面。姐夫一家并不在乎结果，而是利用满树的绿叶，遮挡夏天的酷暑。

现今，榕树、榉树高过三层楼面，给人一种凉爽、惬意之感，让我逗留下来，不忍离去。

四

屋的西面和西南面尽是七层的商品楼，人们像住在盒子里似的。他们的视线局限楼与楼间的狭窄之地。开发商根据视觉的疲劳度及庭院的美化程度，或多或少种上花草，点缀几棵风景树，花圃内常开些不知名的花卉，也许人们间时推开窗户，视觉与心情便融化于大自然之中，他们随意看那红、黄、蓝、白之类的花朵，感恩于和谐柔美的绿意。除此之外，便是灰白色的水泥路与墙壁。间或，也有人养几盆盆景，搁置于延伸的不锈钢防盗网内。

西面残存的几块田地因无水无人料理而荒废，县里根据园区的大小，决定规划成一片花园广场。那些有田产的西洼人，纷纷圈起地皮建好地基准备做屋。因与县规划相悖逆，停建的地基刚露出地面，直插的钢筋如哨兵般根根耸出土层。四围的邻居或用泡沫箱盛上土，里面栽种上白菜、大蒜、葱之类，一方土地一片绿，盎然而生。

停建的地基上勃勃生长出很多野草，一年之后，四邻见地基不显蒿草疯长，他们争着除掉杂草，五花八门地栽种蔬菜、芝麻、花生、红薯等农作物。

每日天不亮，四周的人们陆续聚集在菜园里，他们忙着锄草施肥，天干时，浇浇水。不久，薅过的园地冒出绿茸茸的嫩芽。拢在一起的人们便以菜为起点，家长里短，或顺手你扔来一只冬瓜，他回一兜辣椒青菜。平日里，他们同住一栋楼舍，每日里相见却老死不相往来。人与人之间自从有了菜园的沟通与语言交流，彼此之间渐渐缩短了陌生的距离，松懈了各自之间的警觉，他们之间从讳莫如深渐渐扯谈家里闺深之事，从吃饭开始慢慢议扯到最近的国家大事。相互问候，关心天气，关心扯谈楼房里的奇闻趣事。等到瓜果蔬菜成熟之时，他们无话不谈，交心交友，各自敞开心扉畅所言谈，那一片片的绿便是人与人之间的通行证。

五

开初，我效仿人们，弄些泡沫箱，盛上土，撒些菜种浇上水，时隔几日，香料不用买，蔬菜放心吃。后来，妻子干脆从外面弄来几车肥土，靠近院墙堆砌一块园地，大张旗鼓地栽种蔬菜瓜果，院内便一年四季有了葱葱的绿意。妻子总说菜不用上街买，吃得一千个放心。吃着说着，我又在院边栽种橘树、板栗、葡萄、桃树。等到桃树绽露粉红色的花骨朵时，她又不知从何处得来的歪理，晚上趁我熟睡之时将桃树锯掉，待我起床看时，见满庭院散落着粉红的花瓣，一片狼藉。妻子问及猕猴桃时，我撒了个谎，今年挂了果，妻子问及就说是长生果，吃下会长寿。还有一棵樱桃树，卖苗人说樱桃结果又大又好吃，待成熟的果子太不尽如人意，小而硬且干涩。红得掉落地上，都没人尝过一粒。板栗树六年都未结果，我方知上当受骗，卖苗人为了多卖苗，嘴里说得花鼓团圆，却误了我几年来殷殷期待的大好时光。

小儿吵嚷着要养鸡，执拗不过，他和姐姐买回几只。我只得放在三楼空闲处，搭了一个铁皮屋圈养，后因天气温度高，鸡中暑死掉了两只，儿子又吵着放到一楼院里散养。高温之时，鸡躲在瓜藤凉棚之下，时常发出“咯、咯、咯” 的叫声， 小儿喜滋滋地钻进去寻找鸡蛋， 捡到一只时，嚷叫要我弄给他吃。后来，鸡也确实太不卫生，妻子打扫庭院卫生时，人撵狗追，加上生意渐忙，鸡隔三岔五不见了。妻子总说把鸡宰了吃，等到最后一只鸡不见时，全家也未吃上一只。每回少一只，妻子立于门前骂时，我便圆场道：算了！鸡被黄鼠狼叼了吃！

五

三楼的阳台摆放了十几种盆景，有玫瑰、紫罗兰、玉兰、月季等， 花卉开初长得倒也茂盛。只因平时不善管理，越冬时，盆景竟然相继枯萎。我本想扔掉时，又偶遇卖花的花农，他话花可重生，只需将土层露出部分剪掉，待春天来临时，盆景会发芽长出新的嫩枝。我试着照例做了，春天来了，花卉竟然如花匠所说，生长出新的花枝。

我在废弃的破甏内栽种了一棵橘树，不知何因，它竟然慢慢叶落枝枯，后来又买了棵大的玉兰树、一棵桂花树。我将玉兰栽植甏内，妻子说长不活，我很不服气，说甏这么大，底下钻了孔，花钵那么小，那么点土都能成活，我想玉兰定会成活。开初，玉兰长得枝繁叶茂，争相绽放朵朵兰花，满楼院都溢满了兰花的香气。后来兰花竟同橘树情况相似，叶落花谢倒成了光杆司令，没剩一点绿意。妻子说我不听良言，让我看看水泥洞里的桂花树业已长大，中秋之时，满院桂花飘香，兰花树早已杳如黄鹤，干如柴火。

妻子打算抽空种下院外一畦菜地，我说院内种一点算了。她说那片菜地原先外乡人种了，现在，他们回了老家，她很想种。我想：妻子想抽空种菜有她的理由和兴趣，何必拂逆呢。

屋左前方的空地上，一座三层楼的魔方刚刚落成后，院子里便摆放着人字塑料琼阁，还有梦幻般的拱形城堡，几十、几百个小精灵或咿咿呀呀学语，又或城堡之中寻梦。我想，精灵们长大之后，也许心里永远留有快快乐乐、无忧无虑的绿梦。那座梦幻城堡也许成为他们今生之中的摇篮。也许精灵们会说：那曾是他们心目中最初腾起的绿梦。

水　井

多年前，很想有一口水井，那时，新房刚建好一层，就急于将生产塑料的设备搬来，开始做起塑料王的美梦。

妻子曾多次建议打口水井，开初，屋未完工，院内被建筑材料占用，后因塑料原料急于用水清洗。那时，邻居日常用水不够，大伙正在改造水源，趁此良机，便加盟入股。

大伙装水时，各自的弱点渐渐显露出来，那时采用镀锌管道，安装的师傅考虑水路长，年代久远，建议我采用粗些的水管，大伙却各自考虑今后的用水不受影响，限定使用六分水管，否则，装水之事排斥其外。

当时，工厂急于用水，也就无须长远考虑，认为应先迎合解决当前的急需问题。

起初，水压很高，年代久远，情景渐渐不乐观。水管因锈蚀堵塞，随着时间推移，水渐渐懒得爬升，后来，竟然连一楼用水都很困难。如果重新更换水管，首先得挖开水泥路面，费时费力费材料，得不偿失。

根据当时的实际情形，妻子坚持打一口水井，她说井水冬暖夏凉，煮饭洗衣，非常方便。

确定打井后，我又遇到了很多难题，秋、冬时节，水位下降，这是打井的最佳时间。于是，我只得推迟时间，每天坚持提几桶水到三层食用。

苦撑到秋季，我便急着动工，妻子又说："打井是一辈子的重要大事，不能马虎，它关联到今后家运的昌盛兴旺。" 我说择日不如撞日，妻子就是不成，说中秋日是一年之中最理想的日子，百事皆成。她又说要请地仙，我说不必，水井择地大致相同，正屋门前，左青龙，右白虎，白虎方向不可犯冲，参考实地情形，打井师傅凭着经验选择了东南角的空地上。

紧靠水井有条下水道，妻子担心影响水的质量，师傅劝她别担心，说他自有妙计解决。

想起生活过的老家，全村合用一口水井，随意打在靠池塘边水田的一角，每逢大雨，水漫过水井，浑浊且肮脏，偶尔见死猫死鼠漂浮水面，大人便捞出死尸，毫不在意，从不考虑井水是否有毒，卫生不卫生。

井水供养上千人，从未见枯竭。老井除非星星抚摸，抑或只有太阳、月亮当顶之时，才难得片刻时间与井底团圆、亲吻。一只青蛙悠闲地在井水里游来荡去，志得意满地鼓噪歌吟，并不时灵巧地避让水桶。

旁边的池塘灌溉农田，滋养着世代的祖先父辈，村里人或生或死，都要经池塘水洗礼。水牛蹚着水，挨着塘岸，甩着尾巴啃吃青草，间或牛粪屙在水里。村人大多习以为常，毫不在意群群水鸭呱呱地划拨红掌。

女人们有的洗菜，有的搓洗衣裤，一方水土养一方人。只有井水与池水相融贯通，知根究底，且生息相连。

如今，水井尘封了世代的村史，它被水泥路碾压底下，也许若干年后，后辈不晓得这里曾有一口古井，繁忙时节，人们排着队，三四只水桶上上下下，搅醒满天银星。

单位前面有个花园，左角处曾也有口古老的水井。上班时，只因水压不高，常见居民断水，古井便成了最古老、原始的乐园，大伙聚在一起谈天说地，家长里短，其乐融融，由此，全县的花边新闻似井水的涟漪扩散到千家万户。

人们围着井口汲水洗菜洗衣，时常提及古井的陈年旧事，井里曾湮没了一对苦命鸳鸯，灵魂化作蝴蝶，双双绕着古井缠绕。那时，我经营管理单位食堂，常常肩担井水，花园常见各种彩蝶比翼双飞，心想真的见着那对苦命的情侣。

如今，花园扩建，古井被土埋没，常见蝴蝶采花，也不见飞来古井上方，也许古井之水化成怨气袅袅升腾。

自家的水井已用了六年，电动泵一转，水便冲到顶层的水塔，家人只要一拧水龙头开关，水“哗哗”流出，一切是那么自然。我时常怀念三年前的冬天，冰天雪地，滴水成冰，我提起水井盖，井底氤氲腾腾上升。那些时日，水管、水龙头被冰冻住，我重温少年与上班时的情景，让我的思想神游故地，热闹的人，热闹的场景浮现眼前。

我多么希望邻居光顾，提着大桶小桶围着水井相互问候祝福。

阿牛、大麻、棒头、阿紫嚷着跨进院子，我忙上前迎接，如今，我又能同大家同喝一口井水，水结情缘，成为人与人之间最为实在的纽带。

井的土质很是特别，起初，清一色的铁质黄土，越往下挖，土质越硬，打井师傅努力挖掘到一定深度，井壁喷出无数的泉丝，待继续挖掘下去，便是细青石，师傅又开采下去时，见是黑的淤泥，且越来越稀。他忙停下活计，说水源充足，唯恐再挖下去出现井崩，师傅赶紧用石块垒实加固，再倒下活水炭用于水的提纯、净化。

打井师傅说这种现象很少见过，一般青石下面大都是岩石，但也曾遇到过几回。往往特定的地理环境决定井的深度、水的质量，同时也决定水井的结构。

每当心静气和之时，我便泡上一杯清茶，慢慢欣赏茶叶舒展翻卷，看叶尖冲上沉下，看茶的颜色由浅入深。

我浅尝甘饴，清淡甘甜，心态渐觉淡泊、恬静，灵魂再度得以升华。

第二辑

醉山卧水

ZUI SHAN WO SHUI

酒赋予着诸多的文化元素，历代人将乡愁浓缩杯中，一醉解千愁。而后沟古村的酒韵味更浓更醇香，历史更悠久，更易使人沉醉，一醒恍如走过千余年。世人却一如既往，一次次端起酒杯。

——《风雨肖崖湾》

马的印记

一

认识“马”，从启蒙教育始起，老师黑板上写了一个马字，便顺手拿起身边的小木凳，说：“同学们，这是马扎，平日，你们喜爱横跨着它作马骑。实体的马是一种奔跑的动物，它状如狗，却比狗大得多，喜爱食草。古代人常骑着奔跑与作战，也可运载货物。”

老师的讲解即是我对马最初的印象。

那时，乡村的物质与文化生活极其贫乏，偶尔从一本线装的《三国演义》认知了马的图像。继而，从徐悲鸿的油画《八骏图》，深入了解到马那惟妙惟肖的形态。

农村人极喜欢听盲人评书，破四旧时，听评书有如地下工作者，场所极其隐蔽。夜幕降临，盲人支起一只皮鼓，手拿响板，只待鼓槌一挥，“咣哒、咣哒！”“噫！”马奔跑骤止的意象脱口而出，常给人带来振奋之感。

古装戏里也有马的出入，但只不过被马鞭牵着在舞台上旋走。随后，电影的兴起与介入，马才真正从银幕走进我的脑海。

要说真正见到实体的马，该是二十世纪八十年代中期，外地马戏团偶尔光顾小城，带来了高超、精湛的骑术，常常赢得围观者的惊奇与喝彩。

那时常想能骑上马，多好！

二

老家的鄱阳湖畔，老爷庙处也有一片草原，说是草原似乎有些夸张，它只不过是两山之间冲积而成的狭长的避风湖滩。一年四季，百草葱茏，长势喜人。

有多事者，从北方引进几匹马，草滩用铁丝网围住，美其名“骑士山庄”，实则旅游创收。

马天生喜爱原始粗犷的大草原，兼之水土不服，时隔不久，马便渐渐孱弱消瘦，精神萎靡。我想：也许这片狭窄的草地本不属于它。

每逢来老爷庙旅游，途经山庄，总会产生莫名冲动，面对马哀怨、无奈的眼神，我隐隐不忍。只不过骑马的欲望一经点燃，便经久不衰，不可抑灭。

我崇尚马的原始之风，深为被人类驯化感到一丝悲哀与不安。马自从被驯养，它便伴随人类，从野蛮的冷兵器时期过渡到文明、和平的行程中，一路悲歌，一路奔来，马不可替代，功不可没。

影视剧里的古战场，双方对垒，冲锋陷阵，千军万马经过一场残酷搏杀后，尸横遍野，血流成河，有人也有马。人是为了某种利益所驱动，马却多么无辜，它纯粹是战争的牺牲品。

马极其温厚和善，群居为主。倘若强敌侵犯，素来奔跑避让。

马最富有情感，最具灵性，只要主人给予百般照料，万般爱抚，定会感激涕零，绝对忠诚，为了主人，愿意拼出最后一丝力，跑完最后一步路，哪怕累死倒下，也决不悭吝、畏缩。

战场上，常常有这么动人的一幕，主人战死倒下，马却陪伴主人身旁，久久不忍离去。

马天生野性十足，本性自然，爱闲情逸致，无拘无束，自由驰骋，倘若一旦被人驯养，它便能耐得住孤独与寂寞，任其鞭打坐骑，绝不背离主人而去。

人素来感情丰富，相对于马，似乎有些逊色黯淡，人往往为了一己私利，贪生怕死，虚与委蛇，甚至背叛，或相互攻讦陷害。

三

有关马的文化源远流长，生生不息。一马平川、一马当先、拍马留须、马马虎虎——褒贬颂扬不一，但我崇尚它不畏难险、一往直前的精神，向往万马奔腾的气场。

茫茫黑夜，深山大川，人迷失方向时，老马竟能引领着走出歧途。马与人素来有着千丝万缕、不可分割的情感，赤兔马之死，足以印证马的忠诚，尽管它最终逃脱不了人类给它带来的悲惨结局。

草原赛马的传统虽然沿袭下来，但马是否能超越它先前的风光？如今，马的天空受到人为限制，它束缚着马腾跃奔跑的步伐，况且数量又在日益减缩——面对诸多问题，不得不让我质疑。

马背上的民族向来以马引以为豪，一生与马为伍。至今，草原继续沿承、演绎着马文化的传统——下马酒，这本是迎接远征归来的英雄的最高仪式。至今，那些流传下来的蒙文如此俊美飘逸，如此惟妙惟肖，我想：无不受马牛羊形体的模仿与影响。

时今，草原人继续沿承披戴哈达，喝下马酒，那是迎接远客的最高仪式。蓝色的哈达象征着蓝天，客人手捧盛满银碗的马奶酒，承天接地敬先祖，方可啜饮，细细品尝酒的滋味，恍惚之间，心与草原的天空，万物灵犀相通。

四

蓝天之下，牧民跨骑着摩托放牧羊群，难道这就是草原的与时俱进？高速公路，一列摩托狂飙，让我不得不沉思冥想，从而替马愤愤不平。这也许是我的观点过于迂腐、陈旧和偏激，但也正是我偏爱马的缘故罢了。

我的老家，世代农耕，牛是耕耘的得力助手，贫苦人家向来把牛视作半边家当。如今，牛只不过权当人开胃填肚的食物，这似乎是它逃脱不了的悲惨命运。

千百年来，牛马与人类结缘相处，结下深厚情缘，蕴藏着一种坚不可摧的文化情愫，有人利用这种文化，加以背叛与割裂、装饰与伪造，从而被庸俗的金钱加以标榜与评判。虽说马暂时被人类加以保护，但若千年后，也许就无可奈何花落去了。

五

当我怀着十二分的心情虔诚崇拜大草原时，我想此行定能与马为伍，一同驰骋。旁侧的作家红枫老师乃沈阳人，交谈中，他凝神聚思，兴致盎然地回忆起三年前骑马到草原采风的细节。那回，天下着细雨，当他到达目的地时，汗水混合着雨水，湿了他的衣服。他笑笑说：长途跋涉，竟然感觉不出！我被他的气质感动了，同时敬佩他侃侃而谈的卓越口才。

窗外的草原向后飞驰，我试图想看到窗外的马群。除了断断续续的牛棚羊厩，却未见着马，偶尔见牛羊悠闲地啃草，但也无奈何地被铁丝网包围。

车路经“孝庄皇后”的路标时，心陡地一震，这难道是被马与羊奶喂养的一代英明、端庄、绝美的孝庄的故土，如今的马牛羊还在悠闲徜徉、驰骋纵横吗？

六

居身江南，铺展眼前的不是绵延起伏的丘陵与山峦，便是层叠的田畴，蜗居、行走于壁立的建筑物之间，思维与视觉竟然被局艰、围困，感觉近乎迟钝与麻木，偶尔湖边散步，近看波光粼粼的湖面，银鳞翻飞，水鸟翔集：远眺，叶叶扁舟出没于空蒙、迷雾之中，白茫茫一片，倒也显得空寂与寥廓。

身处草原，视觉感观截然不同，景物迥异，耳目一新。苍穹之下，一望无际，天地合一的草原伸展着。牛羊徜徉于蓝天白云之间，让你感觉天旷地远，心胸与自然紧密贴合，舒张自如。

“骏马奔驰在辽阔的草原，钢枪紧握在手上——”我被这激情高昂的气氛陶醉、感染，也曾数次做着草原的梦，到头只不过“塞外秋来风景异，衡阳雁去无留意”。我有雁的情意，却无它的羽翼，终日与梦相伴。

先前，我总爱沉浸于张承志《黑骏马》的情感深处，仿佛似主人公般滚鞍下马，猛地将身子扑进青青的茂密草丛之中，我悄悄地亲吻、咀嚼着这苦涩的草。时过境迁，物是人非，转瞬已过激情四射之年龄，那种迫切成愿的冲动终成镜中花、水中月。理智之年，感情似乎格外沉静、安恬。思想的感观也格外不同。正如古代人推崇草原腾飞奔驰的骏马，现因时代与人观念的更新、交替，渐渐衍生崇尚流水似的走马文化。

蒙古草原，马本是这里的主人。“白云不动，山峰不动，河流似乎也没流动。马群动了，马群从草原飞驰而过，大地震动——”这是鲍吉尔·原野《流水似的走马》中的描述，马生性爱奔驰，但却被现时的草原制约，终究又沦落为商品，终结一生。我为奔驰在这片古老草原上的马愤愤不平，但又在对马艰难选择的风口浪尖之时与它相遇。

莫非马也真的落窠于家乡牛的窘况，在这对马有着几千年情感的马背上的民族，人类的情感竟是如此脆弱、残忍与善忘。

严峻的现实，往往与我脑海中的印象似乎背道而驰，不相吻合。历朝历代，万马奔腾，蔚为壮观的大草原景观，难道由此渐渐隐退。

民族英雄成吉思汗可是跨骑战马，从这片草原走出，开创了征服四夷、威震八方的雄魄之风，中华历史的版图方始有元朝的图腾。还有清朝八旗子弟入关时，旌旗猎猎，所向披靡。从此，清朝定都北京，虎踞龙盘达三百年之久。思之元清两朝，莫不都与马有着历史的渊源。

可汗山上，当年的汗王如今难道仅是山巅之上让人崇拜的一道亮丽风景？山的脚下又仅仅是一列列臣服的骑士，他们的马儿呢？

七

夜晚，宿营于乌拉盖，有幸在旗里能欣赏蒙古国的巡回演出。

安详、静谧的大草原，为共创草原的美好前程，历史由来已久，可追溯昭君出塞、文成公主的远嫁——甚至还可追寻更为远古的时代，民族血脉的融合与文化的渗透可谓水乳交融，源远流长。

如今，全国各民族的大团结，五十六朵花怒放异彩，为了大草原向纵深发展，又有多少似骏马般的人投进这片草原，挖掘自己的聪慧才智，同心协力，献计献策。

当我极目追寻马的倩影时，乌尔盖草原情景却不容乐观，甚至令人不免有些失望，我带着疑惑置身于一片水草肥美、树木丰茂之地，面对江南水乡般的空旷草场，心里不免有些怅然与失落，同行作家纷纷抢拍镜头，我却无动于衷，百思不得其解。恰巧，这片草地的女主人从屋里出来，我问来草原后为何迟迟不见马的踪影，女主人带着惋惜与怅然若失的神情，长长地叹了口气道："也许这里再也没有马了！要看马？——只有到风景区！"

她遥指这片茂密的草地说："现在的草原被划分成棋盘一般，这片归她家所有，仅为草原风景区提供影视摄景与游客观赏。如今，草原交通便利，马又不能尽情奔跑。况且，单独养一匹马成本大，也难以留得住，谁还愿养马？"

从女主人的语气里，我悟出她对马有一种无奈的割舍之情。

风景区的马，虽身居宽广的草原，但似乎看得出它徒然无奈的眼睛里隐着一种哀怨和委屈。它们之所以暂时得以生存，只不过象征马的延续。四周隐形的围墙，限制着它的自由，不能任其驰骋奔跑，那瘦骨嶙峋的体形，只不过整日驮载游客，其境况比老家山庄的马好不了多少，这也许是所有马的悲哀与最后归宿。

九

马为人类的文明推进了一程又一程，马的文化由此达到了它的鼎盛与辉煌，如今在这日新月异、高歌猛进的时代，主角的历史戛然而止。传说中的马能日行千里，夜行八百，历代传颂着"一骑红尘妃子笑，无人知是荔枝来"的历史典故，但是，现代人因过于贪图安逸，从而改写了马的辉煌历史，缩减了马的辉煌历程。

如今的草原改良培植稳健的走马，从而改写了评判马的标准，它与古老的传统观念大相径庭，不可同日而语。

面对草原的马，不禁扪心自问：这是马的进化还是马的退化？我却不得而知，只有风似乎轻轻地诉说着一切，暗示一切。

"蓝蓝的天上白云飘，白云下面马儿跑——"万籁俱静的乌尔盖知青小镇，这里有着曾经的光辉历史，这里曾有着狼图腾。那回旋的歌声，将永远飘荡于这片草原的上空，同时伴随着狼的嗥叫，让我想到草原民歌《黑骏马》，那只不过是草原上对马的美好思念与祝福——

乌儿盖散记

狼　图　腾

一

一群怀着雄心的狼来自喧嚣的都市，足迹遍布名山大川，为着一种精神，一份执念，一样的情感融洽一起。

巡回寂寞、高远的天宇，有着梦的翅膀；狼的血性，天马行空，狂傲不驯。

从山川天地间追寻猎物；从浩瀚、渊博的史海遨游，如饥似渴，煮字疗饥，崇尚“语不惊人死不休”。

避让城市的繁华喧嚣，独处灯火阑珊，望尽天涯路，或奔腾于远古，诵经念文，跨越于时代的城郭，思维悠悠，广泛猎获，为伊消得人憔悴。

二

昔有竹林七贤，古有高山流水，驮载一身疲惫，共觅一弦知音，只为绽露绚丽之花，于是乎，从天南海北，相聚天边草原，掬朵朵悠闲白云，消遣往日厌倦，何谓百炼钢，化作柔情绰态。

眼光敏锐活跃，洒脱而不失本性，无论身居何地，不时捕捉稍纵即逝的战机，凝练狼群团体的智慧结晶。撷缕缕天边云朵，喷涂绚丽彩虹。

三

蒙古毡包，几条不安分的狼，不受时间约束，借助草原烈酒，燃烧着狂热的头颅，或高山流水，诵吟天边风情故物；抑或天马行空，试图将天边白云燃烧绯红——

四

知青小镇，曾几何时，有着天方夜谭、泣血锥心的故事，如今，一群饥渴的狼在此寻踪觅迹，这并非狼偶然相聚相逢，而是狼团队智慧的升华、凝聚。

可汗山，高山仰止，相守相聚，历史定格某一时刻，璀璨的光环有你有我；布林泉，热泪喷涌，思维追随伟岸的雄姿，驰骋疆场；掬一捧甘洌的泉水，醉心荡漾，思绪愈加清晰明朗；敖包相会，虔诚相约结下今世情缘——

久逢甘霖，狼群激情澎湃，涂鸦一条璀璨的长虹；浩瀚的天宇，有待狼的图腾，历史定格。

五

是谁点燃生命的圣火，火光染映酡红的脸颊，狼群雀跃高呼："今夜在哪里？在哪里？"

今夜，醉卧异乡，任一曲《鸿雁》将遐思拉得悠长悠长；来日，也许我们天各一方，热血的沸腾涂抹一条天边印迹。

因为我们是一群时合时分、日夜奔跑的狼！

今生的缘

七月，似火的热情，燃烧着，燃烧着——

天边草原，我犹如一棵蒲公英，播下情种。乌拉盖，今生，你定格于我生命的里程碑。

天茫茫，地漫漫，我多想是一只羊，融入羊群，沉醉浩瀚的绿色，尝舔百草，忘却世俗的尘念。

朵朵小花，勾引怜爱的意念；棵棵小草，展伸丰沛的风情。细细分辨，纳入相机，绿毯裹挟之间，一朵黄色的花，引惹谁的惊诧："断肠草！"

我似乎幼稚地道："这莫不是家乡的钩吻？"

少年时，故乡的母亲让我仔细分认，刻骨铭心；如今，草原相逢，情感炸裂，似翻江倒海，瞬时升华。

归途，吻闻手中的花香，但愿麻痹我的神经，断绝世间的念想，无奈六根未清，世俗的贪念让思维混沌，并反复盘诘：

“这是草原的断肠草？还是家乡的钩吻？”

莫非今生种下的念缘！

浅吟曼歌醉花海。

总想寻找亮丽的风景，撷取最美的鲜花！

春天，草木丰盛，百花争艳，无不神驰向往，醉心花海绿毯，醉卧山水天地。

宋代诗人林升诗云：“山外青山楼外楼，西湖歌舞几时休？”每每约几位知心密友，醉心于湖光山色，往往心随景转，曲水流觞。

念天地间造化，感大自然暖风，无不让人置身仙境，顿生幻觉。

“不识庐山真面目”，怪不得苏轼淋漓酣游庐山，方有如此至深至悟。

风流才子唐伯虎一生与桃花相知相怜，每日半醒半醉，忘却尘念富贵，疯疯癫癫，醉心大自然，方妙笔传神韵，旷世遗佳作。

吟罢古人，叹“浮华岂我事，日月徒蹉跎”？

草原，平生夙愿，恰逢天边草原采风，文友传发佳照，芍药谷花开热烈，气势磅礴，看罢文友传发佳照，令人神驰向往。

采风本想与花仙有约，无奈“日月逝矣”！

天边草原，兀自百无聊赖，却奈何不了下马酒的美意、蓝哈达的盛情、可汗山朝圣、布林泉沁润——情随物转，心之荡漾，处处缔结温馨。“中国散文诗联盟”揭碑，让我欣赏一场规模盛大、醉在心田的芍药谷盛景！

我莫非因它赴约而来吗？

人生旅途，只要对温馨的生活陶醉、富足，想必处处都有芍药盛宴，它是开放在心田最美的景致！

羽化的云

“接天莲叶无穷碧”，宋代诗人杨万里对荷花盛况的描写达到极致。

天边草原，我真正领悟诗的意象，蓝天与草原相吻，羊群似天边白云，悠悠飘过，美得醉心，爱到心田，让人顿觉映日羊群别样雪。

那云彩，虽说没有马的骏美，牛的雄健，却有大自然的纯美、温柔、驯顺、憨态，毫无矫揉造作之态，惹人怜爱。

人之初，性本善，以羊为鉴，但人根除不了啖肉的本性。剪羊毛，饮羊血，喝羊奶——面对人类伪善的佛性，羊坦然相向，慷慨悲歌。

佛曰“不可杀生”！人却在虚伪的情感里龟缩与向背，一手圣经，一手操刀杀戮，生灵无奈于“休管他人瓦上霜”的喧嚣中濒临绝迹，但草原上的羊此消彼长，顺其自然。

羊的灵性，让草原显得和谐、友爱。相形见绌，人性的美方凸显柔弱与黯淡。

草原伸展宽广的胸脯，任其子民抚摸、亲吻与啃舔，承载着千代万载，牧民捏着白云的裙裾，或长袖善舞；抑或折褶高卧。雄鹰从苍廓的天宇俯冲，似乎诉说草原发生一切的一切！

人有多少心愿，隐藏多少秘密，拥有多少野心，除了敖包，牛羊最清楚不过。

一个彪悍、人数不多的游牧民族，贴着马背驰骋，智慧来自羽化的白云。烈性的马奶酒，燃烧着高昂的头颅，战刀猎猎，所向披靡。

成吉思汗，一生开疆拓土，面对草原，也觉卑微尘埃，死后，浩瀚之心复归故土草原，臣服白云之下。

古人云：“人之将死，其言也善；鸟之将死，其鸣也哀！”人心向佛，何必终生参悟，羊乃最大的造物主，哪怕形体俱散，憨态依旧，荡涤尘念，羽化万物！

知青小镇

知青小镇，一个时代的符号，注入草原文化的情愫。

一排低矮的房舍，镌刻鲜明的标记——某排几号，烙上知青特殊的印记。

知青，有着军人的血气方刚，敢教草原换新装；又似绵羊般圣洁、纯真，一颗红星扎根草原。

蓝色的哈达，拥抱着千里寻梦的远客；下马酒，捧出草原千年的风情。

今晚，醉卧天边，梦乡，一匹匹狼奔跑于草原——

知青小镇，沉淀一代青年的梦想，天当被草为床。乌拉盖河的水牵引我，“烟花三月下扬州”，梦中却有“扎根草原，开发边疆”的绿色戎装；九曲湾的温婉柔情，让我联想当年知青思念亲人的寸寸愁肠。

知青，时代的宠儿，时间挥不去当年的豪情壮志；对联、语录的浸染，镌刻知青颗颗鲜活的红星。

知青，历史将你撕裂成阵阵疼痛，你曾为开垦处女圣地而来，如今退耕还原，生态复古。

尘归尘，功归功，天边有了知青的到来，草原才变得更有灵性，乌拉盖河水才会彻夜唱响。

知青小镇，今生，我为寻梦而来；今世，我拥有天边之梦——

三排二班三二〇八班。

可汗山沉思

一只雄鹰从历史的天空掠过，化作一尊雕像，定格于可汗山巅。

可汗，会空凌绝顶，草原风景尽揽怀中。

可汗，世人为推崇、敬仰，置父子于山巅，但又叹谁知您心，高处不胜寒。

山脚下，骏马时刻等待您驰骋；将士排列方阵，时刻听从您召唤。也许您微妙一笑：这些现不属于我，别惊羡我父子，我迫切需要和世人围着篝火，载歌载舞，彻夜谈心；草原，我只需要一群牛羊，让我飞扬长鞭，驰骋于蓝天白云。

“可汗、可汗”的高呼，曾燃起狼的雄性；长睡的可汗，不要历代帝王显赫奢华的陵寝，宁愿化作草原的一抔土；甘愿化作天边的一缕轻风。

志存高远，戎马一生，原是草原上不落的太阳，也许太过于倦厌、心瘁，如今，静坐可汗山峰，脸呈慈祥仁爱之音容，淡看功名利禄之熏心，草原才会这么和谐、安详与静谧。

可汗的一生杀戮太多，此时无声胜有声，面对长生天，默默静穆，或超度亡灵。他无须世人喧闹与朝拜，即使众人信奉为战神，但终归草木一春，人如朝露，青山依旧在，尽付笑谈中。

一朵白云悠悠环绕，可汗，您为何纹丝不动，心无旁骛，嘴角泛起对尘世丝丝厌倦与蔑视。

空即为有，有即是空，人何必被世俗的贪念累赘。

可汗山的大汗，世间本将您雕塑成逍遥自在的一堆石头，但您的神魂无时不刻警醒世人，不必过多地被世俗的杂念卷入旋涡。

风雨肖崖湾

云，一团又一团，一片又一片，拥挤着，黑沉沉地压向湖面。

风，怒吼着，一阵紧过一阵。它恰似湖里的蜈蚣精，掀起白浪，一浪盖过一浪，涌向湖岸，冲上草滩。

紧挨湖堤，一大片荒芜废弃的平地，似一个多日未洗的虬须疯汉，极力站立没膝的芳草，撸下，掀起。透过喘息的瞬间，隐约可见乱砖、瓦砾。

这是我走进肖崖湾的情形，暴风已来，大雨将至。酷暑转瞬荡然消失，同时，卷起的还有六百多年前“一砖一瓦”的钩沉史实。

在“虎踞龙盘，洪武赶散”的鞭子驱使下，明代的子民像牛羊般滞留湖畔。燃起近两百座的窑火，烟囱宛如只只红红的眼睛，喷射出道道冲天的怨气。还有，船，一只接着一只，像深冬的残月，切割了移民与原乡的脐带，再也回不去。我，赶在暴雨来临前，向这个南方充满谜一般的地方鞠躬。

土崖上，一截赭白色的花岗岩石碑；一片葱绿的麦地，宛如沐浴后皎洁的少妇，胴体散发出诱人芳香。演出最壮观的还是无边无际的湖水，卷走了我所有的意识，让我惊慌而混乱。

不远处的向阳村，传来低沉、嘶哑的铜锣声，还有连路爆竹的炸裂声，一列长队逶迤而来，他们将在土崖上举办最后一回最为隆重、也是最为悲壮的土葬，死者乃村里的寿星，他用结束生命的方式，给曾生存在这片湖滩最古老的习俗画上圆满的句号。

肖崖湾，这片既熟识而又陌生的地方，她似半露半掩、顾眼流盼的丰腴美人，让世人素怀好奇与惊诧。

第一回来肖崖湾时，这里曾有着一脉窑火，高耸的烟囱蹿出黑烟。距今不过三年，旺盛的窑火早已熄灭，窑窟在风雨中轰然坍塌。

这片草长莺飞、深没膝盖的草坪，原本是土崖般高的黄土，且一直绵亘至湖边，只因明初定都南京时，黄土被夯实成千千万万块城砖，经船抵达南京，修筑成雄踞神州、号称“天下第一”的城垣，它历经数百年的沧桑，俯视人世间的腥风血雨。

到过南京城的都昌人，偶尔发现城砖刻有“南康”“都昌”的字眼时，定会油然生发一种亲切、炽热的情感。城砖来自江西、湖北等省，肖崖湾便是南康府进贡城砖的最大基地。

据历史文献详尽记载，肖崖湾的官窑规模空前，屈指可数。那时，窑火映红湖面，经久不息。官员为达到城砖的生产质量与进度，竟然挥斥长鞭，严厉苛求窑工，顶着烈日酷暑，冒着极度严寒，赤身露体，如牛般日夜拼命赶制。

风，呜咽着；浪，翻滚着，似乎诉说那段沉闷许久的悲痛历史。孰料，肖崖湾当年目不忍睹的悲壮场面，是何等沉甸与壮观。

遗弃的土滩，草一岁一枯荣；低浅的湖床，水一次次掩埋。但毕竟抹不去躯体的累累伤痕，只要掀起泥沙的皱褶，定会觉察“一砖”下的道道印迹。还有，肖崖湾村前古樟下遗存的城砖，它定将人的思维似翼鸟般飞向明朝那段古老的历史时空。

我张嘴想说些什么？风，呼呼地将我的语言卷跑了。我缓缓地向湖畔走去，不远处，张开血盆大口的恶魔吸螺机似的，它吞食湖里的一切，又将吐出的浊水恶狠狠地抛向湖面。不久的将来，洁净的湖水定会滋生着浊物，它将让人防不胜防，难以预测。

然而，流泪的史实并非“一砖”而终止。肖崖湾的瓦屑坝，如同诸多的瓦屑坝一样，给后来的史学家留下不可磨灭的重彩一笔。

风雨飘摇，战火劫后的中国，自古以来，民间一直流行“北有山西大槐树，南有江西瓦屑坝”的传说。统治者为了政权稳固，往往将人烟稠密的人口疏散、驱赶到无人区。从而，相继创造了史无前例的大迁徙。

明太祖朱重八为了成功上演大迁移，竟不择手段，挥鞭驱使，全国当时五分之一的人口，被迫流离失所，背井离乡。仅江西瓦屑坝迁移的人口，足有二百四十多万。

村民指着初夏一片碧绿醉人的草滩及水沿，隐约可见坍塌的土坝上面随处残存着瓦片道：这里便是瓦屑坝，明朝时，曾上演那场“江西填湖广”哭天怨地的悲恸一幕。

明朝是朱元璋一家的天下，子民只不过是他随意摆布的卒子。瓦屑坝，万人攒动，难舍难分。移民踏上漂浮的木船，便生死茫茫，此生再难重踏故乡热土。

湖水茫茫，挡不住浪花里的无数相思。据说，移迁安庆后，一些移民梦寐以求，能够叶落归根，即便老去，也要置柩于地面，等待回归故里，方入土为安。久而久之，形成安庆地区丧葬中“厝棺”两步的习俗，树摇叶落归尘土，野草萋萋入眼凉，我只有轻轻闭合眼睛，默默聆听水与花草，在空间发生一次亲密吻合。

任凭朱元璋做怎样的长梦，明朝的基业如何固若金汤，历史却给他一个华丽转身，两百年后，大明的舞台戛然而止。

鄱阳湖似一个消化道上巨大的胃囊，它吞食饶河、抚河、修河、信江、赣江五大水系后，奔腾不止，扑入母亲的怀抱。

不远处的朱袍山，一直流传着朱元璋晒龙袍的传奇故事，然而，沉寂了六百年之久的悲壮场面，却仿佛掉入茫茫湖中的纸片，有几人知道。而这片被湖水淹没的泥沙浅床，它将掩埋着怎样的变故，经历了怎样的艰辛，有多少家破人亡的惨景一闪而过，它汩汩地流进湖泊，无人知晓，无人能承载动万般思念，千般愁绪，任凭风雨冲刷，必将凝结成一句“悲壮成河”的言语。

我不禁打了个寒战，墨一样的云间，似乎有张剑霜般的脸，是朱重八的脸，他鹰隼一般的眼，迸射出两道寒光。

瓦屑坝的移民，以悲剧的形式苛刻这里的一切，成就安徽、湖北等地重新崛起。烟华之地，必有哀婉处。我无法从这里寻找更多细节，只有热恋故土的游子后裔前来凭吊这片热土，好让他们的祖先背井离乡时遗存下的印迹得以熨平。

肖崖湾，经过一场风云洗涤后，空旷的土滩渐渐得以平静。随后，肖崖湾村的始祖相中这块风水宝地。从此，开疆辟土，繁衍子孙，世代守望，寄托“桃花源”般的生活。

一九九八年那场百年未遇的洪流，撼动了肖崖湾村几百年的根基。为了向往更加稳固的生活，他们开始了整体大迁移。

风在呜咽，云在交织。滔滔湖水，好像盛着无数人彻夜煎熬的相思。眼前，铜鼓还在引路，哭声连成一片，只要亡者尚未入土，葬礼便不会走到结局，远行的故人再也不能回头，而肖崖湾的亲人还在土崖上守候。

历史是丰厚的，亦是吝啬的，它惜墨如金，有如一位丹青高手，极力描摹这里曾经发生的一切。

时至今日，肖崖湾更名向阳村，但这里的人一直沿袭着古老的名字，它似一棵根深蒂固的大树，种植自己的心田。他们之所以更换村名，想必怀抱“向阳花木早逢春”的美好意愿罢了。

我俯下身，让水亲密地抚摸肌肤，让身心感受着温度，顺手掏起一颗被水冲洗的卵石，它温润如玉，结实富有光泽。此时，突然想到湖水，它曾承载过几百年前移民的身形，有着移民当年的体温。水里，小鱼大着胆悠悠朝我游来，它眨巴着眼，俄而，似游魂般朝深处隐去。

风，间歇得以喘息，湖面泛起只只水泡，预示着大雨即将倾覆。我始终不能如游鱼般走入水里，在大雨来临时，只得带着石子，作揖告别。

土崖上，爆竹密集地爆裂开来，它似乎告知我，这里将有一个灵魂得到安息，同时，沉淀着肖崖湾这片谜一般沉甸与厚重的史实！

最美的石林

云南石林的影响莫过于阿诗玛，但它仅仅是个传说；乐平的怪石林在于天然集成。然而，石柴里古村的美，在于两千年的存在与传承；在于矗立千千万万石氏后裔的心中。

掀开石氏族谱，跳跃出行行清晰的文字：始祖石仲先（？ —30），随其父端饰公（前 21—？）落居鄡阳韩田十五载，待益仁公（仲先之子）与恩公张克铭孙女完婚后，率子返河南原籍，益仁公陪母亲留守鄡阳韩田，繁衍子孙，至今，尚一脉相承。

江西素称鱼米之乡，都昌身处鄱阳湖，三面环水。至今，每一处村庄大都选一个“墩头”（地势高的地方），背靠着山，面临池塘，岭上垄下尽皆田地。

鄱阳湖浩浩荡荡，港汊纵深，星罗棋布，又大多极为相似。况且，都昌乃全省十八个最古老的文明县之一，又是少数民族的聚集地。有史以来，都昌人大都被称为番人或武陵人。

当年，北方外来民族入侵，烽火四起，中原的汉人惨遭灭族之灾，人口多次剧减，加上频繁地迁徙，鄱阳湖倒是避乱的理想场所。

晋朝诗人陶渊明是从鄱阳湖山中走出的陶令，祖居苏山十里陶家冲。他生于斯，长于斯，不为五斗米折腰，却热爱家乡，向往田园生活。他笔下的《桃花源记》，也许正是家乡塑造的版本，从文中的“武陵人捕鱼为生，缘溪溯上……”可略知一二。

晋朝时，都昌境域尚为原始生态，人烟稀少，树木参天。离陶家冲不远的徐埠镇，唐朝时才得以兴盛。上游的石柴里一带，桃树夹岸，溪流被树木掩映，外地人若想寻到一个村庄，谈何容易。

县志记载：晋朝，韩田、蔡岭、港头、周溪一带归鄡阳县管辖。鄱阳湖原本是鄡阳平原，只因一次地壳运行，才有“沉鄡阳，立都昌”之说。

神州素有古城之争，要说一脉相承，村史尚有两千年的村落存在，恐怕微乎其微。但石柴里古村之所以能存在两千年之久，一是得益于鄱阳湖沿袭着原始的母系氏族关系：二是秉承祖训，不可远离韩田的白水塘。

族谱记载：始祖端饰公秩满，领子返回故里（河南芑田），其孙留住跟着母亲崔氏过日子。现今的徐埠镇（韩田），尚有石姓先祖益仁公及其祖母甄氏，母亲崔氏三人的坟墓且保护完好。

都昌的村庄大都沿袭过两个年。女儿回家过年，如今看似天经地义，新中国成立前，女儿绝对不允许回娘家过年。石柴里村却很特例，有村史以来，一直有个姑姐年。

徐埠镇的繁华始盛于唐朝，原是都昌最早的水运码头，舟楫云集，商贸繁荣。那时的徐埠，棉花行有五家，南北杂货一百三十多家。能宿百人以上的客店十三家，歇五十人的旅社有三十多家。旧时，曾有《十字歌》曰：“十个大当铺，十个大作坊；船满十里港，街有十里长。”昔年的古镇，有着“买不尽的埠下，装不完的吴越”之说，素有“小南京”之美誉。

石柴里村延续了仅百代香火，倘要说石氏子孙有多少，也许谁也说不清。明清的太平盛世，全国五省四十八县的石氏后裔，潮水般云集石柴里，压沉了当时徐埠的街道。

石柴里村素有“三王”之说：力王石辉德无非力大无穷；法王石仕凯法力无边，能呼风唤雨。鄱阳湖大战，法王相助过朱元璋，有着朱元璋“三顾茅庐”的美誉。死后，朝廷厚葬，并追敕官职。

风流总被雨打风吹去，但掩埋不了史实。财王石崇，富可敌国，却不听从权贵，与帝胄比高低，终因红粉卷入旋涡，惨遭灭门之灾。唐代诗人杜牧《金谷园》诗曰：“繁华事散逐香尘，流水无情草自春。日暮东风怨啼鸟，落花犹似坠楼人。”《红楼梦》里的黛玉也曾题诗曰：“瓦砾明珠一例抛，何曾石尉重姣娆。都缘顽福前生造，更有同归慰寂寥。”只叹石崇过于偏财，难敌小人谄言，终是东风不与周郎便，铜雀春楼坠娇娆，只落得长叹道：“奴辈利吾财矣！”

翻阅石柴里村旧修的《石氏大成宗谱》，可知石崇确为都昌石氏后裔，并非空穴来风。他生前曾回白水祭祖续脉，在南山之南，置田百顷，建玳瑁阁。置庄居焉”，取名“金谷园”。石氏子孙也曾建石祠纪念石崇，览阅都昌的同治版县志，数次记载着历来县官颂咏“石祠”的诗篇。

石柴里村的老人过世出殡时，无须丢下买路钱。相传，因始祖的最早到来与开拓，子孙就是到了阴间，走的还是自家的路。

走进石柴里村，最为显眼的要数“石柴村”碑牌，它是迁到湖北大冶的后裔赠送的。每年的清明节，湖北大冶与阳新的石氏子孙等纷纷前来祭祖。泱泱大国，足可见后裔热恋故土、挚爱祖先的拳拳之心。

江西的古村落不外乎德安的义门陈村、乐安县的流坑村、都昌的鹤舍村，村史最长不过一千三百年左右，如今已成最美的古村，而有着近两千年村史的石柴里村定会不甘寂寞，不落后尘。

中国的大迁移，素有“山西的大槐树，江西的瓦屑坝”，如今的石柴里人口不过三百，除了瓦房、别致的楼院、硬化的美化设施，最让人勾念的莫过于村前的白水塘，它除了平日浣衣洗菜，便是石氏后裔生存根深蒂固的元素。

石柴里村传承延续了近百代，外迁的子孙无法统计。外乡的石姓人家秉传着一种俗习，门口塘大都挖成近似三角形的白水塘，我想含义不亚于瓦屑坝注入的乡愁。它犹如一棵棵石笋，耸立于石氏后人的心中，形成一片独特的蔚为壮观的石林景观。

石柴里村的祖厅后，除了一棵枣树，还有一棵枣树，它们不忘根本，相依相偎，相互砥砺前行，祈盼更多的石氏后裔兴旺发达，早回故土寻根溯源。

都昌的祖厅大都镌刻祖上的遗训对联，一副或几副，后人不得擅自更改，石柴里村自然毫不例外。“孝谨传家，居卜鄡阳迁白水；忠纯受姓，远宗陵里近韩田。”子孙谨遵祖训，不得远离鄡阳韩田。

犹如墩头的石柴里村瓜藤般耸立于鄱阳湖畔，悄无声息，瓜瓞绵绵地存在近两千年。它独领风骚，藤牵千里，乃至全国，根系依然那么健壮与旺盛，成为独一无二的风景，它的美终究被世人发现、承认与传颂。

邂逅最美的古村

缓缓地，悠悠地，走过了千余年。一位老人，用煽情的语言，引导我拜谒晋中市榆次区东赵乡后沟古村。

人尚未进入后沟古村，满眼尽入图画。谷静林深，龙泉流水，寺院林立，古树参天。民居依山而建，随崖就势，古窑洞、三合院、四合院，古朴自然，浑然天成。眼望春耕秋收，民风淳朴，门洞敞开，鸡犬相闻，无不诠释农村的含义，将古村活成水墨丹青一般，既要有投入，更要有心境。后沟古村以满满的诗情画意敞开一扇门。

走进后沟古村，似乎感觉不出江南的气息。窑洞式民居非常普遍，它们大都傍崖就势，随形生变，种类颇多。窑洞按建筑材料可分为土窑、石窑、砖窑，按建筑结构可分为券窑、土挖窑两大类。

人类居室的演变，其脉络逃不过从穴居到半穴居，乃至地面上，后沟古村的黄土窑洞恰好印证了人类居室变迁。窑洞在做工上用木骨草敷墙，还有类似绑扎式结构，有着冬暖夏凉、春高秋爽的特点。

后沟古村的正屋大都相似，有的院落兼有东西厢房与南屋，构成封闭完整的四合院。大门的两侧摆放着抱鼓石、门枕石，如稍加注意，门帽上镶嵌墀头，饰有彩绘。虽然年代久远，但风韵犹存。

一方水土养一方人，后沟人热情、豪爽与粗犷，黑黝黝，站立似一棵树。我想，他们与北方的地理气候造就、土崖窑洞的融洽与搭配有着天然的缘分。

行走古村，我是多么地谨小慎微、诚惶诚恐，生怕惊扰这幅画的静美与和谐。

我尽管是个蹩脚的习画者，色调不善把持，情感却被眼前的景色所俘获。面对晋中独一无二、不可复制的老人，我只得乐此不疲，潜心前行，步步迫近腹地，深深向它鞠躬致意。

余秋雨在《文化苦旅》中说："时间和文字在一个个庭院里厮磨，这是文化存在的极暖方式，倘若你愿意，何不挑一阳光明媚的日子，寻一古村，享受你的专属时光。"

当今的中国古文化村落，在现今的经济浪潮中苦苦挣扎，有的如陨星般坠落。后沟古村位于晋中市榆次区东赵乡，总面积不过一点三三平方公里，户数不过七十五户，人口仅二百五十六人。但后沟古村恰逢甘霖，得到当地人的独具慧眼与文化自救，乃至先辈艰涩地坚守与延承，它似一枝奇葩飘扬在当代古村落的天空，璀璨灿烂，不可不谓之晋中之幸，中国古文化之幸。

立于崖上，鞠躬俯视，我不得不惊叹后沟古村的谋思布局多么科学严谨，匠心独运。它们依崖而下，层出叠见，错落有致。排水的走向更是炉火纯青。它有如两条龙从山崖冲出，深埋地下，连着各家院落进口，闯入龙门河中。

我生长于烟雨空蒙、景色秀丽的鄱阳湖畔，随即沉醉湖光山色之中，油然对北方的景物充满着好奇与冲动，惊叹后沟古村有着江南的参天古樟、林间的葱茏苍翠。

平日，总爱用狭隘的见识估摸北方的一切，面对眼前的景物，不能自制。只叹不是梵高的信徒，却又多想受他的影响，用明暗的色调，倾注所有的情感，留住这里的一切。

也许习惯了江南的鱼米荤腥，面对后沟古村丰富的生活元素，恰似刘姥姥初进大观园，蜻蜓点水，风卷残云般尝食着美味佳肴：小米粥儿山药蛋、莜麦面栲姥姥割糕糕、豆面剔八姑油墩墩……有的食材，家乡大都有，但后沟古村竟能如此享用，饮食发挥到极致，倒让我心生嫉妒。

风流总被雨打风吹去，面对普通简陋的庭院我不想多看一眼，有谁料到，这里曾经走出过一位将军，他有着金戈铁马、气吞万里如虎的气势。倘若与贪官、明星的豪华别墅相比，它是何等羞涩、低矮，但剑胆琴心的豪气冲出斗室，光华灼灼，似乎向世人警示。

厌倦庸俗的世态，不由钦佩老一辈功臣，他们不忘初心，甘愿做平民百姓，不计私利，不居功自傲，我不由得向将军宅作揖拜别。

沿崖的豁口前行，突兀一处独立的院落，它坐落山坳中，三面环山，一面绝壁。屋主趁山崖凿成隧道，并在隧道中挖壕沟，设吊桥，形成一处落桥而通、起桥而绝的具有防御功能的院落。大有一人当关、万夫莫开的雄霸气势，不由让我想起了三国时横刀怒目的张飞。

暮色四合，暮鼓此起彼伏，余韵袅袅，回荡于后沟古村。循声寻去，树木参天、葱葱郁郁的林间，隐约可见诸多寺庙，实属罕见。

问罢村民，方知大小神庙十八座，它们依风水而筑，按方位布立，大都是数百年历史的古建。寺庙将佛教、道教、儒教融为一体，从而衍生为一生二，二生三，三生万物，万物和谐，相脉相承，皈依众生。

走遍村庄，各户的大门敞开着。问之，都道历来如此。后沟古村民风淳朴，风清气正。怪不得中国民协原主席冯骥才先生对后沟古村的定位和评价是“中国民间传统文化复兴的起源地”“中国北方的世外桃源”。

正因为后沟古村浓缩了黄土旱塬农耕文明的传统经典，保持了中国特别是北方汉民族千年来自给自足的耕作方式，保存着完整的村政设施、等级分明的居住格局、防患于未然的仓储制度等，构成了完整的民间文化体系，它是北方农耕文明的活化石。

酒赋予着诸多的文化元素，历代人将乡愁浓缩杯中，一醉解千愁。而后沟古村的酒韵味更浓更醇香，历史更悠久，更易使人沉醉，一醒恍如走过千余年。世人却一如既往，一次次端起酒杯。

桃花源中的得陇望蜀

狮子山坐落鄱阳湖畔，却因“狮子吼月”得名，举目望去，一山欲出，群峰响应。山中的双尖峰，双峰环抱罢冲垅。泉水长年不息，依涧泻出。溪水环绕处，有着一处别致的“世外桃源”。

暮春的一天，我直奔李贺村，只因这里还有着神乎其神的得陇山庄。

提起陇西李贺村，我倒不陌生，三十年前，堂姐出嫁，我随迎亲的人群，走过十几里的泥石公路，爬上一处黄土陡坡，行进于起伏的山岭。岭不高，不见树木，丛丛茅草点缀其间，苍老而荒凉。

沿着蚯蚓似的山道，山坳中冒出一片茅顶土舍。村口的土路，零星散落着堆堆牛粪；村里，弥漫着污浊作呕的气味。

后因姐夫早逝，堂姐改嫁，李贺村再也无缘涉足。

小车沿着宽阔的都中公路，过游潭桥，顺着路标，拐进一条水泥岔道，苍翠挺拔的松林扑面而来，树龄怕有二十多年。且每棵树干皆有剥痕，张张薄片嵌入树身。

顺着夹道的松林，行驶不到一公里，便见华盖似伞、青翠欲滴的百年古樟，十几棵，一字排开，静立路两侧。出得绿廊，拐弯即见李村石材厂。

村前的石材厂，占地二十余亩。返乡的村民集资入股，合理开发当地的天然资源，生产的石材远近驰名，畅销周边县市。

紧靠石材厂，便是飞檐翘壁、雕龙画栋、气势轩昂的祖厅，匾额手书“陇西世家”。庄严肃穆，俨然煊赫着皇家气派。

我问及村里老者，方知承继陕西李氏血脉。村中，原始的牛棚、茅舍荡然无存，突兀眼前皆是新颖别致的别墅，如果不是周边的青山绿水提醒了我，也许认为误闯了“世外城镇”。

李贺村因困山中，地贫田脊，交通闭塞。穷则思变，趁着改革的春风，村里的青壮年纷纷外闯，他们勤劳节俭，善于谋生，经营着各行产业，打拼出片片天地；留守之人，则八仙过海，各显身手，承包山林，栽种药材，收割松香，兴旺发达后，他们回报家乡，捐资修路，筑塘建祖厅，美化家园。

村里的老人，贫穷压迫了一辈子，现今，脸上洋溢着笑意，他们反应不再迟钝，言语不再木讷。

交谈中，我提及得陇山庄，老人竖起拇指，道："李映义，胆大敢闯，利用荒芜的山林田地兴建了集旅游休闲的山庄，干出了一番惊天地的义举。"

老人言犹未尽，接着补充说："映义，他向来老实本分，言语不多，脾性却倔强。小时家穷，他靠着小学文化，敢于外出拼搏，从泥工、小包头做起，踏实肯干，风风雨雨，一路走来。正值鼎盛之年，他毅然返乡，竟选偏僻之处，倾资兴办得陇山庄。"

"呶！"顺着老人的指向，不多时，便到得陇城楼。

要说城楼墙，一律采用青砖垒砌，白线勾勒，青瓦贴顶，龙檐飞翘，高与峰巅比齐。白云环绕楼顶，清风吹送城垛，车驰城门，马踏城墙，皇家气派，恍如穿越千年。

山庄的长者告诉我，城墙沿山脉排走，蜿蜒逶迤，长达八里。虽然觉察不出楼墙与农庄有何关联，但的确被李氏后代的大手笔大气派所惊服。

入得城楼，顺坡而下，我被眼前的阔景所挑逗，双峰拥抱而下，山涧绵延而来。山壁，白龙翻腾；泉溪，顺涧倾泻，注入水库。水榭亭台，白鳞翻飞，白鹭时而贴近水面嬉戏，时而腾空比翼双飞。

水库两岸，尽是果树，时令已至五月，似乎感觉桃红橘绿，香味沁人心脾。

花海沿着水库铺展，正当赶上花汛期，一大片一大片，开得蓬蓬勃勃，争妍斗奇。花卉品种多样，虞美人、康乃馨、郁金香、紫罗兰、玫瑰等。药材有芍药、金银花、百合花，浩浩荡荡，一直延伸到城墙。

水溪边，偶尔点缀片片荷塘。荷叶下，水鸟逡巡，蛙鼓虫鸣。它们似乎格外出局，悠悠哉，怡然自乐。

如今的李贺村，红红火火，热热闹闹，宛如鲜花，迎风怒放。但它不过是大地之上的冰山一角。

观罢美景，思绪万千。现在，人们处于丰衣足食、家有殷余的时代，便更新传统观念，退耕还林，归真返璞，崇尚自然本真。

“草长莺飞二月天，拂堤杨柳醉春烟。儿童散学归来早，忙趁东风放纸鸢。”

李贺村的人甩开臂膀飞翔，脚踏实地创业，李映义更是凤毛麟角，他倾注多年的积蓄，大胆尝试，大胆拓展，在李贺村的天地间创造一方山水桃源。为李贺村，乃至更多的游客提供舒畅优美的环境，呼吸天然氧气。前进中的李贺村人，不愧为唐代王室的李氏后裔。

路一直在延伸，李贺村人的野心尚在膨胀，正如李映义的思维与构建，他身居桃花源，想着拥有更多的山林，解决周边的村民脱贫就业，还鸵鸟、羊马、梅花鹿等动物一片自由奔驰的空间。不由让我联想到一句成语：得陇望蜀。

天底下，不知谁放声高唱着：“蓝蓝的天上白云飘，白云下面马儿跑——”

寥子花开

深秋的一个下午，我独自来到鄱阳湖长堤。

湖水渐渐退进港湾，湖面裸露一片光秃的洲滩。一股淡淡的、清新的泥土芳香，裹挟着死鱼腐烂的味道，越过湖滩，漫过湖堤，在微风中弥漫着。

浸泡水中的微生物，沉积于湖泥的表皮，还有猝不及防随水而去的贝壳，半翕着口，身后拖着长长的痕迹，似乎在做死前的挣扎。

三三两两的孩子，影影绰绰地出现在湖滩，不知他们在寻找些什么？又或许盼望些什么？

这难道是千年罕见的寥子花开的地方？

我带着这个疑惑，从这片古老、沧桑的湖滩穿越千年往事而来。这本是沃野千里、物产富饶的鄡阳平原，这里生活着刀耕火种的燧人氏母系社会，它曾诞生了智慧勤劳、为人楷模的陶氏文化。只因晋朝时的一次地壳剧烈运动，从此，古老的母系文化沉没于湖底。

我曾行走于这片渔产丰富的湖滩，从消失的鄡阳古城遗址上寻拾些散落的瓦当、陶瓷碎片与铜镜，从而佐证最为原始的氏族部落。

随着“沉鄡阳，立都昌”的历史延续，鄡阳文明日渐淡出，都昌遂进入漫长的封建时代，男权渐渐得以显赫，女人则沦陷、禁锢于漫长的枷锁之中。

面对茫茫的水域，我曾为之欣喜，为之自豪，同时为之哀叹，为之挽歌。

“雄鸡一唱天下白！”在这高歌猛进的时代，鄱阳湖滩沐浴着春风，感受着祖国大好河山的新气象、新风尚，葛洲坝的成功拦截，高峡出平湖，从此，古老沉寂的鄱阳湖再现千年奇观，进入异常活跃的新世纪。

和煦的暖风徐徐吹送，裸露的湖滩感受着温度的灵息，万物更加生机勃勃。藜蒿肥嫩，堪称舌尖上的美食；百鸟翔集，共建美丽富饶的天堂。

碧波荡漾的鄱阳湖从此吹皱一湖春水，寂寞的湖滩催生一片新绿，缔结出千年难逢的奇花。

在这春回大地、百鸟朝凤之际，寥子花的根须深深扎入这片湖滩，默默沉寂湖底，饱吸养分，只待金秋十月的爆满。

每逢进入枯水期，湖滩上，寥子花开得洋洋洒洒，无拘无束，热情奔放，熙攘热闹成一片紫红色，在这和暖惬意的深秋，载歌载舞，共庆湖滩获得新生。

我沉浸于花海，凝望着这片如烟似锦的花絮，深感寥子花只有适合这样的温度，这般环境，才能千年逢生，再现鄡阳灿烂文明之花。心情为之欣慰，为之心花怒放。好雨知时节，寥子花开，不能不说是鄱阳湖上空降临的幸运女神。

这莫非是上天的恩赐与巧妙安排？寥子花从此续写了母亲湖的肥厚与博大精深的情怀，它选择开在硕果累累的深秋，为这片谜一般湖滩，铺垫一派美轮美奂的人间奇迹。

湖滩上每一朵花，或许是鄡阳人的灵魂再现，也许是人间长笛吹送出的一首绝美神曲，随风飘送，开遍世间每一方土地，红遍五湖四海，扎根天涯海角。

这片金黄的湖滩，春天它默默耕耘，广播种子；夏季享受脉脉温情，吸吸营分，情感的理念得以升华；只待秋水退却，丰满洁净、肥沃的湖滩再现一片繁荣。

抚今追昔，这片水淹的湖滩曾经谷物满仓，树木丰茂；如今，寥子花爆裂一冬的能量与挚爱，从土层里脱颖而出，沸沸扬扬，一路飙升，缔结一份女儿般的炽爱。

魏武挥鞭，东临碣石有遗篇；鄱阳湖一役，奠定明朝几百年基业。风物传情，惹多少文人骚客竞折腰；桑田沧海，我们的祖先耕种于鄡阳平原；世家风范，祖辈泛舟湖上，捕鱼撒网，饱尝世态的炎凉冷暖，无不盼望天时、地利、人和，无奈久扣柴扉终难开，时今逢遇强劲东风，终是春色满园关不住，千年奇花齐怒放的人间襄事。

上善若水，渗透进这片厚重的湖滩，并与湖滩相亲相容，共同参悟厚德载物的人间禅意，故此，湖滩才会瑞霭降临，世间方显奇罕之事，寥子花开，莫非上天冥冥之中的兑现。

细细品读粉紫色的花卉，一朵、两朵或几朵，很是柔弱，也许一场秋雨顷刻将它消失淹没，唯有花海一片，阵容方为强大，举世无双。

如今，湖滩袒露丰腴、热情奔放的情怀，保持着一种温度，一种理念，全心全意地怒放成千姿百态、光芒四射的花海，假以时日，它的努力总将赢得天下人的美誉与赞同！

小河潺潺访古樟

树比比皆是，大道旁、公园里、村庄、山林都有。

自家院内，也栽种了几棵，橘树、枣树、枇杷树、桃树——它们皆因果树窈窕、秀美，虬枝斜逸，风过枝动，倒也勾逗些生活的情趣。

华清来电，问去中馆镇小河自然村看樟树否？乍听，不以为然，说实在的，公园里我常见一些大樟树，它在异地被巨大的机器连根拔起后，移植到公园时，大都消瘦了风韵，仅存骨骼，要说树龄也不过百年左右。它们初来乍到，似乎缺少些情感，随着落地的日子久了，它的情结伴着根的伸展，才得以日渐加深与浓厚。

手机端的华清见我沉吟，语气便提高了八度道：“那是一千五百年的神树，我曾拜访过一回，罕见！”他激动肯定的语气让我心旌摇曳，恨不能立即生翅飞到树下，从它魁梧的身躯上，寻找儿时村前树的影子。

千年的古树，吸天地之灵气，纳万物之精华，它象征着全村人的兴衰与祸福。网上曾风传一棵千年古树，树内竟藏有千万条蛇，盗毁者因贪利难逃其命，保护古树的村主任即使被蛇围住，却丝毫未伤。传言虽然危言耸听，但足以证明人树有缘，树与人和谐共存。

要说古樟，我与它说来也有很深的渊源，少时的村前，也曾有一棵，树龄说来也有几百年。假日里，发小常爬上树捉迷藏，掏鸟蛋，只因淘气、惹是生非，在受到父母的呵斥与责打时，它便成了庇护我的家。有一回，奶奶见我彻夜不回，她因担心而责怪父母。

不知何年，大队想做一座木榨，便相中了村里那棵古樟树，人们耗费了好些时日，木榨才得以制成。

木榨摆放在大队的机米房内。放学经过时，远远听见“咣唧、咣唧”的撞击声，神树的体内流淌着清澈、透明的液体，它滋润着方圆十几里的乡亲，后来，又因“工业革命”被尘封。

近些年，城里人对转基因的食物产生了恐慌，人们仿效古人，开始奢慕田园式的生活。古老的木榨也在人们的渴求中得以复活，它的体内又开始日夜流淌着黄澄澄的血液。

小车从都中公路拐进一条水泥岔道，车的左侧是茂密的山林。林间杂木丛生，郁郁葱葱，树丛中开些红色、白色、黄色的花朵；小鸟的欢唱不绝于耳，宛如一首首优美悦耳的歌曲。一对百灵鸟啁啾欢叫着从车前箭一般掠过，便停落在右侧的田坎上。紧靠车右侧是一条清澈的潺潺流淌的小溪，溪边是一片绿油油的稻田。

华清边开车边介绍道：“倘若春暖花开的季节，这里又将是另一番芬香扑鼻的漫天世界，蜜蜂、蝴蝶争相采花酿蜜，游客沉醉金色花海拍照。”

车沿溪流溯逆而上时，斜出的树枝不停地和车亲吻。窗外，映入眼帘的又是一片绿海，绿得醉人，绿得生机蓬勃。万绿丛中，颗颗红玛瑙纷纷探出头来张望，倒是勾起我喉头的馋虫，如果不是前方的果林招引着我，真想在草莓基地沉醉、流连。果园里，葡萄藤上缀满串串绿色珍珠，桃树悬挂着红透的水蜜桃；橘、梨等似乎不甘寂寞，它们纷纷争先恐后地将仲夏的那片天地挤爆。如若不是前方的路牌招手致意，我们恍惚闯进陶渊明描写的世外桃源。

小车驶过小河自然村的大理石牌坊时，仍然带着我的眼睛用心观看，先入眼帘的是健身广场，活动器材齐备，装饰典雅、古朴，浓缩、蕴藏着“耕读传家”“志存高远”的古老文化气息，也更是老人、孩子天天欢快的天地。

进入村前是荷花莲池，鸣山山脉中的两条小溪，　年四季的源头活水注入池中。池中托起一座高雅、古典的凉亭，内设石礅石桌。跨接凉亭的是九曲十八弯的不锈钢长廊，游客漂浮荷花之上，可尽情赏遍绰约多姿的荷花，更是游客垂钓的乐园。

我们欣赏着风光旖旎的美景，不知不觉中渐入“枯藤老树昏鸦，小桥流水人家”之绝妙佳境。

穿过遍插垂柳的回廊，便进入花草铺设的公园。紧靠公园是一大型广场，晚上，华灯齐放，璀璨辉煌，村民纷纷步入广场，或散步、浏览，抑或聚集广场健身欢舞。

公园里保留了二百六十年的古碾，给人带来深深的记忆，同时也是中小学的教育基地。村中除了几幢特意保存下来的老虎口房屋，余下全是各式各样的居家小别墅。

乡土作家一行漫步村中，村内环境优美、洁净，每家每户门前后院栽种了各式树种。我们深吸了一口清新、充满泥土腥味与花香的氧吧，心情顿觉淋漓舒畅。

我惊讶小河村人没有被金钱与财富玷污本心，他们没有把手伸向眼前的樟树林。村庄仅千年的古樟便有三棵，一棵一千五百年的神树坐落村后的山上，它如神灵般庇护、保佑小河村人世代平安，风调雨顺，福祉恩泽绵长。

另外两棵千年古樟，一棵镇守小溪的口岸；一棵如磐石般扎根莲池旁，象征着小河村的游子无论离家多远，期望他们在尘世里出淤泥而不染，他们的根如千年古樟般深深扎在小河村。

在都昌，民间有一种说法，有村就有樟，无樟不成村。都昌人如此看重樟树，俨然一种神树。小河村的长老告诉我樟树的寓意：樟树登登，发子发孙；落叶层层，万古长青。可想而知，他们的先祖对子孙繁衍、人丁兴旺是多么地期待。

村中，无论哪棵千年古樟，树围都不少于十人合抱，树枝旁逸斜出，密不透风。树冠如伞覆盖着几十米，相近的两棵枝叶层层叠叠相连，构成一条百米的绿色长廊。

人行走树下，可以躲风避雨，特别是赤日炎炎似火烧的夏日，无论外面汗如雨流，只要来到树荫下，顿觉凉风习习，暑热顿消。

古树是人与动物最理想的避暑胜地，更是村人的聚集地。特别是夜深人静时，树底下歇息的人们趁着夜兴，天南海北，家长里短地彻夜长谈。树上每一片叶的纹脉，记载着全村人的喜怒哀乐，也曾留下多少个天方夜谭般的故事。

作协一行参观了村里的广场、楼舍，便来到树冠之下，或歇息，或忙着拍照。诗人“杜甫”出于对古樟树的炽爱，大病初愈便加入队列里，当他颤抖地抚摸嶙峋古树时，癯瘦苍白的脸颊泛显阵阵激动。

我俯身拾起地上的一片树叶慢慢咀嚼时，口里略有一丝清凉的涩味。哪怕只轻轻闻一闻，它好像凝结秋夜里的一丝芳香，久久不忍散去。我端详手心里这片温润有致的青玉，有一种回归自然的感觉。

记得古人曾有诗云：“日月清风伴古樟，云天烟雨笼村房。浓香烈烈撑华盖，晓起神樟阅沧桑。”

小河村蓝天白云，群山连绵起伏，两溪绕村环流，恍如人间仙境，心中竟然惹起无缘的嫉妒与叹息。如今，小河的生活似潺潺流水般日新月异，源远流长，村里的老人就像古樟——长寿翁，每天迎接四方游客，浏览阅景，颐养天年。

心中的神灯

汽车沿着宽阔的水泥路前行，隐约望见高踞湖畔的老爷庙。避让川流不息、穿织如梭的小车，转过几个山坳，不知何时，庙堂竟然溜出视线之外。迟疑之时，一辆银白色的小车奋力爬上山冈，转过山嘴，迎面而来。

待惊魂落定后，我将车缓缓溜下山坡，一只巨型翅膀迎面劈削下来，踩住车刹时，硕大的叶片已从不到十米之处旋转而上。

路上，一群温驯可爱的绵羊悠闲地在马路上溜达，胆大地善意地向我们眨眼调情，我只得刹住车，试着同它攀谈，主人却挥动竹枝驱赶。

羊儿极不情愿地让开路，我们继续缓缓前行。车下坡前行几百米，出谷口，视野豁然开朗。

路的左侧树木丛生，郁郁葱葱，一对红嘴翠鸟啁啾对唱，忽又腾地蹿向云端。万绿丛中，一簇火红的映山红鲜艳欲滴；右侧是一览无余的鄱阳湖，镜面恬静，倩影沉壁。百舸争竞，飞鸟贴着湖面款款展翅；金辉烁烁，长天与春光融为一体。沙滩上，游客三三两两，胜似闲庭信步；湖面上，长龙仰卧两岸，天堑瞬变通途。

遥想当年，水陌交叉，商贸云集，六水汇入吞卷风云；星汉灿烂，湖光山影长天一色。

湖面风平浪静，百帆猎猎。不远处，曾是红船庇护的地方，它是东方的“百慕大”，每当船只途经这片水域，船老大都要上岸去老爷庙焚香烧纸，燃放鞭炮，求得老爷保佑。

老爷庙坐落在龙崖山首，它依山傍壁，采用花岗岩垒筑七米之高的基座后，方始建成。想当年，朱元璋被陈友谅战败，落水遇大鼋搭救。朱元璋得天下后，在江边始建“定江王庙”（本地称“老爷庙”），封巨鼋为“元将军”。

老爷庙因明朝开国皇帝朱元璋感恩而闻名，重塑金身后香火旺盛，经久不息。庙的左崖尚存摩崖石刻“水面无心”，相传为明太祖朱元璋所题。至今，庙后尚存有朱元璋“点将台”和“插剑池”遗址。

一九三八年，“定江王庙”遭日寇炸毁，后有僧人善用来往客商的捐资，按光绪时的模样重修。一九八三年，县政府对其修缮，现今又正赶上墙外表重修、开光。老爷庙历来香火旺盛，朝拜王爷的香客风雨无阻、络绎不绝。

庙前立着两株枯而不死的大树，似乎向世人诉说：湖光山影，庙堂之高，正是王爷得道为民的仙境胜地。

紧傍老爷庙旁的矽砂厂，由于鄱阳湖畔得天独厚的天然资源，曾红红火火好些年，矽砂销往国内外。二十世纪八十年代初，矽砂厂因破坏背面山上的风水，一时惹得王爷震怒。忽一日，湖上飞来数百只乌鸦，纷纷绕着矽砂厂喧闹不止。

九十年代初的又一个夏日，晴空万里，湖面上忽然黑云翻卷，风沙蔽日。厂区顿时一片昏暗，车间工人蜷缩一团。如今，原矽砂厂荒芜废弃，我想多少有些缘故。

汽车停歇矽砂厂区，就近捎些香纸爆竹，拾级跨入庙内。已是下午五点，香客仍然三三两两，络绎不绝。此时，我的心似乎被神鼋震慑住了。心想，神鼋如果不曾搭救明太祖，古代历史的沿袭将是另外一种版本。

“元鼋将军”旁的对联最为醒目，凝神阅读，最让我深思。上联：“一生二二生三三生万物”；下联：“地法天天法道道法自然”。

我试着细细品嚼对联深奥莫测的哲学含义，深感大地生万物，遵循和演绎着天理法则，生生不息。道学无不符合大自然的造化与天理运行，天地与人并生，万物与人合二为一。

我在人与大自然相辅相成、密切结合的道学范畴中鞠躬前行，身心似乎接受煎熬与洗礼。诚惶诚恐，唯恐生活之中前行时稍有不慎，便心生邪念，沾染上世俗尘埃，等待老爷的教诲与审判。

“人非圣贤，孰能无过。”小时候，常见谁家丢了东西，或做了缺德之事时，却没人敢承认，咒骂之人便说：“老爷晓得，老爷无处不在，人做戏，天在看。举头三尺有神明。”

主殿的门前，立着“回避”“肃静”的威武牌，旁边摆放了“净手”盆，香客唯恐手沾晦气，惹老爷不敬，便小心翼翼净过手后，方跨进大厅。先在大厅的右侧燃放爆竹，焚烧神香，再毕恭毕敬地拜过天地，方复回大殿内敬拜老爷，求得老爷们的庇护与宽容。

殿内的“定江王”大老爷威风凛凛端坐中央，两侧的二老爷、三老爷目光炯炯地审视着进来的每一位香客，王爷似乎对他们的前世今生了如指掌，香客跪拜俯首于地，良心似乎正在忏悔与反思。他们在老爷面前信誓旦旦地许下若干愿望，祈求老爷在天之灵保护或监控自己的一言一行。

三位老爷的两侧墙壁上嵌有石碑两块，右边“鼎建左蠡元将军庙记”，左为“加封显应元将军庙记”，最让我注目和深思的乃是两侧镀金对联，上联“作事奸邪任尔焚香无益”；下联“居心正直见吾不拜何妨”。想必老爷谆谆告诫世人，只要平时救世济贫，多做善事，行事端正，也就上仰无愧于天，下俯无愧于龙王老爷。老爷面前即使不拜，他也会宽宏大度、不拘小节。如若平日作恶多端，犯下奸邪之事，哪怕在老爷面前再求再拜，也必定无济其事。

儿时，常叨念《三字经》，开篇之首便是“人之初，性本善；性相近，习相远”。人的本心因善而生，后天的培养决定个人对儒、佛、道的悟性。道法的衍生和完善，是千百年先人集体智慧的结晶。道沐恩万物，施之于仁爱，万物相怜相惜，和谐相处。

道法的宗旨是惩恶扬善，教导人们切勿因贪念而破坏大自然的链条与平衡，继而遭受大自然的惩罚。

想必那些由老爷点化得到洗礼的香客，心犹如雨后蓝天清新、深邃。只要他们洗心革面，重新做人，不久的将来，许下的心愿就会得以灵验。

每个人的心中也曾有一盏神灯，照亮着人生的光辉圣殿，后因各人执着的毅力与内在素质不同，也就决定他们能点燃多久？能行多远？能否度过漫长的岁月？最终能否到达生命的彼岸？

庙内徐徐响起暮鼓，我与女儿缓步走出“定江王”庙。远处，一抹余晖浮光跃金，沉入湖面；近处，夕阳晚照，庙宇镀抹一层金辉。四野的鸟儿归巢安歇，山林渐渐沉入黛黑。

当我们驱车缓行时，庙宇离我们愈来愈远，“定江王”老爷距离我们似乎越来越近！

心中的百合花

仲夏之际，我同伙伴到山上砍柴，常见山上开着一朵朵白色的喇叭花，它不似映山红般开得绚丽灿烂，惹人眼目，偶尔点缀在映山红花丛中，端正素雅却又不被人看重。

山巅之处也常见开着一朵或几朵，它的骨茎却如此纤细柔弱，周围若无柴草围护，狂风过后，也许茎折花殒。

我好奇地问伙伴，都说是喇叭花。那时，我与同龄生活于困顿年代，最大的奢望是吃顿饱饭，哪有闲心赏花，更谈不上深究花的寓意。

那时的乡村，青年男女由媒人撮合，只要双方家长同意就成，结婚大都没什么嫁妆。

大姐出嫁时，除了带上几只大小木盆外，其余就是大红盖被，被面印染着朵朵金黄的百合花，热烈且洋溢喜气。那时，我尚且怀疑百合花的颜色是否弄错了。

父亲每年面对百合花，但却毫无兴趣欣赏花的美丽，眼里只盼花谢，随之带来丰收的希望。父亲种过红花，种过地参，却最爱种百合，也许随着它的野性，不需要人花精力管理的缘故。

我隔时到父亲栽种的百合地扯草松土，常见百合叶翠娟秀，或带露低垂，或迎风俯仰，处处风韵诱人。百合花朵皎洁无瑕，晶莹雅致，幽香四溢，怪不得人们常把它当作纯洁、光明、自由、幸福的象征。

“更乞两丛香百合，老翁七十尚童心。”这是宋代大诗人陆游欣赏百合花的绝美佳句。而“香暖卷帘永昼长，池塘碧艳卧鸳鸯”的诗句，又极力宣染了百合花开的盛景。

每当收获百合，父亲挖出的百合总有两种颜色，它们重重叠叠，紧紧相抱，百片合成，形状极像大蒜。

一种色泽洁白，有光泽，鳞片肥厚饱满，质地细腻，营养丰富。母亲煮饭时，常放些百合在米饭上蒸熟，食之口味甜美而幽香。此种百合干，目前市场上非常畅销；另一种颜色较之食用百合微黄，且缺乏光泽，性味甘，微苦而平。

怪不得父亲让我把两种分开，白色的存留一部分，剩余的百合干分市面与生资公司收购站两处卖。

中药的成分中常见微黄的百合干片，我试着百度，获悉百合有润肺止咳、清心安神、神中益气之神奇功能。能治肺痨久咳、咳嗽痰血、虚烦惊悸、神志恍惚、脚气浮肿等症状。

百合花在我国栽培已有千年之久，远在南北朝时即成为宫苑珍品，天主教以百合花为玛利亚的象征，而梵蒂冈、法国敬奉为国花。百合正因为鳞片抱合，从古至今寓意为“百年好合”“百事合意”。

网上常有人发来百合花的七彩图片，本土南峰镇的冯总也有一片梦幻般的七彩乐园，他种百合花很有根基。起初种百合做着父亲般同样的梦，梦做多了，脑瓜子活络了。他摸透了人们生活富足后开始对美的追求与渴望，经过多年努力，颇具规模，赢得百合迷似潮水般涌来。本土作协也因他的极力相邀，于六月二十一日前往践约。

都说花有灵犀，女人如花，花和仙子的天然组合，度过漫长的岁月，蓦然回首，留给他们一生粉红色的浪漫回忆。

这不！一对恋人跨入粉红的浪漫之旅，他们追随着一对蝴蝶在花海里比翼双飞。邱林用时光的刀雕刻情侣的百年组合，那份认真、那份执着，伴随着汗水慢慢滋润、浇灌出世间朵朵百合花开。

女孩提交一份爱情的试金石，认真地对男孩说：“假如我在夜的梦幻里被蛇缠住时，你该怎么办？”

男孩毫不犹豫地对她说：“要么极力把蛇弄走，要么在百合花丛中做一对人人羡慕的蛇仙！”

男孩的话极富感染力，众人在花海间顿觉不羡花儿只羡仙，似乎在这梦幻般的仙境中看到极致的百合花开。

我随廷松老师从白色的时光隧道里穿行时，淡雅的清香招引我闯入了“药香花田”。杨老师说：“在这谈癌色变的恐慌时代，药神百合更能防癌抗癌。”

杨老师从百合花的栽培、食用、药用做详尽介绍，恰似神农尝过百草，又踏入美学的天地间。

一位花痴很想摘下一朵金色的百合花，她的手颤抖了好久，最后，只得把脸颊贴着花仙。烈日炎炎下，香汗从额前渗落花丛，给花增添丝丝灵气。我正自惊愕，她却让我摄下这张与花亲密接触的瞬间。

作家队列里，张铭一家最为忙碌，队伍中的小不点让众人疼爱了一回又一回，他多想让孙子如花般在阳光下抚摸长大，花海中沾染上丝丝灵气。

回归时，偶遇商城经商的族弟建初一家，平时，为了生意，连节日也不曾停歇。为了赏花，他渐渐改变了生活，心中正在绽放着人们随之崇尚与渴望的百合花。

生活中，有多少人不择手段、想尽一切办法追求金钱，他们的思想竟然被罂粟花所毒害、所腐蚀，从而跌进不可救药的花香泥淖中。

人总是为了铜臭想改变生活，但应时刻保持着清醒的头脑。同时，心中更需要有一朵洁白的百合花。

记得作家林青玄有一句名言：只要我们全心全意默默地开花，以花来证明自己的存在，直至开成一片百合花谷地。

客随桃花源

小车沿着昌江大道，随着车流缓缓涌动，不知过了多久，便拐进市郊的岔路，远离市区喧嚣。

车停靠一处修长、茂密的竹林时，忽见小路斜出，蜿蜒纵深。沿着山坡，路的两侧，棕树丛丛，间或爆满一树粉红的桃花，让我想起老家的田埂地园，大人常将层层棕衣剥离，捣碎，用线编织成蓑衣、斗笠。

小鸟时而竹梢跳跃啼啭，时而隐没竹林深处。远处，偶尔传来狗吠和鸡鸣。本想纵深探去，却因时间紧迫，只得原路折回。

路口，经同行张铭一番介绍，东道主张霞引领着我们来到一处竹林掩映的草寮。

红石堆砌的磉礅上，立着木榫纵横衔接的楼柱，横梁之上，茅草铺就。楼柱之间，雕花木板相隔，古朴、典雅，在当今崇尚水泥洋房的农村，尚且罕见。

进门的旮旯处，摆放着锄头、土锹、木扁担、谷箩等农具，紧贴侧门摆放着竹茶几、竹椅。靠近竹椅的一侧安放着竹编摇篮，最为惹眼的倒是厅后角落木格鸡笼里的草墩，不由想到母亲手捏葫芦瓢，抓着谷物撒落地面，鸡便从草墩、木笼围拢，“咯咯”叫着啄食。母亲则从草墩上捡起尚有余温的鸡蛋，盘算着用场。

张铭的几位发小见我们一行进来，忙起身让座、递烟、沏茶。馆主将红漆八仙桌上的竹簸箕移开，用干净、洁白的抹布拭擦。待我们围着方桌、在长条凳上坐定，一边品茶，一边天南海北、家长里短地闲聊。草寮的老板则到厨房燃起了柴火灶，紧接着，香气扑鼻、味道可口的农家菜陆续上桌，干笋炒肉、豆参煮鱼、藜蒿炒腊肉——酒是清香醇厚的四特。

席间，作协主席邱林介绍杨家三哥时，张霞女士突然激动起来。平时，她常在报纸上拜读杨哥的文章，便急着拜他为师，搂着他合影。她军旅出身，说话嗓门高，喝酒豪爽，自叙曾在三汊港高中读过书，镇里的伙伴有好些三哥的学生。酒酣浓时，大伙即兴哼唱起家乡小调，抑或敲击桌面，扯开嗓门捣弄起都昌鼓书。

“十里长街半窑户，迎来随路唤都昌！”自古从来，景德镇是都昌人的码头。都昌人燃旺了古镇的千年窑火，也成就了千年瓷都的美誉，作为曾经的“皇家官窑”，都昌缔造了荣光，沾染了帝气。

这不！酒菜撤席时，随意进来几拨人，浓浓的口语，逃离不了都昌人的味道。

夜深人静，远处隐隐传来“咚咚”的声响，我们正自狐疑，张霞忙道：“那是一个梦，一个明天揭晓的梦！”

陶花溪寻梦

世外陶源，它临于市，却隐于山，若抵达那么容易，就无所谓世外桃源了。

小车沿着三宝路一直蜿蜒前行，掠过一些淳朴、古老的村庄，穿过一片开阔的草地与绿叶摇曳的小道，我忽然有些激动起来，一种乘兴来兮的感觉，随着初夏之风拂面而来。我自言自语，假若在此落家，岂非人间一大美哉，只叹乃过往之客，不免觉得遗憾。沉思这陶花源已与我在梦里迎合，生发了奇妙的纳入感，啊！这该是久居闹市的孤独者的诗意栖居地。

雨后的山野，天空似水洗一般湛蓝，无一朵云彩相间。空气清新、凉爽，地面略显潮湿。

车子穿过山村，一条狗悠闲地在路上走动，它见车子缓缓逼近，极不情愿地挪动几步，侧身斜视擦身而过的车辆。

阳光洒落陶花溪，不温不热，甚是宜人。一条溪流远远地从两山逼仄的峡谷里奔腾而来，或傍山或横穿过峡谷，溪岸芭茅丛生，原始亲近。溪水边，谁家的浣衣女遗下一块带脚木搓衣板，在这民风淳朴的山村，也许谁也不会为遗失而发愁。

溪涧，因山洪的暴涨、冲刷与长时间浸泡，溪岸处崩裂一道口子，裸露着乳白色的芭茅根须。山里人弄来石块垒砌成坝，一根枯死的树枝被石块压住，随着水流冲击，但它努力地把头探出。

四月的溪流，千篇一律，古朴单调。倘若进入夏天，料定必是流萤似火，蛙声如潮。

树木掩映处，突现一堵高岭土垒砌的爬满青藤的围墙，墙上的格洞里，一朵不知名的花，不甘寂寞地从院内探头窥视，似乎在寻找一份属于它的天地。墙洞处装饰着花瓶与瓦罐，墙面镶嵌着各处捡的各种花纹与年代不一的瓷片，但谁也料不准元陶宋瓷，它在岁月里磨洗了千百年后，被点缀其间。虽说时光荏苒，仍然古风依旧，穿透出悠远的时光。

我们抚摸着嶙峋的墙体，从粗及细，从外至内，品味着依山傍溪的陶花源山庄。它的美，在于原始，毫无半点堆砌、雕琢，也无半点故作姿态与矫揉造作。原始的草寮屋顶，原始的土坯墙，若要寻找瑕疵，我想不过是采用高岭土，喷涂上黄色涂料，合上时代崇尚之风貌，方显得独具匠心，让人不知不觉地落入农家院舍，无拘束地扮演角色。

立于院内，近览秀色，树木苍翠，两峰相峙逼仄，犹如双龙抢珠之势。怪不得晋代诗人领略古镇山脉曰：“山色川光南国天，珠峰千仞绿江前。萧萧伫于秋云上，多是龙携出玉渊。”

溪水潺潺而下，酷似娴雅、端庄女子的指间流淌出优美、轻柔的琴声。再汇入总流，奔腾不止，注入滔滔昌江。

沿着陶花源山庄的小溪溯流而上，筑有小桥流水、水榭歌台、九曲回廊。棕榈掩映处，芭蕉丛生，给人动中有静、静随动转的裙褶飘逸之感觉。

陶花源山庄的美在娴静、简洁，让久居喧嚣的市集之人寻得一份恬静养心，让青山绿水陶冶情操，让久闷的情感得到一种宣泄与享受。

陶花源并非遍地桃树，但我来得不是时令，正当失落之意，偶见一树桃花，它逃脱时令约束，热烈怒放。我们正自惊讶、狐疑，也许庄主猜透、迎合来者的缜密心思。

正在享受白居易“人间四月芳菲尽，山寺桃花始盛开”的意象，细心人却知是移花接木，但它的高明之处足可乱真，让人毫无察觉，如此醉心，就连蜜蜂也徜徉其间，流连忘返。

江南四大才子之首唐寅对桃花痴恋，自筑桃花坞草寮，栽种桃树，每日饮酒放歌，似疯似癫，或醉卧或半醒桃花树下；或摘花沽酒，乐得做个快活惬意、与世无争的花仙。

怪不得初进院内，匝钵堆砌，大小不一，还有千年古镇的独特高岭土。爬山虎覆盖墙面，木门虚掩，游人徜徉其间，倒也不失古镇之独特风韵。

桃花深处，俯卧一条白龙，潜伏水溪，等待时机飞腾。

水井，一个村的标志与符号，有人脉聚集的地方大都有水井，它背负着家乡的亲情，告诫人们，吃水不忘挖井人。但当今社会，饮水的人多，井水滋滋汩汩地冒，人啊，如能耐得住寂寞与艰辛，加挖一口井，饮水之人便不再拥挤。

人往往不甘于现状，饮着喝着竟然善忘井水的味道，如若再撒一把盐，井水就又有滋有味。人本是猴子演变过来的，朝秦暮楚，趋利附名，多了些贪念的本性。

我曾猜度着草门悬挂的马灯与算盘，它引领着我在神游遐思的天国里驰骋。当我乘车离去时，院内隐隐传来洪亮的钟声，莫非悬挂的钢轨发乎其情吗？

陶花源乃世外桃源，但不知为何取名陶花溪，我想多少与千年古都有着渊源，它古风依旧，时光悠悠，正如古人“大隐隐于市，小隐隐于林”的缘故吧！

渐渐远去的灯火

灯火，因人类的需求诞生，又随着社会的变革渐渐退出舞台。作为一种历史文化碎片加以保护与储存，时时给人美好的回忆与怀念。

祖先钻木取火，火的运用演变成火把，灯光的照明，无不彰显劳动人民的智慧。

近代著名诗人艾青的一首长诗《火把》，犹如长夜的明灯，激励着中华儿女黑夜里苦苦挣扎、探索、抗争，寻找一条光明的出路。

少小时，农村条件简陋、艰难，乡村大都没有电筒，夜间因事赶路，常用松节照明，家庭条件好的，便用裹紧的破布浸油点燃照明。

油灯，最具时代特色，我祖辈都是伴着青油灯、煤油灯先后老去，我也在油灯下度过快乐的童年。

那时，货郎担走村串户，妇女便围拢着，最先考虑灯芯草，然后算计着买针线之类。儿时的乡村大都用菜油灯，味浓呛鼻；豆油较理想，却是一个奢望。为省油，母亲早早弄好饭菜，一家人就着昏暗、微弱的油灯吃饭。如遇着风，灯光扑腾几下，就会熄灭。即是如此，母亲还得把灯花挑得暗暗的，一盏油灯，母亲纳鞋补衣，父亲灯下算账，我则凑光看书做作业。

继后，洋油灯（煤油灯）代替油灯，煤油灯之所以称作洋油灯，可想而知，那时的国力多么薄弱、落后，但洋油照样珍贵，一要钱买，二要计划，常常青黄不接。

农忙时节，生产队夜里加班薅秧，记工员靠着马灯考勤、记工分，飞虫聚光，扑向马灯，掉落脖颈，生发着阵阵疼痒。

汽油灯悬挂祖厅，贼亮贼亮，满堂生辉，衣针掉落地上，都能看得一清二楚。每逢生产队开会，妇女带着针线，边开会，边纳鞋底，我和发小怀着新奇，蹲在会场边沿，抖落贝壳玩游戏。

随着电气的介入、普及，原始的灯光渐渐淘汰，油灯便告别那个时代，但作为一种文化，渐渐传承下来。

村里至今沿袭着一种古老的风俗，老人离去时，从下床到关山（掩埋土里），家人一直供奉着一盏长明灯，中途不应熄灭。死者入殓时，仍然使用火把，当场的人切忌喧哗，更不可直呼人的名字，盖棺定论，阴阳两别一刹那，八仙一齐摁灭火把，切忌人的身影盖入死者棺内。

后因读书，继而外地工作，那种场面很少参与，作为一种古老的风俗，至今尚在沿袭。

随着殡葬改革，古老的习俗也会潜移默化地改变。古老的灯火因日月时光的更替渐渐远去，但印记脑海的灯火却是那么清晰、美好，成为生活中不可磨灭的文化碎片。

这是现代生活的一种必然走向，正如陶花溪山庄草寮门前悬挂的马灯、算盘，提醒人们对时过境迁的生活回味，让人有返璞归真之感。就如科学发达的电气时代，乡间的柴火灶，仍然充满着怀念与吸引，那种根深蒂固、刻骨铭心的感觉，任何新鲜事物不可遏制与代替！

算　盘

算盘，兴盛于北宋，起源可追溯商、周，几千年来，作为一种运算工具，日常生活中发挥着不可估量的作用，但在科技信息高度发达的当代，古老的算盘不但没有被遗弃，反而因它的灵便、准确、快捷等优点，在许多国家正方兴未艾。

“珠算”一词，最早出现于东汉徐岳撰写的《数术记遗》，其中有云：“珠算控带四时，经纬三才。”北周甄鸾注云：“刻板为三分，位各五珠，上一珠与下四珠色别，其上别色之珠当五，其下四珠各当一”，论证了珠算的发明早于北宋。

中国古代文明中，人们往往把算盘与四大发明相提并论，古代记载算盘发明于北宋，根据可能在于北宋张择端的《清明上河图》，其中重重渲染了赵太丞的药铺柜就有一架算盘。还有宋末元初人刘因以算盘为题的五言诗有影响，诗云：“不作翁商舞，休停饼氏歌。执筹仍蔽簏，辛苦欲如何？”

一九二一年，河北巨鹿县曾挖掘一颗出于宋人故宅的木制算盘珠，它已被水土淹没八百年，其魂其形俱存。算盘是中华民族珍贵的文化遗产，其起源争论百年之久，无法统一，但它发明于中国，这是不可争辩的事实，它告慰于古人，无愧于后代。作为人类非物质文化遗产，作为华夏子孙，我们引以为傲。

算盘，小小四方天地，运算特别规范，切不可马虎、随意，一子之差或错位，满盘皆错。算盘运算，贵在练性、做人，从头到尾，保持沉静、稳重、条理清晰的头脑，切不可浮躁。算盘的运算，在于操持人的心魂与道德，恰似一杆秤，可偏可正，既有裨益，百利也有一害，一着之念，既可让人富可敌国，也可误人坠落深渊，从此一蹶不振，贻祸终身。

算盘作为一种文化，可褒可贬，可颂扬，可损人。生活之中，常用算盘比喻人的品性，既生动，又贴切，知根知底，灵活运用，《红楼梦》第五十三回：“我心里却有个算盘，还不至此般田地！”短短一句话，一目了然。《官场现形记》第十二回：“所以周老爷打了这个算盘，决定一直叫他！”又如老舍的《四世同堂》八十八章：“如果你们俩胆敢合起来算计我，那就打错了算盘！”——巧妙地用算盘比喻，语言风趣幽默，入木三分。

算盘的材料可贵可贱，普及甚广，上可皇家贵胄，下及黎民百姓，身价各有千秋，金、银、铜、铁、竹木、象牙、大理石等，粗鄙各异。

小学学习珠算，老师用珠毛算盘教学，台下，我们用小算盘学练，从起初的加、减、乘、除，到后面的九归、开方等。思之老师严格教学，历历在目，想起手指仿佛隐隐作痛。几十年后，尚能熟练运算，归功于老师当时严谨、规范地教学。

想起已故的父亲，可称打算盘的能手，他闭着眼睛能麻利地从加、减、乘、除打到九归等运算，准确无误。从县城农机厂到生产队（因生活所迫），他一直担任会计。查四清时，公社下各大队查账，父亲必不可少。说来父亲生性捣蛋、贪玩，听私塾的同窗讲，父亲起初对算盘没兴趣，后在先生严厉的苛责下，两三个晚上全都学会了。不怕功夫深，铁杵磨成针，只要下狠心，啥事可学成。

自古以来，算盘是用来算账的，有很多诗人赞美过，其中有诗云："七子之家隔两行，十全归一道沧桑。五湖四海盘中算，三教九流珠上忙。柴米油盐小黎庶，江山社稷大朝堂。八方天地经营手，六六无穷今古章。"还有无名诗人云："堤封连岭海，风土似江吴。似去山藏乳，商归计算珠。"

小小算盘，朗朗乾坤，包罗万象，吞吐风云，古往今来，人们对算盘寄寓多少美好的愿望。它是象征着富贵的吉祥物，为人们所推崇。在民间常会听到"金算盘""铁算盘"之类的比喻，形容的大都是"算进不算出"的精明，正因为算盘能精打细算，古代新娘陪嫁少不了它，预示、祝福新人婚后，生活富足、安宁，赢得财源广进。

算盘，当地还有一种风俗，新生儿在农历五月初一洗礼时，父辈怀有一种祈愿，"反手算盘顺手字，但求官运不求帝"。

算盘，自然科学中得以发展、完臻，玄学方面得以兴起，运用得缜密、深奥，每运行一步，都将付出智慧与细心，丰富、活跃了人的头脑思维，西方国家正在方兴未艾，但作为发明的大国，更要保护和传承，崇尚与推广，切勿忘却中华民族之根本。

水　碓

从古至今，任何瓷器，无不从原料加工开始，瓷粉的粗细，直接影响产品的质量与光洁度，无论古代官窑或民间作坊，都非常看重，水碓便是加工原材料精细的一道重要工序。

水碓发明于汉代，起初大多用来舂米，运用于陶瓷，时间无从考究。水碓发明后，粉碎瓷土省工省力，往往达到事半功倍的效果。

今日的瓷都，稍加留意就会发现，翠竹掩映棕榈丛生的菜馆前或正厅旁，都有一道亮丽的风景——水碓，我想，如果要想做好瓷器，就得学好做人，人的心魂与瓷器相通。当地人保存下来的一种物质和精神文化的遗产，也是保留做人的魂之根本。

水碓，现已逐渐被淘汰，但在技术落后的手工业时代，它们能派上大用场。如今，采用水碓粉碎瓷土原料极其少见。遗存下来的水碓，闲时用于打瓷石，过年前忙于打年糕，故其名“水碓年糕”，质地细腻，齿嚼味香，风味独特，尝过之人终生难忘，也许在不久的将来，“水碓年糕节”定会普及。

汽车从陶花溪谷口入川，山势逼仄，愈进愈窄，一条两岸长有芭茅的溪流蜿蜒而上。过了几座小桥，左拐右弯，旷野之处，远远见一舂石工棚。

待车停靠，眼前的草寮，因年代久远，缺少翻修，四处破烂不堪，但从规模上着眼，可悟出昔日的盛况。

由于处于大山之间，溪水丰沛，四季不断。一条引溪款款横过田地，水流冲击着下沿的一架水车，推动水车旋转，带动木轴上的四五个石碓，一起一落进行舂击。平时舂石，无须人守候，当日，恰好赶上一个工匠操作，才得以亲眼历见。

水碓，质朴简单，一年四季，昼夜不息，任劳任怨，无私奉献。清朝诗人黄之隽有诗云：“圜转迫杵水迫轮，急急晨昏舂不止。”

随着机械化介入，如今，水碓渐渐退出历史舞台，但它是一种精神之魂，根深蒂固地游弋人们心里，景德镇人把水碓移到日常生活里，由此可见，它在当地人的心中融入了多么深厚的感情。千百年来，足见它对古镇的辉煌发展起到了举足轻重的作用。让子孙万代了解千年瓷都深厚的文化底蕴，一代一代传承下来。

激情燃烧的时代

一个民族，就要有一种凝聚、向上的向心力；就要有一种精神支撑；就要对英雄崇拜，犹如西方人崇拜耶稣等诸神一样，假如没有，倒是民族的没落、倒退与悲哀。

当年的英雄黄继光、邱少云、雷锋等等，他们代表着一种民族精神，像激情燃烧的火把，鼓舞和激励着一代代人，为了祖国与人民的兴旺与繁荣，斗志昂扬，奋斗不止。

怀念英雄，尊敬、爱戴英雄，他们似涌动的热流，给人一股无穷的力量，激励着中华民族奋发向上。

近几十年来，人们盲目崇拜明星，对英雄反而渐渐淡薄与忘却，这不能不说是民族的反常现象。

一个民族不搞盲目崇拜，但英雄的精神支撑不可没有。正如渐渐消逝的标语，在那个特定的年代，犹如寒冬里的一股暖流，曾是中华民族的精神支柱。

斗转星移，物是人非。古老的墙面，那些曾经提倡的标语，因风雨的侵蚀与事物的变迁，已是面目全非，模糊不清，但心中的记忆却是弥足珍贵，那么清晰与深刻。

徘徊父辈垒筑的堤坝之上，历历往事挂在眼前：思之车水马龙、战天斗地、热火朝天的场面，只要有人呼出“下定决心，不怕牺牲——大家立即跟唱排除万难，争取更大胜利”！口号此起彼伏，气吞山河，人们抖擞精神，战胜饥饿。“鼓足干劲，力争上游——”，一人呼出，万众接应，响彻云霄。我那时虽小，热情澎湃的场面历历在目。

“好好学习，天天向上！”“团结紧张，严肃活泼！”张贴教室的标语，时时提醒我们做一个健康向上的接班人。

标语历经近数十年的风风雨雨，也许渐渐远去。特定的年代，如雨后春笋，层出不穷。墙壁、堤坝、街头巷尾，遍地开花生根。如今，若想看到当年那些标语，恐怕不是一件容易的事。

前些日，独自驱车山里踏青，偶尔瞥见水库堤坝上的标语：“水利是农业的命脉！”就近抚摸着白瓷片镶嵌的字，亲切、熟悉的暖流漫过头顶，顿感当年如火如荼、万众一心、战天斗地的热闹场面又浮现在眼前。

如今，社会上怪事咄咄，网上传播甚广，去年的抗洪抢险，洪水随时冲毁长堤，吞没家园，某地的村人竟然无动于衷，大伙围坐在家“修筑长城”，此事是否属实，无须考究，俗话说：无风不起浪，但愿是道听途说。

县作协的一次采风，别开生面，让我又一次与当年墙壁上的标语贴近。

四月的宇宙瓷厂，绿草如茵，气温宜人。草坪点缀一种细小傲骨的红色小花；厂内小桥流水潺潺，曲廊通幽。当年火热的国营瓷厂，已被私营作坊分化与替代。如今，仅作馆藏，供人参观。

厂貌依旧，换了容装，被风雨侵蚀的墙体显得老旧、凄凉，唯独当年的口号、标语竟是那么亲切。“为有牺牲多壮志，敢教日月换新天”的豪迈气势犹存，“高高兴兴上班，平平安安回家”如此亲切。如今，工人又该在哪里呢？徘徊偌大空洞的厂内，心生“独上高楼，强作欢笑不是愁”的滋味。

院内的世纪老人——烟囱，似乎向世人倾诉，苍劲的体魄却被无数的铁匝圈禁，动弹不得，唯有裸露的胸脯上有着往昔的荣光，“每个共产党员都应懂得这个道理：枪杆子里面出政权！”“我们的原则是党指挥枪，而决不允许枪指挥党！”

返回的途中，见市电视台举办别开生面的少儿演讲，我没有过多的时间聆听。但我思考着一个问题，如今的少儿是崇星追星，还是如当年的我们追求心中的梦想？我们不得而知。

醉卧寿州

一

春风吹，雨如丝，斜风细雨不等闲。车外春寒料峭，绵雨霏霏；车内激情飞扬。车驰过望江长江大桥后，百里之遥的异地竟是另一番气候，暖风徐徐拂送，春阳涂鸦大地，好一派春风又绿江南岸，菜花伴我奔淮南的春日丽景。

一路上，我的心紧贴寿州，远远地见一带之水缠绕，傍着古城墙，曾来过此地的邱林激动地说："寿州，我又来了！"

此时，护城河面波光粼粼，一只飞鸟紧贴水面飞翔，忽地拉起弧线，箭一般射向城内，似乎去告诉寿州的人们，有朋自远方来！

城墙悬挂着古香古色的灯笼，城外的广场上空，风筝款款飘飞，实乃三月春风拂垂柳，烟雾蒙蒙纸鸢飞。寿州古朴、淳厚的风情，一下把我们领入浓厚的文化气息之中。

待车停稳后，已是下午三点。大家匆匆吃过大排档时，邱林说华清已饱食了一顿文化盛宴，他点的豆腐发源地是寿县的八公山，那里的豆腐驰名中外，已被列入央视今年开播的《舌尖上的中国》中《转化的灵感》一集，大家羡慕他时，寿县美女小邵抢话道："寿县的古文化够你们尝的！"

中国的历史上，有城池大都必筑城墙，新中国成立后，很多的古城垣都难逃被拆毁的命运。能够完整遗存下来的已是寥寥无几，寿县的古城垣虽然历经千年，居然靠自身的非城防功能，幸运地逃脱了被拆毁的劫数，又成功抵挡了一九五四年与一九九一年两次特大洪流。

二

我到过万里长城，曾被它的巍峨雄姿与气势所折服；也曾到过六朝古都西安，但我觉得寿州城墙可与之媲美，它历经千年的风雨侵蚀，虽然后代多次修缮，却仍然维持着原貌。

听当地人讲，城墙仍存有南宋时的城墙砖，砖面尚有“建康许都统造”的字样。我们沿着城墙行走，颇想寻觅踪迹。

城墙显露出风化侵蚀的本来旧貌，从剥落的外包墙皮可以看出新修的城墙面，它并没有损毁原城墙砖而代之用新城墙砖，只是用水泥敷面，再压出砖纹。不知是偷工减料，还是刻意为之，总好过那些修旧如新的保护。

同行的红生对城墙颇有研究，持独特见解，他说：为什么墙面砖容易风化，出现凸凹、深浅不一的形状，而石灰依然如斯如故，因为石灰含有的成分黏性强，溶于水后不容易分解。东门的城洞内尚存深浅不一的车辙，便是古代车马进出的印证。导游邵女士指着城洞墙上古人刻意留下的蛇与象图案，说出一则“贪心不足蛇吞象”的典故，似乎特意告诫进出城的过客。

紧贴城墙的护城河，宛如一带白练，近看，水面波光闪闪，微风拂过，吹皱一汪湖绿；远眺，腾起薄薄烟尘。几只飞鸟贴着水面搜寻，忽又箭一般射向河对岸的柳树。清澈的河面偶见菱叶浮于水面，倒给人一种绿草苍苍、白雾茫茫、有位佳人、在水一方的意境。

城墙的外廓都是块墙砖原貌，坚硬、冷峻。内侧护坡，绿草如茵，若不是一束静静等待着风起的蒲公英点缀其中，定会疑是人造的绿色地被。

寿州的垂柳更惜早春，早早地垂下满树的绿枝，微风拂动，宛如数不清的剪刀，将春风细细裁剪，仿佛告诉远方的游客，这里的春天比别处来得更勤。

一个女孩央求母亲折几支柳条，学着编织柳圈，戴在头上，顿时惹得河水眼馋。母亲把她融入如画的春景里，希望能把寿州的早春挽留。

从城内残存的墙垣依稀可见城中套城，保存完好的古建筑，飞檐翘角，巧夺天工，让我惊诧古代人匠工独运，充满智慧与光芒。

三

我们一行从南门（通淝门）进入，见来往的行人车水马龙，熙来攘往。护城河与淝水相通，可想昔日舟楫云来潮往，商贸繁荣。

我轻轻抚摸着古城墙，心似乎有些疼。从城墙上的屡屡伤痕，依稀可辨兵家纷争残留的迹象。只有城墙上的杏黄旗轻轻诉说：这里曾是几代淮王定都的王府。

古城墙上，同游的李女士指着草下的黄土道：“下雨天，如若踩在上面，也不会粘着泥土。”

众人问其缘故，她神秘地笑笑说：“古代，寿州一县官闻山东有种土没有黏性，开初，用船装载大米去换，山东人见有利可图，纷纷运土来寿州换钱。”故事乍听很是玄乎，细思则见证寿州人对古城墙的保护措施。

行走古城墙上，詹双喜兴趣盎然，谈笑风生，他说古代土城为何千年不倒，其因是古人修夯城墙时，采用日积月累的丰富经验，将黄土掺入糯米，蒸煮熟，一是增加黄土的粘黏度，便于人们夯打筑实；二是将土中草籽蒸死，墙不长草，也就不生蚁穴。

寿县旧城内游人如织，车水马龙，却不见一处设红绿灯。我们行走街上，一位担菜的大爷放慢脚步凑近攀谈，说：“寿州的古文化浓厚，城内景点就很多，清真寺、报恩寺、孔庙、博物馆等。城外有廉颇墓、刘安墓、八公山豆腐——”他一连道出十几个景点，不厌其倦地详尽介绍。由此可见，寿县人对文化的重视、宣传与推广何其热情。

寿州的古城墙与其说是用土与城砖垒筑而成的，倒不如说它是由寿县千万颗热情待客的心垒筑而成。我们行走古城墙上，心越来越沉重，似乎被它浓厚的文化裹住了。

四

一座古老城市就是一部文明的发展史。寿州从古至今，必为兵家争夺之地，从楚国建都，几经兵燹，竟能保持如此完整，令人不可思议，历史上最著名的以少胜多的战例“淝水之战”，就发生在寿州境内。

城市是由文化堆砌而成的，文化有多浓厚，由区域的地理位置所决定，其次，取决于城市领导者的睿智、开拓与保存。任何一个地方，源远流长，多多少少承载些历史文化，只不过因继承人不善管理，不善利用，以至于被荒废、被掩埋、被破坏。

一座历史悠久的文化城市崛起，并非一日之功。寿州古城保存完整，跻身于全国前六位，来自领导者智慧、谋略与远见卓识的目光，来自政府广泛宣传，让当地人融入浓厚的文化气氛中，深深感受到历史文化承载的重要性。

一方水土养一方人，一处文化滋补一方人民。寿州这笔文化遗产，源于得天独厚的地理环境与独特的地貌，同时造就了独特的地域文化与民族风情。寿州的文化为何能如此浓厚，能独领风骚，想必与历代形成的文化气氛有关。他们与家乡的荣辱兴衰共存，构创出一个和谐、文明的生活环境，我们融入其中，深有感触。

合肥市内巧遇一个引路的出租车司机，闲谈之中获知我们去寿县采风，他欣喜地说：“好啊！欢迎你们到我老家去采风，寿县的家乡父老等候着你们！”

出租车司机身处合肥闹市十年，对家乡的热爱与赞美溢于言表，他希望我们归程后多写些文章。

五

在经济浪潮冲击的年代，我惊叹寿州的老城区能保存如此完美，回民街的低层建筑，就是北京的四合院也不过如此。特别是清真寺的纯木质结构，风雨飘摇百年之久，虽然楼门蚀耗得容貌失色，但木榫嵌合足可耐抗地震。

古城之中，千年银杏随处可见，似乎告诉世人：古城虽屡次遭兵燹，千年古都风貌犹存。

寿州人为古文化的宣传垫足了底牌，开足了马力，他们从一草一木，一砖一瓦加以完善、保护、宣传。晚餐，服务员托来一盘豆腐，说寿州是豆腐发源地，由淮南王刘安偶然的机遇发现的；接着端来一碟一品酥——“大救驾”，简单介绍了“大救驾”的历史典故——她将每一盘名菜详做介绍，让我们不知不觉地饱食一顿。

寿州人乐意介绍寿州文化，上至耄耋老人，下至黄毛垂髫，他们心底有一本活地图，我想同他们长此以往的文化熏陶有关联。采风那天正值星期天，寿州中小学开展第二课堂思想教育，学校组织参观了古城、孔庙、博物馆，让青少年日复一日，耳濡目染地熏陶文化。寿州作为一个县级博物馆，能从一枚铜钱、一个箭镞周密收藏，馆藏浩瀚、富有，让人眼花缭乱，其收藏珍品绝不亚于省市级单位。

草地上有一块牌子，“草木也有生命，请脚下留情”！博物馆前，泥工修补的不仅仅是风景，更是寿州人日积月累的文化遗产，馆藏之丰足见一斑。

思之家乡某些地方，对待文化生活自愧弗如。他们忽视了宣传与发展，以至于古文化被沉寂、被遗弃，外地游客倘若慕名寻踪觅迹，当地人竟一问三不知，甚至泼冷水，倒给游客留下遗珠之缺。甚至，有的官员任职期间，糊弄些立竿见影的政绩，他们大兴土木，移山填湖，破坏历史遗存的山水文化，落下可悲、可叹、可恨之事。

寿州，我曾努力地寻找淮南王府，只因三度黜废，后立九江郡等建制，府邸已是杳如黄鹤。但从古城的规划、井字形的街道可以猜测到淮南王建都时的飞扬跋扈、不可一世。由此感慨古代帝王威严的权杖，蝇头百姓战战兢兢的生活。

我们寻找古文化遗产的同时，往往又被现在某些城市残存的劣根所哀叹，城市是进步文明了？还是倒退了？房屋的参差不齐，街道的圈占，城市里钉子户的未妥善解决，有碍于城市发展、扩大，都将有待于人们对文化的反思与探讨。

寿州之行时间短促，未曾尽兴游遍，不免留下余缺，邱林幽默地打趣道：“寿州之行也该留有遗憾，给人悬念。”

人应该给自己多留些空白，创造些悬念。留下的让生活去丰富、去想象、去重逢、去补救。

寿州回归之时，作家们的心情都觉得舒坦，同时感觉本土文化相距甚大，有待于胆识之士对文化进行一次大救驾。

寿州之行，我们醉了，醉在它三月春风的垂柳堤畔；醉在它浓厚的文化韵味之中；醉在内城浓厚的原始文化脉息；醉在外城驰骋的现代文明。

寿州，此生我多想在短暂的生命里了无遗缺——

风，轻轻拂过这片湖滩

一

风轻轻地从这片湖滩走过，草摇曳着柔美的身段，龟裂的湖泥裸露一片，宛如片片精妙绝伦的甲骨文字，让人猜读沉寂千年的湖底之谜。

冬季的一天，寒风袭人，我行走于这片干罅、冻裂的湖滩，来到水底下沉寂千年的城垣，伺机拾寻些遗失在这里的瓦当、铜镜与箭镞。“窸窣”的碾碎声似乎告诉世人，晋代时期，浩阔的鄡阳平原，存在过繁华、富饶的鄡阳古城，这里曾是少数民族集散地，只因地壳剧烈运动，历史由此被尘封、定格在某一时刻。

十月的湖滩，寥子花开得热热闹闹，我怀着一分眷恋、一分执着、一分虔诚、一分沉醉，又一次来到这片湖滩，很想探索这里发生的一切。风轻轻拂过湖滩，蹚过一片紫红色的茫茫烟尘。

虽是深秋，太阳朗朗普照，感觉不到一丝寒意。沿着一条蚯蚓似的路，高低匍匐，一直伸展到狭窄的港湾，渔船一字排开，拥塞且嘈杂。湖滩起初本没有路，只因渔民穿梭其间，天长日久，也就碾踏成了路。

生灵似乎有着千年之外的嗅觉，它们争拥着绽露微笑，混合着芬芳恭迎。贩鱼的、买鱼的、旅游观光的，熙来攘往，如潮水般涌来，活脱脱给萌态可掬的花海增添许多灵秀。

一只贝壳半翕着隐没湖滩的花丛间，当初，也许为了求得花仙垂慕，做着花海的甜梦时，它未曾考虑湖水退去，抑或懒得向湖里蠕动。为赶上花的汛期，醉生梦死，静静等候，实乃熬干身躯终不悔，花未曾开身先死。湖滩残存的长长涎液，想必是它张启、喘息的梦。

贝壳多么希冀世间绝美的风景，它的坚守牺牲固然是徒劳的，悲壮且愚蠢。我只得小心翼翼地把它拾起，放入口袋，将它瑰丽的梦糅合在自己往后的生命里。

远处，一群牛在花海里或徜徉，或奔跑，或低头啃食，它勤劳、善良、驯服的个性实在让人愁肠百结、无可非议，但它对花的怜悯与糟蹋竟然麻木不仁，甚至让人觉得愤恨。它们浑然不知，只是抬起头，静静凝望着花海，忽闪着眼睛与我们对视，坦露出天生的本性与憨态，饥饿逼着它循着花海舔食。

湖滩上，鱼儿挺着雪花似的身躯，也许生前想从鱼篓里逃生。那时，它尚是一条鲜活的生命，只因湖风与阳光榨干它生命的水分，但翘起的尾巴似乎不甘臣服，这不！一群蚂蚁正在搬运它的尸骸时，一只飞鸟突地俯冲下来，毫不客气地叼食殆尽。

每当夜幕降临，湖岸上万家灯火，夜市热闹喧嚣。此时，湖滩却是一片静谧，渔火点点。偶尔闻听几声狗叫，还有渔船上男女打情骂俏的浪漫。

二

每当雨汛来临，湖水慢慢涨过老巷，淫浸干裂的湖滩。湖泥因水的软化变得柔滑。水下，鲜美的草与微生物把鱼儿养得膘肥体壮。水草间，鱼儿交媾、产卵繁育后代。

湖滩之下，水浩瀚无垠，无边无际，微风拂过，湖水在太阳的光照下，闪烁着白茫茫的粼光。

鄱阳湖，平日无风三尺浪，风过处，白浪汹涌澎湃，波澜壮阔。近俯，湖光山色清晰可鉴；远眺，云烟缥缈，时隐时现。沙鸥翔集，时而展翅，时而贴着水面，颠簸起伏。

正值鄱阳湖休眠期，湖面静谧安详，偶尔现出数个黑点，大多是些货运拖驳，它们飘曳缕缕黑烟，船尾犁出长长的白浪呼啸而过。倘若坐着船艇巡游湖面，定见梅花桩似的竹木立于湖面，无数渔网张着迷魂阵。那是不法分子投机钻营，利用湖面浩瀚，同渔政执法人员捉迷藏。

前些日，鄱阳湖风起云涌，白浪滔天，翌日，风平浪静。湖岸边，悬浮着一具高度腐烂的江猪（江豚），肚皮朝天，似乎向上天控诉现代化交通过于疾驰，及人类的天网太不文明，迫使它难以生存，濒危绝迹。

六月的鄱阳湖该是最热闹的时期，鱼儿孵化期已过，憋足、愁闷了半年的渔民，他们争先恐后地抢着下湖捕鱼。

湖面上，百舸争流，白帆点点，雷公虫似的渔船，煞是壮观。人们怀着一分喜悦、一分企望、一分丰收。

不法分子鱼目混珠，趁机捉迷藏般疯狂捕捞螺蛳。每当湖水退却之时，螺蛳更易采捞。吸螺机日夜轰鸣，偷运车守候湖边。

浪翻卷着腥臊腐臭的泡沫，它们囤积悬浮湖边，正在蔓延、危害着湖边动植物的健康。当地的人们得了一种莫名其妙的怪病，想必与污染的湖水多少有些关联。不久的将来，山清水秀的鄱阳湖渐渐远去，美好的印象成为一种眷恋与追忆。

人勿以小利而趋鹜，以短暂之绩而毁其根本，以欲壑之心而损其德，从而，于己于人于后代贻害无穷，弄得人心惶惶，天怒地怼，食无味，寝其惊。

时至今日，恬静、美丽、喘息的湖滩被林立的建筑物挤捏着脖颈，险些喘不过气来。

鄱阳湖愤怒了，曾一度宣泄、咆哮。浪潮疯狂地冲毁湖堤，一泻数里，吞毁家园。

湖滩不远处的老爷庙狂风卷起，浊浪排空，此处，“东方百慕大”定会瞬间吞噬湖面过往的船只。想必船老大生前也许曾有过美好的愿望，他们燃放鞭炮，祈求得到老爷庇护，希望能够一帆风顺，安全通过。

风拂过这片湖滩，似乎在呜咽，在哭泣——

三

这片湖滩曾沉淀、蕴藏着深厚的历史文化，历史的天空也曾闪现过无数的名人，东晋陶侃、宋代江万里、元末的云住等，他们无不闪耀辉光，影响过无数后代。

明太祖朱元璋平定天下，最关键的一仗取决于鄱阳湖之战的成败，民间传说鄱阳湖大战十八年，史书记载仅三个月左右，但真正取得决定性胜利的日子也不过半个月时间。朱元璋中途战败躲逃时，曾获巨鼋搭救，方能死里逃生。他从失败中吸取经验教训，考察鄱阳湖风情，日夜操练水军，最终取得鄱阳湖大捷，建立了大明王朝，历史才按着现在版本一路走来。

滚滚长江东逝水，浪花淘尽英雄。当年威风八面、叱咤风云的人物，早已随着翻卷的浪花流逝而去，但当年的历史事件与传说，代代相传，永远载入中国历史长河的光辉史册。

千百年来，鄱阳湖把美好的愿望带给湖畔的千家万户，那一片湖滩，犹如一幅幅裸露世人面前的龟纹版图，留待后人给予详解与注释，从而得以翔实、丰满。

鄱阳湖镶嵌于平原与群山丘陵之间，这片湖滩，也曾祥和，也曾暴戾，也曾风光旖旎。它留给世人多少神奇、美妙、哀婉、丰厚、充满幻想的故事，至今，让人遐思联想。都昌八景，长江之水倒灌鄱阳湖十八里、吴城点将台前、陈后主戏谑夫人——

南山恰似一位英俊伟岸的男子，浑身充满着朝气，熠熠生发粗犷的雄风。缕缕轻风拂过这片湖滩，让湖水般的女儿日日夜夜为他缠绵，为之倾诉，并伴随阵阵晨钟暮鼓，将庙宇里的梵音道经徐徐推送。四野的云霭与晨烟暮炊融合一起，荡漾起一首首委婉、哀怨、激情飞扬的长歌。

青山依旧在，几度夕阳红；醉看江渚客，尽付笑谈中。宋朝虽过千年，东坡的身影似乎依然尚在，他掬一捧甘泉醉饮时，神游梦见一位闲云野鹤的老者，与之长谈。酣畅淋漓之际，便挥毫书刻“野老泉”，千百年来，让世人浅斟低唱，永盛不衰。

南山，春光明媚，树木丰茂，碑亭耸峙，香烟袅袅。历朝历代的文人骚客，或醉卧浅吟，或感触伤怀，无可奈何花落去，心生感叹。好一句“水隔南山人不渡，东风吹落碧桃花”的诗句，千百年来，成为千古绝唱。想必苏轼来都昌览胜觅迹时，心情轻松舒畅，乘兴慕名而至，无奈时运不佳，桃花已谢，才会生发悲怆无奈的感慨。好在后人黄庭坚、苏辙等人跟风履迹，南山的廊碑方又添得真迹无数，湖滩上的历史文化才得以春风颂扬，无比灿烂，源远流长。

四

历史总因时间渐渐覆盖与淡忘，只有揭开封印，才会感知隐隐的疼痛与芬芳馥郁，并尽力加以复原、崇敬与颂扬。

几堆水泥土堆吸引了我的视线，比起周围坟墓，似乎显得羞涩。只有阅读墓碑，方知曾是湖滩闪现过的革命先驱。他们壮怀激烈，慷慨悲歌，似一团燃烧的火，有着一种温度，哪怕极其寒冷的冬天，它也会焐暖、融化着颗颗冰凉、麻木的心——

在这片湖滩上，曾记否？几位热血青年聚拢一起，燃烧起团团炽热的火焰。他们捧喝一杯热茶，啃食只只菜粑、红薯，火光映照着英俊的脸庞，面朝党旗，率先成立了党小组。随后，往返于这片湖滩，把那团火种传播到都、湖、彭、鄱等县。

他们为了安全，常常秘密停泊这片湖滩聚首畅谈，谋划着革命的纲领和事业。东风拂送，薄雾如烟，船舱里的气氛空前高涨。他们饱含青年的热血，赢得了满湖滩的寥子花开。似血，如火！终成鄱阳湖滩的千年壮观。

五

湖滩之上耸立着一座小岛，仅二百平方米之大。说它是山，也不为过，只因这里的人习惯称它印山，之所以如此，也许人们把它容纳山川，更觉亲近罢了。每逢春季，水漫过湖滩，四围水汪汪一片，但它更胜似窈窕的秀女，显得无比灵动、恬美。秋天，湖水退去，湖滩尽情裸露之后，它又似阅历沧桑的千年老叟。

岛的脚沿，因水吻着山，山嚼着水，千百年，似唾液的粘黏与风化，凝固成浮雕似的书页，它是这片湖滩的活化石，又似风中信铃，古风悠扬，余韵犹存。它把湖滩每年每天的讯息传递给这里生存的人们。灾难与祸患、幸福与喜悦在它沧桑的眼里流泻出来。

湖滩的深处也许是嶙峋的石头，要不然，印山为何能千年屹立。只不过千年吸附的泥沙，像人丰厚的血肉，山岛之上，树木林立，郁郁葱葱，土底下凸突的树根似山的筋脉，突暴刺青的雄健的男人胸肌，使得印山逐年变得丰腴与饱满。湖滩永远是那么实实在在，要不然，裸露的躯体为何缀满青草与小花。

人们如若空中航拍，印山就像这片湖滩的裙裾上别着一枚精美别致的钻石，但它耐不住寂寞，只要有水漫起，就不会那么驯服，风浪起时，才会挑逗起它隐伏的雄性，因为只有风浪，才会显出情感深处的波澜壮阔与处之泰然。它用博大精深的胸怀容纳万物，让它们生生不息地繁殖，养育着湖滩周边的人们。

远古时代，交通不便，湖滩上水的用场就会更大。水上阡陌纵横，四通八达，货源人流逶迤天际，从它裸露的胸脯驰来驶去。近些年，由于昌九高速贯通，人们才渐渐对它冷落、怠慢，但它海一般的容量，从不与人计较，不以物动，不以己悲，不与人弃而恶之，它仍以不变的姿态，默默地独自坚守与静坐。这是一种天地乃大的情愫，它千百年的默默奉献精神，与日月同在，山水可鉴。

湖滩的紧接处，县城日渐扩展，楼台鳞次栉比，林立得让人眼馋，胃口大增，但它从不嫉妒，仍然保持着不变的姿态与风貌。这是世人所不及的博大胸襟，只有风轻轻拂过，状告世人之不公。如今，人们渐渐复苏，浮起这片湖滩，渐渐替它梳洗与装扮，从而愈来愈加以开发与运用。

六

如果说印山是它裙装的一枚钻石，那么千眼桥便是这片湖滩上闪光的裙带。

鄱阳湖是个季节性的湖泊，自从三峡大坝蓄水后，由于长江对鄱阳湖水的顶托作用与补水的减少，加之气候环境变化，信江、赣江等五水水量减少，枯水期提前，湖面才逐年萎缩，这是正常不过的事实。

季节性地更替，湖滩充满着生命的渴望与更替，由于近年大自然气候变迁与鄱阳湖气候变暖，湖滩失去往日的荣装，不远处的马影湖，便成了候鸟休闲养性的好地方。它的湖底，深藏着无数的美景与故事，如今，坦露真容，捧献于世人眼前。

秋冬的鄱阳湖，“茫茫一片，枯水一线”。它最窄处仅三千米，行走千眼桥，处处冒险而又快乐。它位于庐山市与都昌县之间，两岸相距不足三公里，由于都昌地处偏僻、闭塞之地，茶叶、丝绸等农产品运至九江、庐山市（原是星子县），卖得一个好价钱。

千眼桥实乃水上丝绸之路，自古以来，它是都昌人通向南康府（星子县旧称）唯一一条对外通商之道。丰水时，靠渡船过往，冬季，湖滩渐渐凸突，两岸的人才可便于往返。

由于三峡水库拦坝截流，鄱阳湖便过早地裸露湖滩，进入枯水期，这好比正在发育的少女，因缺少营养哺育与滋润，本是丰盈娇嫩的肌肤过早地缺少水色，变得黄皮寡瘦，脸泛菜青，让人忍不住又怜又怨。强劲的湖风肆意掠过，将湖底的黄沙旋刮到湖岸，日积月累，堆积成江南最大的戈壁滩。近些年，政府强调环境综合治理，缩减黄沙的开采量，栽种耐旱的蔓荆子与马尾松，沙滩渐渐泛起绿洲，形成独特的江南塞外风光。人行走完绿堤与黄沙滩，湖滩变得泥泞和湿润，柔滑与舒适。

然而，几百年前的湖滩，因自然环境和气候以及长期得不到人类综合治理，秋冬虽水枯，但经千百年日积月累，湖滩淤积一层厚厚泥沙。冬天的湖滩，风雪难料，湖滩因雨水浸泡，形成湿滑的湖泥，给往来通商的行人带来诸多不便。

明代末期，当地乡绅集资在现址处，用松木垒墩，麻石铺面，搭建石桥，又经明清两代反复修建，总长达两千九百三十米，遂成“全国最长的湖中石桥”，又因泄洪孔九百八十三个，故世人又称“千眼桥”。

直到二十世纪八十年代，千眼桥依然发挥着丝绸通商的作用，若从千眼桥的起点眺望湖滩之上的石桥，逶迤绵亘，不见尽头，鄱阳湖愈加显得苍茫而神秘，空廓而寂寥。

八十年代，省城求学的我寒假归家，见客船爆满，只得改道九江，再由星子县（现为庐山市）过渡，途经千眼桥时，气候恶劣，湖滩覆盖着一层薄冰。千眼桥因湖水冲击失修，桥面有的倾斜，有的倒塌。同乡、同学归家心切，不容细想，顶着刺骨的寒风，相互搀扶，缓缓行走于高低晃悠、参差不平的桥面上，战战兢兢，或跳跃，或弯腰试探，饥寒交加，苦不堪言，三千米的行程，足足花去三个多小时，面对这片茫茫湖滩，我们终归是胜利者。

鄱阳湖一桥的建成，昌九高速通车，千眼桥渐渐被冷落、遗忘，但它以不变的姿态，艰难地坚守这片湖滩，成为鄱阳湖文化链中一大风景。

为了传承、保护这一文化古迹，县委、县政府投资维护，千眼桥得以恢复如初。由于大自然气候对水位影响，深秋的湖滩花海一片，如烟似锦，千眼桥似俯卧的长龙，时隐时现。宛如江南塞外天然的奇幻异景，妙不可言。天气晴朗，烟波缥缈的云雾渐渐消散殆尽，隔岸的庐山若隐若现，极像天外仙境中的海市蜃楼，阳光灿烂的夏秋之季，庐山景物拉得极近，尽可揽入怀中。

如今，鄱阳湖二桥的竣工，都昌与外界联通更加方便，经济将会迅猛崛起，千眼桥这个历尽沧桑的老人影响力会更广泛与深远，它与这片湖滩的开发利用互通互惠，相得益彰，有着共同美好的广阔前景。

七

星光灿烂，斗转星移。县城的西侧，沿着鄱阳湖走向，匍匐着连绵起伏的山峦，有一处松樟叠嶂的山坳，它历经风雨、沧海桑田，唯有摩崖上的石刻“空远”“云住”似乎告诉世人，这片灌木丛生、断垣碎砾的荒野之地，六百年前，便有着遐迩闻名的云住书院，只因日本侵略者的兵燹，便掩埋了这里曾经发生的一切，它似一缕清风轻拂过这片湖滩。

自从苏轼开南山诗文之先河，继后黄庭坚、谢灵运等人驻足，这片湖滩就没平静过，“古南书院”“云住书院”“南塘书院”似雨后春笋，层出不穷。它们如缕缕春风熨帖，学风淳朴，书生意气，挥斥方遒，一直未曾停歇过。诸多书院中，最有影响和传播最广的要算“云住书院”，由元末的陈澔创建，他的《集礼学说》，似一阵风吹热了理学世界，飘曳长驻世人的天空，影响着后世的学子。

如今，云住书院移植新一中，云住老人似一朵洁净的云彩，驻足于都昌学府。他捻须颌首，聆听琅琅的读书声，似一波又一波的浪，漂过湖滩，传送到更深邃更远的湖滩。

八

“浩渺鄱湖水相接，波翻浪涌竞争光。连江通海胸怀广，滋养生灵岁复年。”鄱阳湖，中国第一大淡水湖，上接赣、抚、信、饶、修五河，下通长江，丰水季节浪涌波腾，碧波万顷。枯水时候水落滩现，野草葳蕤，芦苇丛丛；湖畔峰岭绵延，沙丘起伏，沃野千里，候鸟翩飞。美丽富饶的鄱阳湖养育了世代栖息湖畔的万物生灵。都昌拥有最阔最险的水域，岛屿林立，湿地无数，这里栖息、云集着世界上罕见的奇禽异鸟，聚集着地球上生存了两千五百年的“活化石”。

往昔求学，途经鄱阳湖水滩，时见江豚群集，溯浪逐峰，如今，生态环境变异，轮驳争流，天网重重，江豚濒临绝迹，一只受伤的江豚“康康”，曾经让多少人牵肠挂肚。

鸟是一种灵性动物，种类繁多，珍异独特，与人和谐相处，共生共息，深受历代文人的喜爱与赞美，赋予了丰富的比喻与象征。它们自由地飞翔，很是令人羡慕，代表着快乐与自由。鸳鸯长期厮守，常常羽化为情爱，让人只羡鸳鸯不羡仙。猫头鹰在不同的国度，蕴含的意义截然不同，西方象征着智慧；在东方是黑暗、神秘、死亡的再现。小时候，乡村听到猫头鹰的叫唤时，人心惶惶，唯恐村里会有不祥之事降临。

有些地方，乌鸦与猫头鹰自觉没趣，它们纷纷销声匿迹，远避人嫌之故。国画中最常见的《松鹤图》，人们总是把美好的愿望寄托于山水景物，古代文人与艺术家对它厚爱有加。把复杂的思想感情通过寥寥几句诗凸显出来。杜甫的《春望》：“感时花溅泪，恨别鸟惊心！”

柳宗元的《江雪》、高鼎的《画》、孟浩然的《春景》，寥寥几句诗，就勾勒出大自然中一组独特优美、意境深远的图画。

现实的生活往往与艺术家、诗人的意想相悖离相抵触，真实的自然并非安详、和谐，大概与人类自私的本性、生活的境界有所关联。我试图从美好的意境里猜度人的至善至美，从生活的速写、镜头寻找一种完美，以求完臻，洁白无瑕。

湿地曾经有过无数的陷阱，药毒、天网、猎杀让鸟惊鸿四起，尸横遍野。自从建立野生保护站，通过对鸟类不遗余力地保护与宣传，对湖滩加强巡查力度，湿地又成了鸟的天堂。都昌余亚飞有诗云：“鄱阳湖畔鸟天堂，鹬鹳低飞鹤鹭翔。野鸭寻鱼鸥击水，丛丛芦苇雁鸪藏。”

二〇一五年入冬以来，鄱阳湖出现冬汛，湖滩被淹，严重影响了候鸟过冬、栖息、觅食，大量的候鸟飞到沿湖的农田、菜地觅食，毁坏了不少庄稼，以往遇到这种情况，人们恨之入骨，非毒杀灭绝不可。

一个月黑风高的深夜，天上洒落毛毛细雨，湖滩深处亮起一柱灯光，窸窸窣窣的声响惊动湖滩潜伏的护鸟卫士，待围拢上前查看，见是义务热心组织的护鸟队，双方紧握热情的手，交织成力大无穷的铁拳，共同砸向偷鸟毒鸟的夜间魔鬼。从此，鸟有一片安详、温馨、恬静的湿地得以生存、繁殖。

如今，湖滩不再神秘兮兮，不再充满着危险，鸟儿徜徉在湿地，时而觅食，时而追逐、繁殖，时而比翼双飞。因为湖滩成了一片祥和、幸福、繁荣的福地，世界的爱鸟者络绎不绝前来观赏、摄影，人鸟共处一家，乐此不疲地将爱鸟的火炬传递到全球的每一处地方。

九

风轻轻拂过这片湖滩，历史随着湖水沉淀，愈来愈厚，只有浪花涌起之时，才会后浪推送着前浪。千百年以来，鄱阳湖畔的人日出而作，日落而息，靠着湖水的滋养，传承了一代又一代，他们前赴后继，让这湖滩变成美丽、富饶的人间天堂。

我极喜爱这片湖滩，没事总爱骑着自行车在湖滩上兜兜风，倾诉着对它的情感与热爱之心。我曾从这里出发，沿着湖滩的筋脉出远门求学，九曲十八弯，让我的羽翼轻松地舒展与洗涤，让我尽情地眺望与抚摸，让我学会从迷雾里穿越，渐行渐近地驶向未来的彼岸，几年轮回，几度思念，让我品尝游子的滋味。由朦胧的情愫变得清晰、明朗，船搁浅滩无关紧要，只要有充沛的活水源，船才能起锚前行。

当我掬起一捧湖水，试着品尝，我似乎思考着什么。晚风徐徐拂起我的头发，一叶叶扁舟泊靠平静的港湾，我随意扯一根藜蒿，慢慢品咂，那丰沛独特的汁液随着甘饴的湖水，渗透我的体内，在我的周身蠕动着——

当我泛舟湖滩，湖水抚摸着我的手脚乃至周身，让我独特地思索。我在这片湖滩回忆中长大、苏醒，哪怕直至耄耋暮年，我的回忆始终离不开这片湖滩，还有徐徐拂过的湖风。

我生于斯！长于斯！习惯于在湖滩吹吹风——

第三辑

感悟人生

GAN WU REN SHENG

人类最不能撼动的情感，即是崇高的母爱。儿行千里母担忧，这是千古不灭的真理，看似简单一句话，却是包罗万象，似海一般的哲理。纵然相隔千山万水，即使远渡重洋，母亲的牵挂，就是穿越时空，回家跪拜活佛的理由。

——《母亲是尊佛》

山水豆腐

豆腐，出自西汉，营养丰富，价廉物美，它与青菜并称是世人久吃不厌的美味菜肴，如今已成家常便菜。但在生活困顿的年代，豆腐也并非丰足富有。

平日里，单独外出，又或朋友聚餐，点菜不多，豆腐必不可少。

革命先烈瞿秋白在其绝命书《多余的话》中写道：“中国豆腐也是很好吃的东西，世界第一！”当他的革命生涯即将走到尽头时，忽地想到豆腐，此事匪夷所思，实在让人费解。无独有偶，清朝怪才金圣叹临刑前提及“花生与豆干同吃，能嚼出核桃的滋味”，想必他对人生的蹇运有所参悟，对始料未及的世事抱有诸多无奈。

豆腐清淡，滑润爽口，想必人们大都喜爱，唯我对豆腐却情有独钟，其因并不在于平日劳作负重落下的胃病，而是发乎于心底根深蒂固的嗜好。

菜市场里，每日除了本地栽种的蔬菜外，商贩们千方百计引进新的花样，填补顾客的挑剔与选择。即便如此，我也少不了信步踱到豆腐摊前，掏钱买些豆腐，回家用清油、葱花、豆豉煎炒，弄出一盘清淡可口的素心豆腐。

每日的早餐，霉豆腐必不可少，亲朋知晓我的嗜好，每逢串门，定会带上，如若不够，还得在超市买回填补。

少小时，家里虽说生活困顿，每年的冬天，父亲还是少不了栽种几分地的黄豆。平常里想吃豆腐，母亲便忙完杂事后，驮着一身的疲倦，将挑选、浸泡的黄豆用青石磨磨成浆，过滤，再倒在铁锅里煮沸，放入石膏凝结，然后用纱布兜着加压，隔日便能吃到清香美味的油煎豆腐。

想吃豆腐，逢年过节，必不可少，平日里，也不过是种奢念。

霉豆腐，早饭差不多天天都有。黄豆收获后，母亲将压干水的豆腐，切成均匀的小四方块，铺在稻草秆上发霉，十几天后，豆腐的表面长出长长的白毛。母亲在霉变的豆腐里放入盐、红曲、辣椒粉，拌匀，放入坛罐，注入香油、白酒，盖好，再用泥巴密封。

食用时，启开封盖，香气扑鼻，母亲掏出一小碗，重新盖好，每人夹上一块，和着稀饭吃下。

青黄不接之时，家里的中晚餐大多靠干腌菜接济，我因挑食，便吵要霉豆腐，温度高时，又或长时间露风，坛内的霉豆腐竟然长出白蛆。

豆腐花，我最爱吃，盛夏，豆腐摊前叫上一碗，既清凉润滑，又可解饥渴。想到少小，每逢母亲做豆腐时，我便守在灶锅前，母亲便盛满一碗，再三叮嘱，但不等冷却，便急着吃，常常闹得窘态百出。母亲便说："心急吃不得热豆腐，往后说话做事切勿心急，毛里毛躁，不然，容易出差错。"

台湾作家梁容若先生在《豆腐的滋润》一文中道出：豆腐跟白菜并称，唯其平淡，所以才可以常吃久吃，才最为美人，也最可教人做人。

母亲不指望子女出人头地或锦衣玉食，只希望儿女平平安安度日，踏踏实实做人。淡泊以明志，宁静以致远，如豆腐般内心素白，如此才是人生最本真的味道。

父亲也常道："豆腐既是菜肴，又是一种朴实透明的人心，要做好豆腐，要选上好的豆子，取甘洌的清水，精心每一道工序，方可出方正清白又柔软平和的豆腐，刀子嘴不要紧，豆腐心才最实在可贵！"

清代诗人胡济苍的豆腐诗云："信知磨砺出精神，宵旰勤劳泄我真。最是清廉方正客，一生知己属贫人。"此诗写出了豆腐由磨砺而出、方正清廉的精神。豆腐好吃磨难捱，人若有所造就，必须付出辛苦。物美价廉的豆腐不仅成为我心中的美食，亦且成为我们心之明镜，它既融渗着中华文化亲和、柔软、平和的特质，又正糅合了谦和、宽容、敦厚的传统美德和儒雅、谦恭、淡泊的君子之风，做人亦如豆腐。

我曾参与一次佛教年会，中午就餐于素食馆，菜肴除蔬菜果品之外，大都是素心豆腐，其造型新颖养眼，五花八门，可圆可方，鸡、鱼、肉齐全，风味迥异，清淡滑腻，无不渗透着道家风骨，吃着品味，身心渐入一种无我的境界，净心其中，乐在其里。

去年，县作协到安徽寿县采风，慕名来到豆腐的发源地。沿着古城墙、井字街、淮南王府邸尽兴游览之余，顿感疲倦袭人，饥肠辘辘。餐间品食着驰名的八公山豆腐，精神陡增。待吃到后来，倒也觉得和本地豆腐没啥区别，风味还不如母亲做的油煎豆腐那般真味。

淮南虽说是豆腐的发祥地，但经过千百年交流与传播，作坊、工艺程序大致相同。只不过因各地风味独特、迥异，其味也就各有千秋。

做人一生恰似做豆腐，好豆腐须用泉水，以清泉细磨，生榨取浆，入锅点成后，软而活者胜。

清代诗人查慎行的一句："须知淡泊生涯在，水乳交融味最长。"也暗合豆腐美食的最高境界。正所谓：一身清淡七分水，通体晶莹四面光。富贵贫困皆厚爱，人人称其菜中王。豆腐以山地的大豆滋养足够的泉水，方能达到水乳交融的境界。

想必大千世界，滚滚红尘，凡人也好，佛心也罢，无论身处何地，只有清心寡欲，淡泊名利，上善若水，有如豆腐。

想到现代的人，只因出人头地，抑或在异地谋求活计，初始怀着新奇广泛猎获，他们一旦落地生根，久而久之，心生厌倦，便觉没啥两样，时间过长，便又思想老家的念头，随着时间推移，愈加根深蒂固，日久弥坚。

又譬如我怀着新奇，日过一日。慕名品食过各地的豆腐，不管它的外表如何变化，炸、煎、烹、煮。无论它被岁月怎么磨碎，其心都是一样的，因为它的魂永远系着素白原味的根须，犹如母亲那久已未食的油煎葱花豆腐。

当今，随着科学技术飞速发展，万物更新换代，吐故纳新，令人甚是堪忧。若干年后，纯正地道的山水豆腐也许渐渐远离我们，但根植人们心中的恐怕只剩些美好的回味和文字碎片。

白色羽衣

一

生活无奈，有的是自然因素逼迫；有的是人为地制造。平日里，总想寻求解脱，但愈制造原因，心愈备受情感煎熬。

父亲三岁那年，奶奶顶着世俗的偏见，含辛茹苦地将刚出世的姑姑和他拉扯大，这一切，让懂事乖巧的父亲，渐渐养成至孝至善的品德。

奶奶为人精明、豪爽，平日克己节俭，如遇邻舍接济不上，奶奶便拿出自家的粮食匀分。哪怕以前对她刻薄之人，也会毫不例外。

父亲八岁便放牛割草，十岁奶奶送他读书，父亲死活不愿意。挨到十二岁，父亲才进了私塾。

只因入学堂晚，珠算落后别人一大截，好在父亲脑瓜灵巧，先生加补了两三个晚上，便学会了。再经课外反复练习，父亲竟能闭着眼睛，准确、流利地打完九归。

父亲早晚放牛，白天私塾读书，几年下来，竟能背诵《诗经》《大学》《中庸》。奶奶日夜持家，身心俱疲，头上过早地生出白发。父亲看在眼里，只得放弃心爱的书本，毅然做起奶奶的帮手。

父亲读过诗书，心便野了大了。那时，农村走合作化道路，县里来农村招工，父亲便瞒着奶奶报了名。奶奶知道后无奈，只得听从父亲。

二十世纪六十年代初，城乡交通闭塞，父亲一年难得回趟家。

二

父亲在农机厂上班时，城里时兴穿一身白府绸。在追求纯真、献忠心的年代，布料贵且少。父亲只得省吃俭用，托工友买来布料，做了一套，节假日穿着上街。

父亲上班，工资不高，奶奶又上了年纪，更何况母亲刚生下我和妹妹，家里的农活实在转不过来，奶奶只得狠下心，强求父亲回到她身边。

父亲只得听从奶奶，回到乡下，将那套白色府绸叠放在樟木箱内。

平日里，也见父亲穿上那套府绸，在房间来回走动，但时间都不很长。随后，父亲就很少穿，闲时没事，他便看着那只樟木箱发愣。

三

父亲养着看书的习惯，晚上，常见他凑近昏暗的油灯，眯缝着眼看《毛泽东选集》《水浒传》《三国演义》。破四旧，献忠心，父亲舍得拿出所有的黄金、白银，就是不愿献书。

少时的我，更不懂事，总爱端着书，坐在自家的门口。一回，因经不住大孩子哄诱，竟然将线装本《水浒传》借失。父亲气不过，朝着我的屁股扇了几巴掌，至今，让我难以忘却。

其实，父亲挺看重读书之人，只要借书人惜书，守信用，他便欣然借出，毫不搪塞、推阻。

乡村的农活大都半年辛苦半年闲，多年来，父亲保持着一种习惯，中午没事时，他常到相距一里的公社会议室，同传达室的老张叔混熟后，便常翻看着《红旗》杂志和其他报纸。

父亲说："拥有一份报纸，就能通晓天下时事。"

四

记得六月的一天，雨后，我与发小在村前的溪沟捉鱼，衣服全湿透了。那时，农家大都困难，很少有备换衣裳，母亲只得取出父亲的白府绸衬衫替我穿上。父亲见之，数落母亲说：“穿啥衣服不成？非要穿那件！弄脏弄破了，咋办？”

母亲低低地应道：“就你晓得爱惜？天一直下雨，哪里寻得衣服换？”

“冬衣不成？”

“你发疯啦？六月天，落下笑话！”

“那——就别穿了！”

“别穿？崽里身子骨瘦弱，得了感冒，找你！”

那天，我乖巧地待在家里。

高考过后，我被录取省城读书，父亲异常激动，动身的那天晚上，他抖索地取出那套白府绸衣服，双手捧到我跟前，眼里闪烁出生来未见的光芒，说：“这套衣裤，我珍藏了近二十年，如今给你，定能用得上！定能用得上！用得上——”

见着激动的父亲，我怯怯地说不要，母亲也帮腔道：“山子瘦弱，肥身！”

父亲一愣，手轻微地抖了一下，眼里的光渐渐暗淡下去。

那晚，床上，父亲不停地翻动着身子。

五

时隔一年的暑假，母亲过世，父亲沉浸在失去母亲的悲痛中。他五十不到，崽女五个，小妹刚满两岁，生活重担一下落到父亲肩上，亲友劝他续弦，父亲不肯，说母亲跟他吃了一辈子苦，没过上一天伸头的日子。平时有口好吃的，母亲总是躲闪着姊妹，暗地藏在父亲的碗底。

自从母亲走后，父亲变得沉默、孤独，过早地长出了白发，人也憔悴了很多，我的心似乎隐隐作痛。

暑假回家，父亲见我，说我高了胖了，出落得像个男子汉，我点点头，他沉吟了一会儿，似乎找话，问我：“学校还时兴穿白衣服吗？”

我违心地点点头。

父亲的眼睛顿时亮了起来，随即又暗淡下去，低低地说：“那好！那好！”

暑假返校时，我提出要那套白府绸，父亲很是兴奋，忙从箱里取出交与我。

衣服带到学校，一直压在箱底，寒假偷偷带回家，收放在家里的书箱里。

六

父亲操劳一生，很少写信。轮到省城读书的第三年，村里有几个后生得了一种怪病，父亲放心不下，在我书箱内找纸笔，想亲自写信。弟弟后来信中说："父亲见了那套衣服，当时的脸色很不好看，几天没说一句话，再后来，话语更加少了！"

父亲本是性格开朗、爱讲笑话、善于交谈的人，生产队开会或做事，中途歇息，大伙便围绕他，提议道："正大，来段《三国演义》评书！"

母亲过早去世对他打击太大，后又因我的拂逆，想必对他有所影响。

我的父亲，个头不高，脑瓜比常人精明、活络，别人固守种田，他却独辟蹊径，弄些花样，养鱼、养母猪、栽种药材、收购破烂——啥事都钻，家里谈不上丰足，但也可维持一家的生活开销。

七

毕业分配，我回到县城工作，父亲很是高兴，破例与我谈了个通宵，他提及年轻在县农机厂做会计时的事，提及那套白府绸衣裳如何来之不易，穿上如何潇洒、迷人。

那一晚，父亲非常快乐，他的心仿佛回到二十年前，并一再嘱咐我珍惜这份来之不易的工作。

回县城上班时，我特地穿上那套白府绸衣裳，父亲喟叹了一声。我忙转口道："县城的人不大挑剔，时髦就成！"

父亲没说什么，脸上现出平日难见的笑意。

上班时，只因那套衣裳太不合时宜，我又重置箱底。直到父亲过世，我一直保守着这个秘密。

八

父亲过世，亲友都来告别，毛叔也来了，他和父亲一同进厂，早已退休。他回忆说："你父亲有文化，水平高，人又争气，同事都喜欢他，厂长曾拍着你父亲的肩说：‘小伙子，好好干！’你父亲如若不苦苦求着离厂，一生也就不会吃这么多的苦！”

毛叔说着，眼瞥到父亲那身白府绸衣服时，两眼定住了，良久，才缓缓地说：“在那个特别困难的年代，倘要做套时髦的衣服，非常不容易，你父亲省吃俭用半年多，硬是从口里挤出钱换，却见他很少穿，这正大，唉——！”毛叔长叹了一声。此时，我什么也不用说，只是噙着泪，静静地看着这套白府绸衣服。

按照农村乡俗，先人的衣物或带去，或烧化成灰，父亲在世没能达到意愿，他把美好的梦寄托在儿女的身上，自己却孑然一身，我却次次辜负了他的一番苦心。父亲入土时，天上下着好大的雨，亲友拽拉我回家，我木然地一动不动，任凭着雨淋湿我的衣裳——

多年后的夜晚，我入了一个梦，见着一位风度翩翩、英俊潇洒的白影朝我飞来，我想，那一定是在天堂里过得幸福、快活的父亲！

码头寻梦

我在大山里出生长大，出家门就能眺望高高的峰峦。山谷之中，生长着霜重过后浓浓的红枫树，还有青翠欲滴的伞状香樟。特别是山村小溪前的那棵古樟，六七个伙伴都合围不拢。倘要问起它的树龄，相信村里的人谁也说不准，小鸟一年四季在它稠密的枝叶间做窝，整日地飞进飞出，快乐地唱着悦耳的歌声。

那时，山村生活艰难困苦，读书之余，我不是上山砍柴，就是在田园里割藤。昏暗的煤油灯下，我望着多年被柴烟熏黑的瓦屋顶，做着这样那样的梦。困倦之余，便跑出瓦屋，来到村前的小溪边，同伙伴比试着打水漂，或下到溪里捉小鱼，又或捉迷藏，玩打仗，倒也有几分欢愉的童趣。

上小学时，我时常玩小动作，或呆望窗外，老师见我们读书分心，时常问我们做没做过梦。有人说想当兵，有人说想当老师，也有人道想做科学家。老师微笑着说："同学们，你们要想实现梦想，就得从现在开始，发奋读书。只有读好了书，掌握了知识，才能够走出大山，踏过县城的码头，展翅高飞，翱翔于蓝天之上。"

当时，我们都很幼稚，不知码头是啥东西，懵懂之中只有一个信念，只要过得了码头，就能一辈子走出大山。于是，我们发奋读书，为了目标，尽量实现小小的梦想。

等到初三毕业，班里很多同学实现了最初的理想，他们考入了县城读高中，课余时常到港边看船、看码头。而我成绩中上游，只能进入那时的共大读高中，我懊恼、后悔自己未能考上县中。偏偏我在家中排行老大，家里负担很重，父亲很想让我替他做个帮手。爸说："山里娃，能读这么多书也就够了。"

听父亲这么一说，我哭着嚷道："我要读书，我要踏过县城的码头。"

父亲只得叹了口气道："娃儿，你想读书，还是读吧！"

我听罢，破涕为笑。我想，我只有更加勤奋努力，发愤读书，才能实现自己的梦想，用知识弥补父亲的遗憾。

高考过后，我的成绩不是很理想。相比之下，县城读高中的同学基本上考入重点院校。我虽然尽心努力，也只考入省城读书。

走出大山那天，母亲泪眼蒙眬，我知道从未离开过她，哪怕高中读书。学校按例每星期天放假，让学生回家提菜、担米。母亲总怕我不习惯，数次叮嘱我衣服穿得暖和些，算命先生说我命里忌水，对水千万避让。刮风天，不要贪舒服，洗澡别着了凉。我听着厌烦，很是反感地说："妈，我长大了！"

母亲迷惑地看我好一阵，眼光慈祥下来，她不再说话，只是目送着我走出很远很远。如今，我走出大山，到很远的地方去读书，我能理解慈母那颗牵挂的心。

父亲紧攥着我的手，我感觉手心有汗，湿热的、黏糊糊的。他送我出大山口时，神情淡然地说："山娃，为了家，你别记恨爸！"

"爸，您让我走出了大山，况且，那事我早不记得了！"我轻松地笑笑道。

那时，县乡还未通车，我同姐夫紧赶慢赶一整天，远远望着县城的轮廓，脚步不由自主地加快了。

县城紧邻鄱阳湖，被一带湖水围住，出县除了客轮，仅有一条通往省城的沙石路。路程特别远，班次又少。我和姐夫急急排队，买了第二天早上的船票，匆匆吃过晚饭，鄱湖旅社登记住宿后，便觉得轻松，要求姐夫带我看码头，其实，码头就在附近，只不过被一栋房子挡住而已。

我们下了一段坡路，走过一个广场，近前一看，一条港汊通达浩瀚的鄱阳湖，姐夫指着腾起薄雾的湖面说："我们明天就从这里出发。"此时，我的心激动得直跳。我想：难道这就是儿时的梦想。

我沉浸在黄昏中的港湾，夕阳斜照，波光粼粼，渔舟唱晚，百舸争流。夕阳下，渔船上的渔网似乎镀上一层闪光的金辉，憨厚的鱼鹰悠闲地扭动着脖颈，梳理油光锃亮的羽毛。

我们逐级而下，见一群妇女靠着水边的石级浣洗衣裳，嘴里不时地飞短流长，开心时吐出银铃般的甜笑。我们晃荡着走过板桥，跨上浮船，轮船紧靠浮船，因门锁上，我们只得返回。

第二天，我们起了个早，买了些吃的，便找好座位坐定。我隔窗远眺，艘艘渔船精神十足地驶离码头，开始一天的捕鱼劳作。大约过了半个钟头，“呜”的一声长号，轮船起锚驶离港口。我见码头缓缓移动，顿觉别有一番滋味在心头。

船舷外的天际，一只雄鹰展翅高飞，它沐浴着金色的光辉，转而盘旋于天空——

学府里，也曾羡慕同学轻松、潇洒的生活，不善言辞的自卑感压迫着自己拼命埋头读书。我挤出时间广泛猎取课外知识，如饥似渴、如痴如醉地遨游于心爱的书海里。

于是，我的心胸日渐明朗开阔，脑海里渐渐升腾起了原始的野心。我小心翼翼地试着爬上更高的码头，淡看人生喜怒哀乐，品尝生活的朝花雨露、潮涨潮落。

我试着在生命的河流里学会游泳，只因学识浅薄、阅历肤浅，常常呛水，但我不懈地努力朝前扑腾，途中偶尔迸溅几朵浪花。

跨进学府的第二年，仅仅过了三个月，我便接到母亲病逝的噩耗，当时惊呆了。彻夜未眠，脑里迷迷糊糊，只盼早点天亮。

天亮时，头昏昏沉沉，稀里糊涂，像没了魂似的，竟然走错一条街道。隔日，天公不作美，鄱阳湖里起了漫天大雾，几米之外不见船影，一天到晚，心里只存一个念头，盼望船早点靠近码头。

屋漏偏偏遭风雨。轮船如蜗牛般慢慢行驶，没过多久，船竟搁浅于湖岸，等到踏上码头匆匆到家时，已是第三天下午，一捧黄土呈现眼前，我无力地瘫坐母亲的坟前，心中恼恨自己混蛋，嘴里咒骂倒霉的水程。

青春的荷尔蒙似一团火，也曾烧昏过我的头脑，加之清高、自命不凡，感动了生命中的第一位女神。只因不择言辞，交往没多久，便以脾性不合、不了解为由推辞、搪塞。好在无所谓有、无所谓无的禀性作祟，没过几天，那段短暂的伤痛，在自傲的理智里消停。

毕业后，我被分配在县城工作。节假日时常光顾码头，静静地坐在石级上，看远处湖面上姿势优美的白鹭，数着轮船上归来的旅行人，倾听浣衣人熟练搓洗衣裳的韵律，还有黄昏之中听不厌倦的渔歌，情侣挽手散步时的喋喋私语。让我思寻什么？寻找什么？

后来，同学和朋友陆续找到了归宿，我独处斗室或钻进图书馆，像菩萨般整天没夜地面对跳动的蝌蚪，希望有朝一日能够出人头地。寂寞无聊时便只身单影地数着码头的石级，看着湖面漂浮的小船，心似船随水慢慢漂泊。后来，当我跨入幸福的门槛时，我质疑自己是否真的拥有稳重的码头，幸运之神能否顺利助我，在人生的石级迈过一坎。

初入沧海方知水。当我踏进生活的圣殿时，艳丽、明媚的春天也正铺展眼前，但终又被生活的浪潮淹没刚刚露出的绿色嫩苗。从此，瑰丽、梦幻般的码头被实实在在的河水、污泥所覆盖。

生存的需求迫使我低下头，站在三尺码头前吆喝，曾立于三米宽的摊前同顾客学会了讨价还价。那时，县城的人们生活并不富有，外来货源几乎靠轮船货运。临近年底，货源供应不足，你想卖都没有货，有头脑的商人平时囤积货源，年底又走人情捷径，他们趁机狠狠地捞了一桶金。后来，我的生意由小慢慢做大，生活渐渐走出困境。

要想富，先修路。由于高速公路通车，货运中转站鼎立，蜗牛般的轮渡渐渐被迅猛快捷的物流所取代。商人凭着信誉度，货物短缺的年代再也不复存在。

随后，县城人经济渐渐活转，他们不再是为省几个钱坐轮船。码头渐渐清淡萧条，搬运工人纷纷转行。

近年来，客轮退役了，遗留下锈迹斑驳的浮船漂荡于风雨中的浪尖上。

再后来，为了美化县城环境，加之码头吞吐量的增加，新的码头迅速崛起，原码头便成了渔船的避风港。

现在，人们对食物很讲究，港湾兴起水产养殖。渔商将渔民手里收购来的活鱼，用网箱养殖。贴近码头的居民及附近的餐馆，时不时跑到网箱边挑选几条满意的野生鱼，人们讨价还价，空气中弥漫着世俗的人情味。

人生的码头爬过一级又一级，转眼过了知天命之年。生活的冲动不再有那么强烈，名利的角逐、生意场上的尔虞我诈渐渐远离于我。有时，我徘徊昔时码头，淡然地捕捉湖面上的阵阵涟漪。阳光下，涟漪化作朵朵梦幻，纷纷飞进平常人家。

闲散慵倦之时，心情像百足章鱼般扩张。黄昏散步时，看如火的晚霞映染群山湖面，清晨，在旷远高深的蓝天下，眺看日出，仰看云卷云舒。

有时，在暮色四合的夏夜，我站在阳台上仰望星星闪烁着清辉，反躬自问：我又该属于哪一颗？

静夜，从书柜中抽出纸张泛黄的名著《钢铁是怎样炼成的》，翻开书页重温“人的一生，应该是这样度过：当他回首往事的时候，不会因为虚度年华而悔恨，也不会因为碌碌无为而羞耻……”顿时，生命的余晖被保尔·柯察金再度点燃。我试着攀爬人生殿堂中瑰丽的码头，再次扑进人生的长河里呛着水游泳。

沧海横流，方显英雄本色。此时，我多想扑入长江，中流击水。

生活永远是个未知数，我不知道能游多远，身后的浪花能溅起多高。只要自己能够奋力一搏，终了之时不会无悔无怨、虚度此生。

黄昏散步到港湾的码头时，晚霞染红了一泓湖水。继而，天渐渐地黑沉下来，港湾里，朦朦胧胧，并且弥漫起一层薄薄的烟雾，和着渔船上爆炒饭菜的青烟，飘散于港湾里。继而是男人喝着啤酒，女人靠桌吃菜的祥和气氛。随着夜半更深，港湾显得愈来愈平静，静得似乎听得见男女甜梦里的鼾声。不知谁家男女浓兴未尽，嘻嘻哈哈的闹笑声溜过湖面，惊起隔家船上一声狂吠的狗。随着最后的灯光捻灭，天底下渐渐沉入一片静谧。

此时，我从平常人家的甜梦里，从原始的情趣间超越，奋力展开思想的羽翼，飞渡到起初的码头。

母亲是尊佛

女人，是柔弱的；但作为母亲，她有着崇高、坚强的品性。无论古今中外，母亲都是子女心中一尊完美无瑕的佛。

母亲在，兄弟姐妹无论多远，都会聚集她的身边；母亲不在，兄弟姐妹是亲戚，平时难得一见。

母爱毫无条件，似海一般无私奉献。人从“呱呱”坠地，无时无刻不在母亲无微不至的关爱与庇护中，倘若有口吃的，有件穿的，自己宁愿挨饿受冻，首先喂饱、烘暖自己的儿女。

海里有一种鱼，为了喂养小鱼，忍痛让子女啃啮身上的肉，小鱼大了，自己却在痛苦中死去。

小时候，回家吵着要母亲，见到了，心里犹如小船驶进了平静的港湾。

外面，倘若遇上烦心的事，或被人欺侮，回到家，首先，莫名其妙地向母亲倾诉，母亲再忙，也会停下手中的活计，微笑着把儿女轻搂臂弯，抚摸着头，就像慰抚一个长不大的小毛孩。

唐代诗人孟郊诗云：“慈母手中线，游子身上衣。临行密密缝，意恐迟迟归。”渐渐地，儿女好比羽毛已丰的鸟，越飞越远，母亲却被无情的岁月雕琢成苍老、佝偻的老妪。

母亲是儿女心中永远过不去的坎，累了，歇着，抑或夜深人静之际，首先想到的是母亲，她老了，身体可曾安好？现实生活中，往往又是“子欲孝而亲不待”！

高处不胜寒！特别是儿女事业有成，或是顶天立地的人物，可以叱咤风云时，内心就会迫不及待地寻找心灵依托，而那最安全、最永久、最可靠，依然是家里的那尊活佛，她远在老家，撑着风烛残年的身子，伫立村前大树下，企盼着儿女回归。

随着年龄徒然增长，已成人父、人母的人更有切肤之感，人们会越来越迫切、清晰地感觉到，纵然岁月改变了容貌，纵使沧海化作了桑田，老死不变的依然是那份对家的眷恋。因为那里永远有尊慈善的活佛在惦念，在默默地为儿女祝福。

想到母亲，她贫穷、劳碌了一生，平时无暇顾及国家大事，老来却守着手机，外界稍有风吹草动，就会折腾得她六神不安，电话那头，便不厌其烦地询问："是否发地震？是否发大水？"

母亲一生一世为儿女所想，为儿女活着。病了，手脚不灵便了，竟是百般掩饰。那善意的谎言，为着儿女能安心工作。

母亲最大的愿望，就是每年养大一头猪，空闲时，常拖着一双不灵便的脚到野外打猪草，倒潲泔，劳劳碌碌，仅仅为了过年的一个念想。

近些年，母亲学会了时髦词，"转基因""高效农药"，她叮嘱老爸大老远从乡下扛来大米和蔬菜，说自家种的，吃着放心。

有人说："一个成功的男人背后，必定站着一位伟大的女性。"如果是这样，这位伟大的女性首先是母亲，她从无忧无虑、光鲜艳丽的少女转型成婆婆妈妈、斤斤计较、不嫌肮脏的老妇，她的一生付出了多大牺牲。

儿时，一声炸雷，几声啼哭，也会让母亲担惊半日，为了儿女，她真切达到"心底无私天地宽"。

母与子的情爱，是血的水乳交融，容不得半点杂质。在最危急的时刻，暗淡了硝烟，迸发了人世间最耀眼的光华。

人性的伟大在那一刻被定格与升华。

人类最不能撼动的情感，即是崇高的母爱。儿行千里母担忧，这是千古不灭的真理，看似简单一句话，却是包罗万象、似海一般的哲理。纵然相隔千山万水，即使远渡重洋，母亲的牵挂，就是穿越时空，回家跪拜活佛的理由。

母亲的豆豉

今生虽然不能再吃母亲做的豆豉，但我永远忘却不了那独特的风味。

平时，总想从酱油瓶中寻找母亲豆豉的滋味，酱油的品牌换了一种又一种，要么光有色素，要么汁味淡得如水。炒菜时，无论怎么添加，炒出的菜确实逊色，不尽吾意。

我只得在菜市场改买豆豉，只因私人的豆豉价钱贵得吓人，便试着在杂货店买了半斤。想着母亲当年的豆豉烧肉，也就学模照样做了一盘，全家人吃时，都道味道略带酸味，没有汁液。我怀疑自己的厨技为何离母亲相差甚远，事后问及自产自卖的大姐、阿姨，她们都说生产商为了提高豆豉的经济效益，厂家将豆豉里的浓汁提炼了几次后，再在豆豉内掺加色素与香精。

我多想吃到母亲豆豉的味道，为了不再上当受骗，私人的豆豉再贵都买，虽说豆豉保持着原汁原味，但是，千家的豆豉有千家风味。

俗话说得好：一人难满百人口。最后，每逢买豆豉时，我大多定格于一位面相与口音同母亲相似的大姐处买。也许，我想从大姐的身上看到母亲的影子，吃着她的豆豉，也就猜摹着母亲的风味。

后来，细妹学会了做豆豉，每年惯例送来几斤。妹妹的豆豉既有了母亲的情味，又有了母亲的风味，我想因血缘与遗传的缘由才觉得相近罢了。

母亲总说豆豉可以打虫，上小学时，总爱抓一把放入口袋里慢慢品嚼。时至今日，还保持着边炒菜，边扔几粒豆豉在口里慢慢品嚼的习惯。

想起当年母亲做豆豉的情形，她的动作、音容笑貌恍如昨日，历历在目。

黑豆每年收获、晒干后，母亲用小晒垫将黑豆分类。颗粒饱满用来制作、加工成豆豉。

母亲用井水冲洗几遍后，把黑豆放入清水里浸过夜，待黑豆充分膨胀后，便放入铁锅内蒸煮。待文火将水分蒸干，再舀入大竹晒垫里。

待完全冷却后，母亲铺上一层厚厚的黄荆蔓枝遮盖。几天后，黑豆生菌长成一层厚厚的黄疸，便挑选好的天气，把半成品放在太阳底下晒干。做豆豉往往要碰天气，倘若连续遭遇几天下雨，未干的豆豉因发热过高，发生霉变发臭。母亲晒豆豉时，总能碰上好天气，这也许是母亲识别天气的一门绝活。

市场上，也常见卖豆豉散发着一股臭味，它往往被一股酒香遮住。这种豆豉要么黄豆没上好，要么没碰上好天气。

豆豉一定要配上叶多的黄荆枝，其他的枝叶不可代替，妹开始不懂，为节省时间，起初便用了黄荆树上的枝叶，那年的豆豉也就没有做好。

儿时，家里经济再困难，母亲总要把豆豉做得足足的。景德镇的姑夫每次下乡，如唐伯虎点秋香似的要吃豆豉焖肉；回家时说什么也不缺，豆豉若有不嫌多。平时，邻舍不够用，母亲便大大方方地舀上一碗。

母亲做的豆豉焖肉百吃不厌，很远便能闻到那股浓烈的豆豉香味。父亲最喜欢吃母亲做的豆豉糟鱼，干鱼里面放入适量辣椒、米糟、生姜、大蒜瓣。吃时，五味俱全，独有风味，一碗能吃好几天。

父亲喜欢端着饭碗到祖厅吃，乡邻夸他吃菜很细。父亲听着喜滋滋的，脸上荡漾着幸福的笑意。农忙时，菜不凑巧，他就着鱼碗内的几粒豆豉吃完一餐饭。

假日里，如若下雨没事，常去河边去捉鱼，母亲耐心地将鱼盐腌后晒干。碰着天气不好，待安顿好我们睡觉，她便熬夜，独自在灶前用细火将鱼烘干。

儿时，总喜欢犯下这样那般的错误，母亲气不过，抢起扫把打我的屁股。有回玩耍砸破了同伴的头，我的屁股也同样开了花。母亲边打边说：豆豉不烂不上黄豆不成好豆豉，娃儿不打不教不成器。儿时，我琢磨不透话的道理，长大后，悟出只有经过不断磨炼，才能成熟。

豆豉，本是微不足道的食品，生活中，只要掺加了它，菜便生发出一种独特的味道。

生活里，每一个人、每一种事物都有各自独特的味觉，那是无可争辩、不可替代的事实。正如两个可爱的孪生宝宝，旁人分认不清，母亲远远地就能识别。

今生，母亲的豆豉有她独特的风味，无论过去多少年，我永远也不会忘记。

一件风衣

气温骤降，急着添加衣裳。

翻箱倒柜时，偶尔见着二十年前的一件银色风衣。

结婚时，妻子侧卧怀里，深情脉脉地说："记得第一次见面时，你套了件银灰色风衣，敞开着，风流倜傥，超脱潇洒，好酷！"我惊诧道："你记性真好！倘若不提，我倒忘了！"她轻轻地附着我的耳朵说："你敢！"

婚后，风衣渐渐过时，夹克衫悄然风行。妻子给我买了件时髦的，说出外要体面些。我正想把肩上破了洞的风衣扔掉，她慌忙接住，说风衣好好的，扔了挺可惜。

几天后，妻子找了块颜色差不多的布料补上，若遇刮风下雨，她便套在身上，说："有件风衣遮风挡雨，这该多好！"

平日里，很少细心呵护，很少替她买衣裳，妻子自己又不舍得挑几件像样的衣服。若买，总是挑些降价处理的。

县商城开张时，浙商来本地淘金，因不景气，有些商家亏本走了。有家浙江客商走时将衣服亏本处理，妻子挑了一包，少说也有十几件。拿回家，我很恼火，反问道："买这么多衣裤，准备开服装店吗？"

妻子感觉委屈，怯怯地低声说："买来慢慢穿，我见衣服料子很好，价格又特别便宜，不买，很可惜。"

"想买，就买两三件，要不了一年，衣服就会过时。"我缓和语气说。妻子说她不是赶时髦的人。

妻子穿了几年，衣服确实过时了，她舍不得扔掉，只得把它穿在里面，外面罩上件时尚的外套。

妻子替孩子买也一样，往往穿上身一两个月，就会破掉。我说她是猪脑子，如今，家里经济也算活转，何必尽买些便宜的东西。她倒说我好了伤疤忘了疼。想想结婚，白手起家，若不是勤俭节约，艰苦创业，哪有如今这般光景。我说不过妻子，料想自己理亏。

妻子过生活有时过于精打细算。结婚时，除外套外，里面全都是平常穿的。要说袜子，都破了个洞，她用钩针绣了朵红茶花。她很体贴，总说娘家是老幺，兄弟姐妹六个，家境不富裕，父母亲做了一件新衣裳，老大穿了老二穿，老三穿过老四接着穿。轮到她时，棉袄都露出花絮，现在都能穿上新衣裳，若讲排场，没个深浅。

妻子治家确有一手，我偏偏又爱挑剔，吃了上顿的菜，下餐就要变换新花样。妻子买菜，见卖主便宜，一买一大堆，几天都难吃完，气得我另立炉灶。熟人问起，我便哂笑打趣说："妻子爱食天仙，我偏偏喜欢吃地仙，各有所需嘛！"

菜买得确实多些，便趁她未注意时，悄悄扔掉，妻子问起，我说时间太久，吃出毛病，得不偿失。妻子唠叨说："扔了可惜，实在可惜！"

儿子总喜欢拉我买衣鞋、书本笔等，我参考着随他的愿买回家。妻子埋怨道："你买时髦衣物干吗？挺贵的，儿子正在长个头，过一两个月又要添新的。"

我说："现在的孩子哪个不穿得光鲜？儿子不比大人，学校进出是咱的门面，穿得太旧、太破烂，别人瞧不起！"

妻子将替换下来的衣物洗净叠好，存放纸箱里，说给孙子穿。我笑她脑瓜不灵活，临到孙子辈，还要这些。

记得结婚时，途经浙江金华，见一套新式的套裙挺贵的，买回家本给她惊喜，谁知她反而数落我一顿，说生意才起步，就会花钱。

妻子边穿衣服边埋怨说："瞧你花光了本钱，往后，看你怎么做生意？"

其实，妻子挺喜欢那套裙，穿了好些年，后因实在太过时了，她就换作睡衣，直到现在，还未破。

"历览前贤国与家，成由勤俭败由奢！"随着物质生活殷实，人们开始奢华与浪费。殊不知"朱门酒肉臭，路有冻死骨"。假如人们一味奢侈，放任自流，成天饱食终日，骄奢淫逸，不知他们是否想到，世间尚有忍饥挨寒的人。

"天有不测风云，人有旦夕祸福！"人本应饱暖思荒年，深挖洞，广积粮，从而"池塘积水须防旱，田地深耕足养家"。人应学会知恩图报，积德行善，广结善缘。

一九九八年发大水，全国各处抗洪救灾。我出差回家，见妻子红着眼，翻箱倒柜理衣裳。平时，妻子珍藏得好好的，我风趣地笑道："这是哪回子的事？破天荒啦！"

妻子接话道："亏你还能笑得起来？全国上下都在捐衣献物，我只是尽些心意。"

妻子那次确实大方，除了日常穿的风衣、套裙外，其余悉数献出。后来，四川汶川发生地震，她又默默捐献。作为一个过来人，我能理解她。

现在，家里宽裕了，我劝她买时髦的衣裳穿，她还是舍不得。每回外出，我便带上几件，她说这般年纪，还穿得花里胡哨，边说边在穿衣镜前试着摆弄。

妻子舍不得买件像样的衣服，如若她喜爱上哪件衣服，定会试试合不合身，看上很久才离开。儿女回家告诉我，便暗地买来，妻子穿上，说我是她肚里蛔虫，我笑笑，她也笑笑。

如今，我看到这件珍藏发白的风衣，心里又一阵暖意涌动。

味　　道

首次吃兰州拉面是二十世纪九十年代初。那时，刚学着做生意，跟着朋友老邵到南昌进货。两个人急急赶路，忙于进货。中午，老邵领我进了一家牛肉面馆。我狼吞虎咽吃下一大碗，只晓得面的味道很好。

再次，我开车帮熟人上瓷都拉货，趁货主挑选瓷器时，信步踱到广场附近，见有家面馆，坐定，叫上一碗，慢吞吞地吃着，方才品味出拉面色香、味浓、筋韧，甚有嚼味。不过瘾，又添一小碗，食过，肚隐隐有些不舒坦。

再后来，兰州拉面似蒲公英般飘落到小县城，又遍地开花，普及到乡镇。想吃，随处可得，吃多了，便觉得面馆的味道大都差不多。

起初，时常进入紧靠商城的一家面馆。老板是一对中年夫妇，男人圆脸上总挂着笑容，但似乎感觉那笑脸负着一定重量，客人稍不满意，他便把脸拉成椭圆形。

只因圆脸夫妇常进店买些日用品，才得以逐步熟识。他们圆通精猾，每次进门，堆着笑道："老板，我又来给你做生意啦！"挑选货品时，爱挑刺还价，选好后，借故说生意忙，下次再买。生意没做成，却挤跑了其他客户，我气得恼烦，却只得忍着。下次来，我不想卖，他便笑嘻嘻地边付钱边轻拍我肩，嚷着说："老板，我给你做生意，不好吗？下次照顾点，照顾点嘛！"我只得忍住气应付道："是！"

中秋节后，他陆陆续续引荐了很多老乡来店购置拉面用具，说是他亲戚，每来一回，价钱都得比上次来人要便宜，气得我哭笑不得，道："同等物品，价钱比别人卖得便宜，每来一人，连续再降，如此这般，我得关门不成？"他却笑着说："咱是朋友，下次，每件都还减一元、五毛，生意不就做成了吗！"

只因熟识，我便常去他家面馆吃面。客户进入面馆，他都会摘下帽子鞠上一躬，客客气气，让人觉得非掏出六元钱不可！

进面馆次数多了，便感觉出面的分量少了。没客人时，夫妇便常抱怨食材涨价，如此下去，非关门不可。

我吃着吃着，隔上一些时日，老板多收一元钱。我有些不悦，却又不好为一元钱沉下脸。

夏天，面馆空间小，室温高，等到人饱碗空，浑身沁出一身臭汗。我开着玩笑说："老板，倘要吸引顾客，就应改变面馆的条件，增加些花样！"

老板点头道是，便装上两台壁扇，客人来了才开。

后来，汽车站旁新开了家面馆，老板是一对年轻夫妇，精明干练，浑身充满着旺盛的张力。

一次，我替客户送货进站，返回时，试着进入面馆，女主人忙迎上前，又用干净毛巾拭了拭桌椅，招呼我坐定。女的脸蛋缀些芝麻点，但不影响她的美貌，她颔首浅笑，我竟被她的热情融化了，便要了碗拉面。

因靠车站，生意很忙，客人进来，女老板也不忘擦拭桌面，客气地招呼客人坐定。因等面，我扫视墙面贴着的各种美食价目表，美食图案的两边配着对联。上联：汤似甘露面似金；下联：一根入口似佳肴。正堂壁上钉挂着一张乡村图画。画中蓝天白云下，一条柏油马路缠绕着山村，牛羊悠闲地贪食着山间的青草。高速公路穿过金黄的油菜花海。似乎隐隐扑来缕缕芳香。

男主人姓马，手脚极麻利，切面、擀面、搓面、拉面、削面，三下两下就搞定了。问及，他说：假不得，慌不成，功夫不到不够味，汤面要一清二白三红四绿，缺一不可。

闲谈时，女老板端上一碗拉面，试着吃上一口，面柔韧富有劲道，耐嚼。老板说：画请本地人画的，这里装裱的，想家时，便看看画。我随着老板的思路，似乎神游了一番他的故乡，不知不觉，主客之间的距离拉近了！

平日，我试着变换花样吃拉面，马老板从不嫌厌烦。甚至，连绝活一根筋也曾尝过。有一阵，食材涨得很凶，马老板却分文未涨，我吃得有些不好意思，说客人再吃下去，定会亏本。马老板笑着说："食材时涨时跌，无所谓涨价。钱少赚些，店里忙些，只希望新老顾客能吃出个人情味道！"

年轻人经营有方，面馆忙不过来时，熟客也不愿意上别处去。时隔不久，馆里新添了一位姑娘，一个小伙子，姑娘的美貌与热情似蒙头的纱巾般神秘，让人亲近而又隔着一层透明的朦胧。

后因吃面的人太多，马老板连着隔壁店面一同租下。初夏，空气渐渐升高，馆内有些闷热，吃完面，我的额上沁出一层细汗，马老板见状，忙递过手纸。隔天，面馆竟然装上了空调。

傍晚，也常见圆脸的中年夫妇来串门，后来，次数便少了。终有一日，他和马老板发生龃龉。中年夫妇说年轻人不地道，忘恩负义。年轻人只是硬着头皮让他们数落。再后来，他们很少来往。

两个月后，圆脸的中年夫妇不知搬到何处。

又过了一个月，马老板的面馆里我又撞到了圆脸的中年夫妇，他们同马老板有说有笑，好像以前从未有过不快之事！

还鸟一片天地

院内，好些日子没有听到鸟的欢唱，时今又闻鸟鸣，久违的惦念渐渐远去，对鸟亲近的感觉油然而生。

前几天的清晨，“咕咕”的叫声将我唤醒，我起床，轻手蹑脚地靠近窗前，见一只白鸽立于阳台，正在亲昵地呼唤着伙伴。

昨天，女儿将一碗小米放在阳台上晾晒，傍晚忘了收拾。妻舍不得，忙要开门，我立马止住道：“不就是那么点小米，吃了算了！”

妻说：“很久没吃过小米粥，本想早餐熬着吃，谁知竟让鸟给糟蹋了。”

我知道妻的心疼是因为我的缘故，前一阵子，她见我的胃不舒服，特地托在北方工作的二弟买来一袋小米，每天熬成糊糊。胃好后，也就隔了些日子没吃。

就在我沉思之时，阳台上飘落下一对灰鸽，它们时而啄食，喁喁相语；时而款款而行，比翼双飞。待一碗小米啄食完后，它们亲昵地嘀咕了一阵，才双双飞离。

日后，我试着将剩余的饭菜放在阳台，一对鸽子又飞来了，它们或阳台随意散步，又或院内比肩双飞。两只黄鹂似乎也有些眼馋，它们试探着从地里飞落院内的琵琶树上，不一会儿，又壮着胆飞落阳台，偷食剩余饭菜，我开门漱口，见鸟飞落院内的枣树上。

我后悔不该惊动它们，本应让它们自由自在，尽情享受那份久违的快乐。但鸟儿禁不住食物诱惑，没隔多久，仍又飞临阳台啄食。往后如此一而再，再而三，胆量渐渐大了，竟然敢同家人玩起捉迷藏。再后来，八哥、斑鸠也飞来了，另外还有些煞是好看又叫不出名的小鸟。

人应遵循大自然的运行规律，地球上的万事万物相辅相成，相生相爱。上天每创造一种生物链，必定给地球的环境、气候等达成和谐、平衡与制约。

鼠多为患时，上天恩赐蛇与猫等为其天敌制约。昆虫的大量繁殖，便见鸟雀、青蛙等调和、平衡，人若无节制地毁灭任何一样物种，天地之间势必平衡失调。生物链的断裂，必定引起连锁反应，人类终将会遭到报应。

鸟多想和人类为伍，试着在大自然中分一份少得可怜的食物，偶然几尾羽毛，一堆鸟屎，就便惹起人的诸多不快与驱赶。

屋的右边是一片菜园地，紧挨着菜园尚有一处树林。政府曾想搞公园绿化，后因某些缘故搁置下来。四围的住户想菜吃得放心，闲下心时，各自开垦一小片地，种上些瓜果蔬菜，自然也就成了鸟欢乐的天地。

天不亮，鸟从树林飞落菜地寻觅虫和食物。它们相互追逐、嬉戏。胆大的鸟儿飞落邻舍的院内或阳台之上，寻找些人遗弃的食物。

家养的黑猫平时少喂食物，饥饿之时，便四处寻找食物填肚。它见鸟时常停歇阳台，便耐着性子守株待兔，捕捉鸟儿往往手到擒来，为了讨好主人，常将斑鸠、八哥奉送。我们以猫引以为荣，时常扔些小鱼、肉屑，表彰黑猫捕捉有功。猫的侵犯竟然惹怒了鸟，它们互传危险信息，好像院内是它们的“百慕大”。

人往往因一己私心有意或无意、直接或间接地伤害人和世间的万物。只因鸟的不良习性，人就驱赶它们失去这片本可觅食的天地，同时，我们也失去了同它们近距离和谐相处。从此，每天只能羡慕鸟从树林飞落菜地，夕阳西下时，又痴痴地见鸟飞归树林歇息。

人又因极端自私将鸟逼入绝处，树林之中常见人转悠。气枪喷出硝烟时，也许又有鸟中弹后痛苦痉挛地死去，活着的伙伴便仓皇逃离到更远处，寻找一处暂时安全的树林栖息、避难。从此，这片山林、菜园、院落又寂寞冷落了许多。

人往往失去某些东西之后始知后悔，方知珍贵。于是，人们亡羊补牢，但也未必已晚。鸟因过多捕杀，大自然便多了一分寂寞。吟之古诗“春眠不觉晓，处处闻啼鸟”，顿觉，鸟的啼唱给寂寥的空间平添多少美妙歌声。

鸟类似乎善忘，不计前嫌，愿与大地万物同乐。这不！时隔不久，它们陆陆续续降临树林、菜地、院落，但又无不时时警惕着人类。

黑猫也许知道曾犯下不可饶恕的错误，它懒洋洋地在阳台上晒着太阳，以前原始野性的锋芒似乎被日子磨钝、收敛了。

鸟似乎希望人类与它们共存共乐，我试着缓步过去，鸟竟然若无其事，毫无顾忌地啄食；又或同人周旋。院内、阳台随处成了它们自由歇脚的天地，树上的枇杷、红枣从成熟至干枯在树枝，它们一年四季可以随时食用。

枝叶繁茂的大栗树上，不知何时搭建了鸟巢，清早，鸟妈妈教儿女“唧唧啾啾”练着歌，抑或在提醒我们：“别慵懒，新的一天又开始了！”

人与大自然本应相辅相成，和睦相处，才能相得益彰地共创平衡、仁爱的世界，人爱天地万物，同样，万物反哺，也会把天地之福恩赐给人类。

人若心中有鸟，还鸟一片祥和、欢乐的天地。同样，鸟有灵犀，鹦鹉学舌，白鸽送信，鸿雁传音，不正是它们给人类以回报吗？

天，淅淅沥沥地下了一夜的雨，地面残存着一地花瓣。田野里，响起虫的吟唱声，同时掺和着早行人惊起的狗叫声。鸟梳理完树叶滴落在羽毛上的雨水，便开始了新一天的歌唱。

屋内，妻教孙儿学念古诗：“春眠不觉晓，处处闻啼鸟。夜来风雨声，花落知多少。”

此时，我似乎从幼孙的牙牙学语里悟得更深，参禅出更美的诗情画意，这不？一轮红日从地平线上跃出，我仿佛从阳光里看到希望！

往常，我手提着浇花壶，去菜园喷药，如今，我很少去！

出 山

杨大胆，唯物主义者，他曾同人打赌：农历初一，哪怕刮风下雨，也敢在死人坟堆中穿着雨衣，蹲坐整晚。

二十世纪七十年代初期，全国大闹封资修，破除迷信，杨大胆第一个领头毁寺庙、砸菩萨。如今，儿孙满堂，平平静静过去了几十年，生活虽未达到小康水平，但吃穿倒也不愁。

近期，杨大胆被孙女琪琪的事伤透了脑筋，偏偏老婆像只蜜蜂，整天吵个不停。他无法坚持下去，几十年树立的信念，似乎快要倾斜坍塌。

人活在世上，并不是舍不得几个钱，只是担心老婆容易听人挑唆，被人怂恿，因而上当受骗，俗话说病急乱投医。

这不！前两天，妻子背着他请人打卦，先生说他前半生做下缺德事，杨家故此遭遇报应，唯有去财，才能消灾避祸，家里诸事顺利。妻子听罢，感激涕零。

此事说来也怪，琪琪从小乖巧听话，聪明伶俐，成绩又好。高二晚自习，她单独摸黑回家，便说有影子跟着，一连几天，胡言乱语，吵得全家人心烦意乱。

起初，妻子说琪琪只是受了惊吓，撞了邪气，该收收魂魄。当天晚上，她同媳妇一人端着饭碗，一人手拿一杆秤，秤上罩块红布，来到一路口，撒些饭，嘴里叨念着话，蹲下拾起一块石头，走几步，便喊着琪琪回来，媳妇后面一路应和，来到院内，妻子将剩余饭泼洒门外，抓起竹扫帚挥动，大吼道："琪琪胆小，死鬼，你饭也吃了，给我滚得远远的，别再吓我的琪琪。"然后，又将怀里揣着的石头放置琪琪床底。

"琪琪别怕，奶奶给你借来了胆子。"

杨大胆又好气，又想笑，他说啥也不信这鬼把戏。

妻子见孙女未好，急得坐立不安，四处询问，都说她孙女中了邪，应该去庙里求菩萨。她与杨大胆商量，反倒骂她鬼糊了头，理应带着琪琪上医院检查。

女人大多心胸窄，气量小。心烦之时，往往架不住别人东说西劝，四处寺庙去求神，辛勤赚来的钱被人骗去不少。事后，觉得冤屈，一时三刻难以想得开。

这不！琪琪的病情日渐加重，杨大胆只得带着琪琪去医院检查。医生说只因用脑过度，出现轻度精神分裂症，需要坚持吃药。

老婆说啥也不信，说隔壁老米家的闺女也是受了惊吓，同样请先生算命、打卦，折腾了一回后，人就清醒，好了。

早上，她听说城西有个半神仙，算命打卦，十分灵验。苦于路远，只得好歹磨软，上午，杨大胆才答应用自行车带她去。

西街的朝弄巷，巷口远远飘着一面镶着金边的红旗。上书“城西半神仙，不灵不收钱”。

沿着招牌前行十几米，便到了半神仙屋前，见大门两侧贴着一副对联：“知前因道后果前生后世今生今世，乾坤大世间小乾坤世间可大可小。”再看半神仙，头戴瓜皮帽，眼戴一副墨镜，身穿一件铜钱花纹的长衫，胸前飘拂着一撮长白胡须，手抡折扇，平添一股仙风道骨。

身前的长条几上，竹筒里插着满满的竹签，一副牛角对半裁截的告子，左上角一摞黄表纸，一只铜香炉里，飘着缕缕青烟。

半神仙见来人，忙问：“施主，来此看相打卦抽牌子，还是看家运？”

老婆忙上前施礼道：“道仙，我大老远地慕名而来，请您替孙女算算命，打打卦！”

“打卦十元，算命二十元，不准不灵不收钱！”半神仙娓娓道出。

杨大胆听过话音，似乎熟识，又似乎很是遥远。他细细打量半神仙，脑海蓦地一震，让他想到二十世纪七十年代破四旧最深刻的那回：那是杨大胆一生中最顺心得意的一次。公社里的会议室内，汽油灯雪亮雪亮，宣传主任的他面对台前十几位先生，正在接受破四旧、反封建迷信的教育。另外还有各大队主任和旁听受教育的群众，黑压压地聚集一堂。他先发言宣传，再要求先生对破四旧进行深刻反省。众先生相互猜测，左右观望，他们眼睛心明，只有用沉默抗议。

杨大胆见众人不语，顺着前排走到半神仙处停住，手轻拍了半神仙的肩一下，重又回到主席台前坐定，见半神仙缓缓站立。

“杨主任，我是彭定，只因思想做怪，激烈斗争了好一阵，现在想同以前的半神仙彻底决裂，鼓起勇气重新做人。其实，算命都是坑人骗财，正常人谁找我？去我处的，大多家有不顺心事的人，我半边话前后左右一套，顺着思路和语气便听出个端倪，再加以总结。盲人眼瞎，脑和心不瞎，如果算得准，儿子掉入湖里为何不知道？希望大家今后不要相信我，相信政府定会帮我自食其力。”

彭半仙话匣子一敞开，会场便开始活跃起来，先生先后发言，互相揭批。会议结束，杨大胆跨步出去。门外见众先生围着彭半仙推来搡去。

“亏你是半仙，你今日一唱，往后的日子怎么过？”有人埋怨说。

“是啊，你做好人，我无子女，光棍一条，你成心不让咱们活命！”

……

“别吵！”彭半仙被吵得难受，忽地提高嗓音道，“我说你们都是些猪脑子，全国上下都在风风火火地破四旧。今天，你们用沉默可以挺过这个运动？我说你们都是做梦，亏你还是算命看相的！只有潮头一过，风平浪静的时候，鱼儿不是照常跃出水面，总有一天，你我照常都会出山的！”

“人家还相信俺们？”有人疑惑不信。

“人就是那么回事情，真的时间过长，怀疑是假的，假的可弄成真的。真真假假，全凭两片嘴皮，你们暂信我一回吧！”

杨大胆恍惚从历史的长河中游离出来。正欲言，老婆忙示意。只听彭半仙道：“根据你孙女的卦象，你只得如此，半个月后，她定会平安无事，神智如初！”

“神仙，真的行吗？”妻不信任地问。

“只要按照我的话做，不好，你再来砸我的招牌！”彭半仙善解地奉劝道。

“彭半仙，我砸你招牌来啦！几十年前砸过一回，现在又要砸！”杨大胆认认真真地说。

“杨主任，这回，你非但砸不了，女儿的病如果治好了，你和内人还得感谢我。”

“彭半仙，刚才是闹着开玩笑。我一辈子什么都不信，你说人世间真有那回事吗？”

“你说呢？如果没有那种事，你和妻子大老远跑来干啥？其实，算命看相打卦是一门综合学科，它采用阴阳八卦、天理运行的规律，九九归一。与迷信是有区别的，刚才说你孙女前因是否准确？”

“准确，说得准确！”老妻忙附和道。

“杨主任，我不知您家在何方，又不知孙女患病，我的心寄予病人一种无穷的精神力量，别的不讲，最起码能让病人和家属放宽心情，减轻压力，分而治之，让病人从阴影中走出来。”

半仙停了停，呷了一口茶，又道：“至于其他的事，天机不可泄露，你们只要按我说的去做，半个月后，孙女没好，再来找我，我出山一辈子，从未亏欠过别人，你只管相信，在家静候佳音！”

两个月后，杨大胆的老婆出现在半仙面前。

酒花飘香

父亲有一种习惯，晚饭前，就着菜，呷几口酒。

酒用玻璃广口瓶盛着，里面泡些人参、枸杞子、杨梅、地参之类。一回，父亲见我端着饭碗，立于身边，便乘酒兴，怂恿我喝两口。我只当红糖水，猛呛一口，顿觉舌头难受，喉咙火烧火燎，就连眼珠都被呛得通红。父亲见我窘状，便笑道："酒不可猛喝，应该学会慢慢啜饮。"

每回，想喝，趁着父亲高兴，小喝两口。每遇村里红白喜事，我最为兴奋。乡村人喝酒大都豪爽，喝着喝着便起哄斗酒。

斗酒也曾醉过几回，醉后的感觉特别难受，酒量虽说一次比一次大，但经不起如此折腾。

单位的同事结婚，我又开了酒禁。酒席间，大家趁着酒兴，分成两边赛酒量，会喝的不会喝的一齐上。席后，我昏沉沉回到家，吐得满地都是，好几天后，身体才恢复元神。

事后，闻到酒味，我直想吐。

随着生活水平的提高，我又慢慢喜欢上啤酒。开初，喝一杯，添二杯。暑天，晚餐固定喝一瓶，如遇朋友聚会，兴起时，也能喝上几瓶。

啤酒喝得多，容易成"将军肚"，妻子见有碍做事，便借故阻止。无奈，只得改喝饮料。

记得一年的中秋节，妻子买来两瓶酒花，温烫时，满屋散发香气，我忍不住喝上几杯，很顺口，就是有点淡味，好像少了些什么。但对既无酒瘾又不甘喝饮料的我而言，再适合不过。起初，一瓶一瓶买，后来，干脆买一箱。每日，喝着酒花，无须多少酒菜。

喝酒花，莫过于喝酒糟，母亲在世，每年都做。随着母亲故去，也常到菜市场买着吃，却觉得少些味道，吃着吃着，也就不想吃。

喝着酒花，我倒想起卖酒糟的大婶。小巷里，她担着酒糟，吆喝着一路叫卖，如见人围着，便打开坛盖，盛出一小碗，让众人品尝。

酒糟浓稠、醇香，不同于超市买的，酒花寥寥可数。大婶的酒糟纯香味浓、滑口，吃一碗，上脸；吃过两碗，微醉。吃上一回，下次定会想着吃。大婶每回叫卖，我便要上一碗。性情好的那回，竟然吃下三大碗。

大婶酒糟，实打实的料，自家的酒麸发酵，价格从五分钱一碗吃起，涨至去年三元一碗。大婶从传统的肩挑，改换成电动三轮车，穿梭于县城的大街小巷。她知道我平日喜欢，每来一回，都会盛上满满一碗，有钱就给，没钱，下回补上。如果十天半月没见，心里怪想念。

说来已有一年没吃上大婶的酒糟，开初，看着菜，心里痒痒的，冰箱里翻弄，张望着守候。无奈，只得超市买酒花、饮料、奶类敷衍，喝这喝那，总不对味，随着时间推移，那份挂念的感觉日渐淡薄。

超市的酒花也凑合着吃，但总似少了些味道，多了份担心。时下，防腐剂、保鲜剂弄得人们沸沸扬扬，谨小慎微。

忽一日，大婶来我家串门，我倒莫名地责怨她，她解释说："儿子在省城工作，买了房，生了孙子，怕往后再也没机会卖酒糟。"

我说很久没吃她的酒糟，大婶连声道："莫怪！莫怪！其实，我也怪想念你们的，这次回来，时间紧促，匆匆地做了一锅，正准备分送。"

大婶掀开竹篮上的遮布，舀上一碗，递与我，我忙付钱，她说啥也不要。

大婶与我告别，我真想道出心底的秘密。起初吃，觉得大婶的酒糟并不特别好，只是在乎从她的眼神、语气与相貌，寻找母亲生前的影子，随着时间推移，渐渐迎合酒糟的味道，直至依赖与想念。

读小学时，生产队每年都要统一吊酒，蒸馏的酒糟香且浓酽，蒸酒的师傅见我嘴馋，便盛满一蓝边碗。贪吃后，面红耳赤，酒气直冲脑门。母亲见着，很是怜爱。每年田里的糯米上市，母亲总要忙活，陆陆续续做些酒糟。

每回母亲煮上一铁锅糯米饭，待冷却干爽后，均匀地掺入自配的酒糟曲，待饭发酵后，盛在一个密闭的瓷缸内，等上几天，见酒糟发酵得差不多，便分盛全家人食用。

母亲做的酒糟不浓不淡，特别上口，哪怕连食两碗，也不会上脸。

我在省城读书时，母亲总是掰着日子，寒暑假回家，歇定，母亲便盛上一碗。

直至省城读书的第三年，家里来电报，说母亲病逝，待我赶到家时，却见不着母亲。

大伯看着我，长长地叹了一声，说："山子，你母亲生前最挂念你，嘴里常叨念你的名字，到死，却不让你父亲打电报，直到眼睛能动时，也不忘紧盯着衣柜，那里有她让父亲存放给你的那小坛酒糟。"

父亲流着泪补充道："你母亲临死的前一天，强挣着病体，让我扶坐在门前的石坎，两眼直视着小巷前的路口，她多么希望听到你的脚步声，可是——"

母亲为了一大家人，从没过上一天伸头的日子，我曾信誓旦旦，说参加工作后，一定让她过上舒心的好日子。母亲抚摸着我的头，说我大了，懂事。

父亲脾气暴躁，骂她打她时，总是逆来顺受。我气不过，替她举起小拳头。母亲忙遏止说："山子，别乱来，其实，你父亲的心里很苦、很闷！"

父亲是她心中的天，儿女是她身上的肉，稍微撕扯偏离，母亲的心就疼就痛。

家里只因姊妹多，生活过得艰难，母亲每做一次酒糟，总说自己不喜欢吃，等到我们吃过后，就避开我们，用开水烫着坛和碗，喝下。

母亲过世，父亲年纪不到五十，大伯劝他续弦，父亲说他对不起母亲，自从工厂辞工回家，就没待她好，其实，责任在于自己。

如今，见着大婶，就好比见到了母亲，想到母亲墓前的那回。

任由泪水从眼里冲刷而出。

那天，雨很小，被风卷起成雾，我双手端着酒糟，心却很凌乱，很凌乱——

生命中的那株草

立于楼面漱口，无意发现院墙裂缝处长出一株小草，四寸来高，仅有两片小叶。在我面前，它确实是棵鲜活的生命，绿的嫩芽，微风摇曳，似乎嘲弄我，它怎么不是生命？难道你敢否定它的存在？世界之大，难道难容它一席之地，即使生命再短暂，微小得让人忽略，但它总存在过。

其实不然。我对任何生命都加以珍爱，都将肯定它的存在。也许冬天的某个日子，一个偶然的机遇，因鸟嘴里的遗落等诸多原因，它在隙缝中孕育着生命的力量，等待春天风和日丽，温度适宜，雨水充沛时，它慢慢冲出硬壳，钻出墙的缝隙。

它是一株蒲公英，散枝开叶，飘落四方；又或像株兰花生长开花，满院散发着幽幽的清香；又或是株夜来香、玫瑰、茉莉花等。只因它的嫩弱，我只能妄加猜测。犹如我的祖父，我未曾出世，他就不在人间。我的祖母，我很小时，她就仙逝。只听父亲细加描述，参考父亲的面部，才可粗略勾勒出祖父的尊容，我对祖母的印象是模糊的。但我更像父亲，动作举止，容颜笑貌，都那般逼真。别人说真像一个模子里印出来的。诚然，这本是无可非议的事实，我的身体里流淌着他们的血液，有着他的基因，吮吸着母亲的奶水。让我想到蒲公英，我却幸运，不比它的子女飘浮不定，四海为家，但这又是我的不幸，它局限了我的视野，决定着我一生之中天地狭隘，胸中难以释放博大、豪爽的情怀。我觉得我的天地很小很小，只能从书本和生活中寻找那份归属我的天地。

我很想投入大自然的怀抱，尽情享受人间仙境。生活似蜗牛，让我背上重重的壳，蛰居斗室，似乎从门到墙是十步，从店铺到家不过几百步，每天如燕子般飞来飞去。闲时，抽空唱唱歌，苦思冥想地寻找那片难得的初春骄阳，好徜徉其中，乐在其里。

一次，有位面带戚容的年轻人来我店购物。从与他的交谈中得知，他很阳光，话匣敞开之后，对他的遭遇仅仅只能深表同情，除此之外，我又能做啥呢？安慰他，面对生活，百事放开，看重自己，珍重生命。他说他想了很多、很久，终于放开了纠结的心情，医生说他只能苟活世上几年。他倒无所谓，能多活一天，也是他生命里的幸运之事。他要努力珍惜这一天，多一天照顾植物人似的父亲。他的家庭很不幸，哥哥因车祸已故，嫂子改嫁他乡，几年后，因癌症而去。侄子十岁左右寄托继父，很想回家看望爷爷，又怕增重叔叔的负担。

偏偏天有不测风云，人有旦夕祸福，年轻人说患有肝癌、糖尿病、肾病并发症，不宜开刀，否则，他会在手术台上永远也下不来。面对病魔，他不屈不挠地抗争。三年的流食，天天熟黄的菜和面条，食得作呕。为了延续生命，为了一己之责任，他顽强抗争。父亲一日三餐喂食，他苟延残喘的体力难以承受，还要替父亲洗抹屎尿，够他呛。他说重活已不能干，只能做些力所能及之事。

我怨天对我如此不公，相比之下，远比他幸运得多。我说你家如此境况，应呼吁社会援助，引起社会关注与重视。他说电视台实地实情拍摄采访，影响力微乎其微。除县里发放的低保外，收到的施舍少得可怜。我想县里就有很多实业家，他们巧妙利用农村剩余劳动力发了家，致了富，何不施舍点钱财，也不会伤及皮毛，只要口里少喷几个圈圈或少吃一顿酒水，就足以援助那些需要援助的人。

可厌的是社会之中那些蛀虫，本是施舍、救命的几根稻草，他们竟然不肯放过，可恶至极。年轻人说着，情绪有些愤愤然。

年轻人又说他住着低矮陈旧的老房，油烟很重，很呛人。只想买台抽烟机，得花一百多元钱，他掏空羞涩的口袋，仅有八十来元钱，说他只能回家喝米汤。

我毫不迟疑地将吸油烟机递给他，想让他与父亲活得舒畅些。客车缓缓起动，他脸呈感激之情，我递回他给的八十元钱，他从车窗露出头想说什么。我挥挥手，车一溜烟似跑了。旁人说：现在有很多好人容易上当。我不否认，相信年轻人的诚意如身份证般相符。有人同情地说他认识那人，也了解，家里够惨啊！

我写到此，忽然想到开篇的那株草。像他？似我？又有一次，我偶见一株草被土虚掩，扒开土，它竟有着乳白色鲜活的生命，它的存在让我想到生活中遇到的他，现在过得怎么样呢？

英雄本无泪

当今社会，对英雄的评价往往过于偏颇：要么对英雄极力诋毁、抹黑；要么被社会冷落、漠视，让英雄落泪——

假如社会荡清邪恶，正本清源，严于律己，人人道德高尚，社会何需拔刀相助的英雄？

英雄应运而生，他是人们心目中不倒的丰碑；是生活中的一座座路标，从而引导人们不会落入斜逸旁道。如若用物质、利益来刺激，必定影响英雄的光辉形象，让人产生负面作用，认为英雄也不过如常人般庸俗、低下。

英雄的举止某一时刻超乎常人，假如他们仅仅为了利益，置自己的生命于不顾，也许连傻瓜都不愿去做。英雄的出发点往往出于一种高尚的壮举，某一瞬间，纵观考虑事物的全局，因道德、良心、职责激发，从而产生至高无上的动力，不容犹豫与观望，犹如原子弹裂变瞬间产生的能量。

“时势造就英雄！”古代现代大都如此，他们的英雄形象并非金钱所能收买，后人根据他们的事迹给予正确评价和肯定，永远值得世人去歌颂、传承与崇拜，这正是中华民族沿袭的传统美德！

英雄时刻生活在我们周围，只是不常被发现，被注重，没有深挖掘罢了，只待某一时刻爆发出来。当今社会涌现出的无数英雄，他们理应被社会看重，给予肯定与褒扬；给予解决后顾之忧，别让英雄落泪、蒙羞。理当让世人学习、效仿与推崇。

远的不说，就谈开县的农民英雄金有树，他连续救出十九位乘客，自己冷水长时间浸泡落下肺病，举债医治数月，告借无门，病死家中，被救者无一人去医院探视，更无人为他送行。金有树死前写下的第一句话：“我救了十九人的命，谁来救我的命！”世态的炎凉、冷漠，让我们良心的尺子訇然折断，让英雄愤怨流泪。

二十世纪六十年代的雷锋，他是孤儿，生长在红旗下，那时的物质生活虽然贫乏，但社会风气淳美，大家都能同甘共苦，盼望祖国繁荣富强，人人争做时代标兵。雷锋因事迹感人，毛主席把准时代的命脉，审时度势，果断树立一个高大的英雄形象，他左右着数代人的正确走向。

邱少云，烈火焚烧时，信守铁的纪律，脑海里闪现一个常人没有的坚定信念，牺牲一人，确保潜伏胜利；黄继光、董存瑞等英雄为了战友的生命，为了战争的全局胜利，义无反顾，舍身成仁。他们瞬间得以信念支撑，如若换成常人，我想大都会如此，但他们都是时势造就的英雄，容不得泥沙混杂与世人的污蔑、诋毁。又如抗洪救灾、地震中的英雄，怀抱人民的生命和利益高于一切的信念，才会不顾个人安危，敢于风雨里来，火海里闯。假如他们活在当代，仅仅为了金钱利益堵机枪、炸碉堡，相信傻呆也不会去做。

想到日寇侵略中国，民众产生一种明哲保身的愚昧思想，国人中出现如此之多的汉奸，他们缺少民族的荣誉感、自信心与凝聚力，一盘散沙，岂不知倾巢之下，焉有完卵，甚至出现几个日本兵屠杀成千上万的中国人，这种愚昧、自私的中庸之道，岂不可悲可笑。

譬如川航 3U8633 航班，被称为“中国民航英雄机组”，机长刘传健为“中国民航英雄机长”是当之无愧的。他们在特定的情况下，头脑异常冷静，为了飞机的安全，将个人的生死置之度外，这种高尚的行为，值得世人学习，成为当世人的楷模。假如他们纯粹为了钱，我想他们绝对不会去做，生命诚可贵，金钱乃身外之物。

英雄，一个民族传承与存在过程中衍生的灵魂，它支撑和影响数代人的精神。

英雄，乐于奉献，勇于牺牲，敢于直面惨淡的人生，敢于正视淋漓的鲜血。罗贯中在《三国演义》中所言：“夫英雄者，胸怀大志，腹有良策，有包藏宇宙之机，吞吐天地之智者也”！等等，诸如此类，某个特定的时代，必将产生相应的英雄人物。

正如郁达夫的名言所说：“一个没有英雄的民族是不幸的，一个有英雄却不知敬重爱惜的民族，则是不可救药的。”

清代诗人龚自珍说：“欲灭人之国，必先灭其史！”而“灭其史”的方法首先就是诋毁这个国家的民族英雄。毛主席是中华民族的大英雄，也是全世界被压迫民族的大英雄。他容不得那些别有用心的极度肮脏、变态的小人诋毁与丑化。苏联正因为过度淡化与抹黑英雄，导致民众丧失了自信心，从而使国家走向了解体，前车之鉴，切不可重蹈覆辙。

中国古代曾涌现了许多民族英雄，诸如文天祥、岳飞、关天培等等，在国际局势风云变幻的时候，亟须树立英雄形象，让他们支撑着中华民族的灵魂，从而产生一种亘古未有的向心力、凝聚力与自信心，团结于习总书记周围，共同为着祖国的千秋伟业，实现伟大的“中国梦”。

愿中华民族这艘巨轮劈波斩浪，昂首前进，危难之时同舟共济，英雄便是大海之中的灯塔！

湖水构筑的伟大

“鄱阳湖里看瀑布!”乍听，始料未及，但看瀑布的念头，从未消停过。三叠泉、黄果树瀑布、黄河壶口大瀑布……

鄱阳湖集赣、信、修、饶、抚五河之水，下衔长江。丰水时，浪涌波腾，水天相连；枯水时，滩现草茂，百鸟翔集。我喜爱烟波浩渺的鄱阳湖，但更爱徜徉于湖水之中，感知她的温度，领略她的柔美。

深秋的湖床，只因三峡大坝截流，千眼桥早早现出湖床，水已退进蜿蜒的港湾。湖泥历经风吹日晒，已呈龟背似的裂纹。近年来，寥子花海开得热热闹闹，沸沸扬扬，观鸟赏花的游客纷至沓来，络绎不绝。湖滩，因人、车碾压，路一直向前延伸。

此时，天地之间，湖的无言与谦让、空荡与沉寂，让人的视野像湖滩一样开阔，看别人看过的，悟别人尚未达到的，一切都由你。这时候，我隐隐感觉湖躁动的意境有了另一种诗意，王勃的“落霞与孤鹜齐飞”诗意依然，而“秋水与长天一色”呢？有谁穿透遥远的眼光，不由让我想到远古的孔子、老子、汨罗江畔投水的屈原……

贝多芬一生从无声的河流经过，却感觉出水的力量与伟大：在怒吼；在震撼大地。一道道旖旎的风景，一处处壮观的瀑布，承载水的力量，富有亲和力与感召力，从而把景观之美呈现世人面前。

中华文化博大精深，浩如烟海，无不与水有着关联，它似水般激情澎湃，滔滔滚滚，勇往直前，彰显精彩绝伦的浪花，有着意想不到的瀑布。追溯大可从《诗经》始起，完臻于秦汉代的诗赋散文，唐诗宋词元曲的巅峰时期，明清时期的章回小说，各领风骚，源远流长。

远眺坦荡如垠的湖滩，尚且心存疑窦，但好奇心被潮水般的人群裹挟着。湖滩深处，果见一帘瀑布。我们愈靠近前，湖床的震撼力愈强烈，景观越发壮阔。远处的水面影影绰绰，逶迤奔来，聚拢断层，因地势形成落差，造就一道独特亮丽的风景线。水边，一棵草承受着水的冲击，露出蓬勃的根须，但它努力地抓住泥土。

我惊诧人类奇思妙想、形同再造的构筑，但更崇尚大自然的真切与鬼斧神工。

我想到西北极处的天山，一座高耸入云的雪山圣境：通达异域风光、金碧辉煌的布达拉宫，一路匍匐着烟尘般虔诚的信徒，也曾流浪着雪域最大的王，世间最美的情郎，仓央嘉措身处神圣的宫殿，却一路寻觅着不负如来不负卿的双全之法，造筑一座爱情的圣殿。诵读仓央嘉措的诗，正如徜徉流动的河床，观赏极美的景致。

湖水乃鄱阳湖之魂，滋养衍生鄱湖文化，宋代丞相江万里率全家赴水，以身殉国；爱国诗人叹“世人皆醉，唯我独醒”投身汨罗江。水是洁净的，又互为灵犀相通，它便利航运，既能载舟，却又能覆舟。

宋末元初的云住老人，不求仕达，终生隐身修炼，著书立说授业。无花山下，他啜饮湖水，终成一朵洁净俊逸的云彩，位列孔庙，他的《礼记集说》犹如浩瀚之水，俨然湖的神来之笔，点睛之作，远播寰宇，滋养着元明清的仕子，乃至当代。

水喂养着万物众生，滋养出独特的文化情结。仁者乐山，智者乐水。范仲淹遭贬谪，不以物喜，不以己悲，岳阳楼观看洞庭湖的壮观，方有了“先天下之忧而忧，后天下之乐而乐”的心境；白居易身处浔阳，洞察世事，方有“同是天涯沦落人”之感慨；王勃一路浏览鄱阳湖胜景，面对众多饱学之士，挥毫抒写《滕王阁序》；苏东坡观之奔腾澎湃、一泻千里的长江气势，方挥笔写下气势磅礴的诗词《念奴娇·赤壁怀古》，他送子苏迈途经鄱阳湖时，却感叹“水隔南山人不渡，春风吹老碧桃花”。

我想象中的他们总爱水边沉思冥想，有的话不是太多，却对世间的一切包罗万象。他们无须在水面前多言，却觉得水已经说出了天地间的大奥秘，如湖水一样，让万物都一一呈现，又一一流逝到长江，汇成浩瀚渺远的“过去”。

读罢他们的言语，竟是这般朴素亲切，这大概是他们对水沉思的缘故。流水打湿了他们的言语，拓展了他们的思路，所以他们的深刻即是水的深刻，谁都可以捧一口啜饮，谁也不能穷尽水的渊源，更多的时候只能倾听并接受他们。

人的一生，有如汇入湖中的河水，其行程有浪花，也有溪水碰溅的泡沫，它与永恒打一次照面，交换一个手势，似一片叶，在流水里投去尽可能完美的倒影，与水相融，并为之动容和惊喜。

瀑布前，有相识的当地人，有慕名朝拜的异乡游客，他们来自五湖四海、天南海北，只为千年奇景，一睹芳颜。

摄影协会的朱彼得，崇尚大自然之美，一生跋涉于湖畔的山山水水。他一连几天滞留湖中，捕捉稍纵即逝的镜头。见邱林与我走过，忙不迭打开相机镜头：一群天鹅由远及近停泊于寥子花海，但最让他信心满满的倒是瀑布。

山与河流的灵动在于瀑布，它的美在于源头，在于途径的聚集，在于地貌的造势，彰显水的伟大。三叠泉“飘如雪，断如雾，缀如流，挂如帘”；黄果树瀑布以水势浩大著称；黄河壶口瀑布“湍势吼如牛”，如《黄河大合唱》给人的精神洗礼一样荡气回肠……每一处都自成风格，其中的灵魂会对历史开启与荡涤。而鄱阳湖的美在于鄡阳平原袒卧着一朵奇葩，千年之后，花蕊深处又绽露瀑布，她的美在于运动，在于水的力量，造就瀑布愈来愈壮观开阔。

“旅行的精髓是一种流浪感，特别是在不同文化中展开的异域漫游”，所以我们曾去不同的地域地貌，去观看了解那些陌生景观背后潜藏的文化密码，让那些异质的经验引领我们，扩充对这个世界的认知。

丰厚的文化历史是一条涌动的河流湖泊，河床由花鸟草沙石泥土等组合成文字，有了水，它们便活了，有了灵魂。正如鄱阳湖有了瀑布，更撑起了一个有灵魂的空间，再现了一个有温度的“人类现场”。才不至于空洞苍凉，它一叶知秋，是回声，亦是追问与探寻。在那些恢宏而微妙之处，游走与驻扎着各式各样的“我们”。

又正如人的思想，始初云遮雾罩，平淡无奇，不尽完美，却又无不追求完美，每每走过一段路，看似山重水复，唯有广泛阅读，猎取知识，生活历练，柳暗花明之处便会看到另一番风景，待追寻品尝之后，滋生着一种落差，造就一帧独特的瀑布。

每每阅读老子的道德经，庄子的哲学思想，中年看鲁迅的文章，沉浸卷帙浩繁的国学里，知识如水般汇聚，有旋涡，也有轻歌曼舞，让思想更为深邃，视野更加开阔，从而悟透人生中的大起大落，试着舍小我，奔大我，上善如水。

“天地玄黄，宇宙洪荒，日月盈昃，辰宿列张……”回归途中，不远处的梦幻城堡里，隐隐飘荡着稚气的童音。我想：中华文明的延承与开拓，是应从他们的土壤培植中诞生与繁衍。

门内门外

生活中，有些事实在让人难以容忍，思之，却有些悲凉，令人怒不可遏。如今，金钱横流、怪事连生的时代，想必五千年的华夏遭逢如此迹象，实属啼笑皆非，其社会根源在哪里？

中华历代信奉儒教，尊师重法，孔孟之道源远流长。历朝历代，想必大家都很明了，仁义礼智信是中华民族传承的道德规范。如今，祖国正在高度发达之时，为何屡遭外国贬损，泱泱大国为何被人嗤之以鼻，是可忍，孰不可忍！

仗义执言、尊老爱幼本是优良传统与美德，不知为何屡遭诋毁、污蔑，人人麻木不仁，中国人缺少美德吗？我深信美德尚存绝大多数人的心中，只是迫于当今社会某种恶劣现象，才得以蔓延、横行，以致鱼目混珠，敢怒不敢言。甚至于有良知的人因误导，善念往往得不到伸张，反而被社会上的恶势力污蔑、打击、迫害，在人格、精神与知识方面多次受到损伤，从而养成“各人自扫门前雪，休管他人瓦上霜”的麻木不仁。

网上时有视频，老人因心脏病突发，跌卧于广场，行人摩肩接踵，穿织如梭。众目睽睽之下，竟无一人上前扶持，老人终因心力衰竭而去。老人如若处于二十世纪七十年代，想必此事绝不会如此不问不管，置身事外。

从我上学时起，家长、教师与课本教导同学之间助人为乐，学习雷锋，多为人民做善事。如今，雷锋在哪里？你是否引导我们寻找失落的文明。

曾听父辈讲过，他们初上学堂首先学习《千字文》《三字经》，教会幼儿行走于社会，德字当首，广种善缘。

我也从网上看到民国时的启蒙课本，精美的文字，配上简洁明了的图画，每页都是做人的道理，通俗易懂，易记易学，融会贯通，从而潜移默化地植入心扉。

古代尚能从小抓起，更何况当代。首先仿效先人授业之法，百尺竿头，更进一步。如若放在滋长病毒的温室里调养，长出的苗子定会感染病菌。

一位资深的名校教授曾深有感触:“在当今的高校，正在培养一批比贪官更加可怕的精英。”九年制义务教育更应培养根正苗红的嫩苗。我也时常翻动小学语文课本，时有喟叹与质疑。

助人为乐、见义勇为的事常见诸报端，但不知为何虎头蛇尾，往往不了了之，施救者未能得到社会的正常待遇与褒奖。如今，戏子当头，娱乐至死，稍有出轨，家喻户晓。思之想之，不免让人心寒。

网上曾经疯传，见义勇为者连续扑入刺骨的江水中，救起十九位落水者，自己却因寒气侵入肌骨，落下肺病，卧榻病床，被救之人无一探视，这一反常的现象，让施救者带着困惑饮恨而去。

当今的社会太多自私自利。他们抱着“事不关己，高高挂起”的人生哲学，像一盘散沙，毫无斗志，令人憎恨，可愚可悲。又如四川的中巴车上，女司机被三个流氓劫持拖到深山凌辱施暴，车上有二十多个公民竟然置身事外，面对淫荡的歹徒，群体对弱者不施以援救，倘若外寇入侵，岂不重蹈历史覆辙，任贼寇宰割，这是民族之悲哀？国人之可悲？

国人啊，醒醒吧！拯救自己，民族才会防患于未然!!!

一 棵 树

我亲眼看见一棵树的长大。

商贸城刚兴起时，紧靠主道有家银行，门前的绿化带上栽种了四五棵樟树，时隔一年，仅剩一棵，死的树，就用桂花树填补。

起初，银行聘请了一位年轻保安，三十来岁，微胖，走路似鸭子般晃动，很特别。客户停放自行车存取钱，他指指点点，吩咐把车摆放树旁，有的人听从安排；有的人随意乱放，他气呼呼地将车推到小树下，提起自行车后座，重重一放，脚一踢自行车支撑，车龙头一扭。有的客户不满意，他便说：“请你放，不听！我放好，又嫌太重！车总不能堵银行的门？”

“取下钱，马上走！要不，请将车轻放点，难道说错了？”客户反驳道。

偶遇个别愣头青同他理论，他便嚷着说：“要不满意，你去银行告我！”

银行的职工私下谈话，说他是总行长的外甥，临时雇请的合同工，待遇同职工一样。平时，打扫卫生的垃圾倒在树下，如遇客户的孩子屙屎，他便咒骂着，用锹在树下刨个洞，把屎埋了。小树下，渐渐隆起座小山，待街道卫生员清理后，隔些时日，小山又长了出来。

每回，他同客户发生纠纷时，总说不稀罕这差事，直至某天同客户扭打后，他就一直未露过面。

走的时候，是春天的一个下午，小樟树上的叶子快要落光。那时，我问旁人，小树缘何落叶，有人说小树因水、肥太足的缘故。

几天后，银行来了一位保安，他将树下的肥土取走，铺平一层新土，天气干燥时，浇些水，小树在他的呵护下，枝上陆续绽满了绿叶。

起初，保安很勤勉，闲不住，扫扫抹抹，收收捡捡，为人随和，很好相处。干了两年，他似乎对工作不太热心，见车停在门口，也懒得动一下，总说自己是个临时工，蛮大的青年汉子，继续干下去，终究没个出息，况且，工资待遇同银行人员又有天壤之别。

平日，他将银行报废的记单放在树下焚烧，天长日久，树，似乎不太满意，绿叶渐渐黄枯、萎缩，终有一日，他辞别银行，跟着朋友到深圳图谋发展。

再后来，银行雇请一位早退的工人老木，听人说他托熟人帮忙，才谋得银行的保安差使，老木很在乎这份事，总是小心翼翼地同人周旋，工作多年，任劳任怨，他被生活磨去棱角，见人总是乐呵呵的，活脱一尊阿弥陀佛。同行喊他倒杯茶，或递张纸，他忙上前应付。如今，客户的自行车逐渐替换成摩托或电动车，偶尔免不了遇上个别随意的客户，他只得耐心将车移位树下，日子久了，人们碍着情面，也就不便随意乱放。

想当初，他劝客户别随意放车，有的根本不听，有的人反而奚落、辱骂，他不争辩，默默地忍受，倒像一块没有尊严的石头，任人踢滚，无所谓损伤。

平日里，老木习以为常，如银行前的樟树被人忽视，不见长大。每日在行里忙前忙后，认为劳碌是他本分之事。银行里，他似乎可有可无，就像一颗不引人注目的螺丝钉。如遇总部视察，行长才似乎记起，便随意安排道："老木，明天所里来人检查，卫生比平日搞干净些，里里外外摆放齐整点！"

樟树死死生生地活着，但奈何不了学童，或脚踢，或攀缘，躯干倾斜一方。有回放学晚些，几个学童来到刚活过来的小树下，或爬上小树，或攀缘着枝干，小树被迫弯成弓状，老木慌忙奔过来，数落、吓散他们，学童见是老木，扮成鬼脸，嚷道："老木老木，木头一截，叫他朝东，不敢望西。老木老木——" 大伙哄笑着，喊叫着跑开了。

老木望着众人，尴尬地摇摇头，他找来根木棍，弄来细铁丝，将小树支撑回正，天长日久，树身便有条勒痕。

十年树木，百年树人，老木与世无争，默默地坚守着这份工作。如今，子女长大，业已成家，他，年逾古稀，手脚迟缓。

平日闲时，他倚靠伞状的樟树吸支烟，心有所思；或与人聊聊天。他羡慕这棵树，每日树下来来回回，寒去暑往，根深蒂固地在脑海里扎根长大。

前些日，儿女同银行主管打过招呼，辞退是早晚的事。他舍不得离开银行，舍不得离开这棵有灵性的树。

今日，银行来了位新保安，他立于银行门前，看着忙碌的客户，很是轻松。客户自然、习惯地将车摆放在伞盖似的樟树下，齐崭崭一排，像一串跳动的音符，让我挂念起老木，他子孙满堂，也许他在自家院子里的树荫下，围着石桌，惬意地接过子女递过来的一杯清茶，享受着儿孙绕膝承欢的天伦之乐。

老木劳累了，他本同别人一样早该得到那份幸福。此刻，我目视已经长大的樟树，忽地想起它躯体上的勒痕，它是否还在吗？

血　魂

时值军旗飘扬九十周年，我心中的旗帜再度迎风猎猎，它曾让六叔公羡慕、迷惑、坚守过一辈子，直至在他生命的最后，也不忘拥有它！

六叔公家境贫寒，目不识丁，终生孑然一身。他天生唇缺，说话口齿不清，人实在、执拗，只要认准了一根筋，哪怕是九头牛，也难把他拽回。

听父辈讲，从九岁起，他一直给村里的地主家财放牛，干活。

“大跃进”时，全国放卫星，粮食亩产上万斤。县里、公社的领导下生产队检查工作，六叔公忍不住，支支吾吾，拉着领导比画，拍着肚皮喊“饿、饿，哄——鬼！”弄得大队主任尴尬，骑虎难下。

“文化大革命”运动，六叔公因埋下祸根，首当其冲被推上峰顶浪尖。乡亲看不下去，说他一个苦大仇深、大字不识的放牛娃，怎会变成憎恨、破坏社会主义建设的阶级敌人。大队主任又说他曾替国民党军官藏有反攻大陆的联络名单，定下“莫须有”的罪名，六叔公被阴阳差错、糊里糊涂地抓来游街、批斗，他犟硬着嘴骂骂咧咧。

大队主任押着他，领着一帮人，在他油渍、低暗的草棚里搜翻，用赶牛的麻鞭拷打逼问。六叔公疼得紧咬牙齿，眼看快要昏死过去时，从床上的稻草中，发现蓝色卡其布包的物件。大队主任忙抖开一看，竟是一面被战火熏黑、染有血渍的破军旗。

六叔公似牛般吼着，天神般抢回，紧紧捂靠胸前，口里咿咿呀呀喊：“红——军万岁！”“毛——主席——万岁！”

大队主任被他突如其来的气势震慑住了，瞧着对他愤愤不满的社员，只得挥挥手，走了！

别看六叔公平时粗心，对旗帜情有独钟，细心呵护，百般珍藏，但也曾见过两回：一次是毛主席逝世那天，六叔公捂着旗帜哭得很伤心；一次是粉碎“四人帮”后，六叔公举着旗帜在村前的土滩、小巷中挥舞。如果要说出军旗的来龙去脉，连我也是六叔公去世时才知道。

六叔公给村里的地主大老财放牛、砍柴，新中国成立时，村里系牛皮带、挎盒子枪、身穿呢子大衣的金钟，不愿意跟随老蒋到台湾，悄悄潜回老家，赶上土改运动，自知在劫难逃。被抓前，竟交给六叔公一个包裹，要他视生命般保护它，并且告诉他一个秘密。

一九三四年，红军北上后，有支游击队被国民党兵打散了，他们抓到一个十八岁的小战士，审讯时，金钟是笔录员，听口音知小战士是他老乡，趁人不注意时同小战士套近关系。红军小战士自知难逃虎口，便央求他将遗物带回给老家爹娘。

金钟后来回过几次家，只因小战士的父母辗转漂流，不知去向。他因军务缠身，在家不可久留，所托之物只得藏在家里。此次，他要六叔公承诺，日后如见到小战士的父母，便再转交。

六叔公要金钟交给政府，也好将功赎罪。他说年代久远，唯恐政府误会他杀害了红军战士。况且他当刑侦处长时，也曾救过许多无辜之人，政府如果能宽待他，到时再见机行事。

严打运动时，金钟缺少证人，家里又是地主，最终还是没有逃过一劫。六叔公很是惋惜、同情，只得细心保管着小战士遗物。

在国民党统治时期，曾经有多少人为混口饭，迫于生活无奈，身不由己。他们被卷入当时的政治旋涡中，受到株连，从而沦落为时代的走卒与帮凶。

六叔公死时很是孤单凄凉，他信守嘱托，生活再艰难也不献旗邀功请赏。一生仅仅为了别人的嘱托，终生舍命捍卫。

至今记得六叔公死前的情形，他牙齿紧咬，双眼圆睁，双手紧紧攥着那面旗帜，唯恐死后不好向所托之人交差。

如今，六叔公已走了好些年头，但愿红旗招引他在天堂寻找所托之人。那面旗帜也曾染着他的血迹，也曾给他的一生带来悲与欢、苦与乐。

“也许我告别，将不再回来”的歌声在我耳畔时时唱响，我的心一度随着跳跃，波涛起伏。为了捍卫共和国的旗帜，曾经有多少先人为之奋斗、献身，愿他们的血与魂同共和国旗帜共舞共存。

也许六叔公不算是一个英雄，生前默默无闻，死后似树叶般回归泥土，但他做到了非常人所能做的事，创造了他一生中最伟大的壮举！

心中有座山

“山不在高，有仙则名；水不在深，有龙则灵。”我喜爱把刘禹锡的《陋室铭》张贴在书房的墙壁上，空闲之时，总爱默默诵读。

生活中，每遇到一件难事，总觉眼前横着一座山，等待着攀爬与逾越。

其实，登山并非轻松、简单之事，首先要鼓足勇气，继而要持之以恒，有坚忍不拔的毅力，爬山切忌半途而废。

爬山并非盲目冲动，应先明确方向，善于寻找捷径。从而，达到事半功倍的效果。

山路有平坦有坎坷，有高有低，更有陡峭、险峻之处，关键在于各人选择的标准。况且，登山行程中，有风和日丽的晴天，中途也会遇到瞬息万变、风雨兼程的泥泞险径。它虽然加大了爬山的难度，但只要不畏劳苦，敢于攀登，才有希望抵达光辉的顶点。

人生的行程，并非一帆风顺，志得意满，总会遇到绕不过的山川。面对陡峭的山峰，有的人畏葸不前，心智变得异常脆弱。

“会当凌绝顶，一览众山小！”平日不要过于慵懒，通过坚忍不拔地锻炼，才不至于遭遇大山阻碍时，出现束手无策、一筹莫展的尴尬局面。

无限风光在险峰，只有自己屹立于顶峰之上，才能真正领略到四野的旖旎风光，视野、心智豁然开朗。每一座山，因自然环境差异，地理气候不同，与之媲美，各领风骚，场景风物必然迥异。

五岳皆为名山，泰山雄，衡山秀，华山险，恒山奇，嵩山奥。孔子曾叹：“登泰山而小天下！”杜甫登华山犹觉比上天难，然而，自古又有“黄山归来不看岳”的说法。

人往往因各人的喜爱与自身条件限制，从而选择攀缘的路线。即使处在同一座山峦，面对同一景物，其感受也是各有千秋。

人可以一辈子不爬山，但心中一定要有座山，让你羡慕，它促使你总想往高处爬，奠定奋斗的目标。

人只有不断地爬升，才会褪脱、克服自身的惰性，增添拼搏的勇气和动力，日新月异，每天都有不同的感受。

儿童学步，父母总是引导、鼓励儿女迈出第一步，继而学会独自奔跑。倘若父母一味担心子女跌倒，他们也许一辈子迈不出家门。

“书山有路勤为径，学海无涯苦作舟！”人若想学富五车，才高八斗，就得不辞辛苦，日夜跋涉于书山。知识渊博的学者，并非一蹴而就，一步登上知识的山巅。

人侥幸爬过一座山，并不代表领略了所有山的奇景。况且，人昨天再好，也回不去；明天再难，也应继续。你不勇敢，没有人替你坚强；你不疯狂，没有人帮你实现梦想。无论昨天的山峰多么秀美，也囊括不了今天、明天际遇的风光。

当你仰望他人的山峰，而因自己的平庸怨天尤人时，正是你的思维局限了你的人生，所以，你该放下悲观，放下退缩，放下千万种理由，去努力尝试，总会有希望屹立于山顶。

俗话说：过得高山有平地，历尽磨难知甘饴。大地因有连绵起伏的群山河流相陪衬，方彰显山川雄壮与绝美。

有些名山只不过因哗众取宠，名声大噪，仰慕之人纷至沓来，流连忘返，也就造成了名山的大气候。

正所谓“山不在高，有仙则灵”！又正如鲁迅先生所言：地上本没有路，走的人多了，也便成了路！人只有勇于开拓，披荆斩棘，沿途才会出现斑斓曲折的风光。

记得清代袁牧一首诗《苔》云：“白日不到处，青春恰自来。苔花如米小，也学牡丹开。”人活在世上，心里应藏掖一座山，只不过，有的人得天时地利与机遇，攀登得早些，有些起步迟，但无论他爬哪座山，无论身处何地，只要学如苔花，怀有心胸，持有毅力，都会揽摘臆想的风景。

正如名山大川，有的盛开玫瑰；有的怒放百合；山有的形似五岳，有的默默无闻，如苔花般静默地努力开放。

人的一生可以不爬山，但心里不能没有山！

生存中的一条鱼

这是一条生存于池塘中的黑鱼，它原本游弋于长江，只因追逐浪花里的小鱼，一路溯流而上，最终误投池塘。

池塘，安详清静，水美鱼肥，没有尔虞我诈，没有危险陷阱，它是这里的王。优雅舒适的生活，让它养尊处优，不可一世。它生性残暴，鱼虾、青蛙沦为口中的馐食。就连同类如不驯服，也会一口吞食。

天有不测风云，人有旦夕祸福。一向风调雨顺、池满水盈的池塘，竟然遭遇百年未见的大旱，邻近的池塘早已见底，人类只因需要饮水浣衣，池内才留存些水，但奈何不了旱情消瘦，日见庄稼枯黄，村人只得孤注一掷，抽出塘水，抢救稻禾。

赤日炎炎似火烧，因持续的旱情，终有一日，池塘的水干涸了，人们纷纷将鱼变成餐桌上的美味，黑鱼却凭借独特本领，潜伏污泥深处，侥幸躲过这场浩劫。晚上，趁着夜深人静，黑鱼努力调整身姿，将头露出泥层，舒张着呼吸空气，但好景不长，表层的塘泥因太阳烤晒，干裂成龟纹状。

村里人考虑来年的蓄水量，纷纷清除肥泥，送入庄稼田内。狡兔三窟，难逃一劫，终有一日，黑鱼被一村民逮着，临时放养于水盆内。

俗话道“狗急跳墙”！黑鱼不甘成餐桌美味，它饱吸清水，养精蓄锐，趁人不防，奋力滑出水盆，沿着水池的下水道，潜伏管道之中。

黑鱼的生存能力极强，它对水温水质没有太高要求，为了活命，汲取下水道的养分，晚上，为了让身躯舒展，它时常闹腾出异常的怪声，让人惊悚、恐慌。恰逢住户家的女主人刚去世，男主人一家只当闹鬼，弄得整日神经兮兮，不得安生，只得将房子低价转卖给不知情的付姓人家。

付姓人入住后，大搞卫生，不慎将抹布跌落下水管道时，被黑鱼堵住。晚上，怪异的响声消停了，洗菜水与人粪便顺着管道溢满卫生间。

一家人没法上厕所与洗澡，只得请来工匠打开下水管道，黑鱼重被付姓人捉住。只因它藏于肮脏管道，不敢吃，付姓人气恼不过，顺手扔进屋前的下水道。

世界确有巧合之事，晚上刚好一场大雨，地面的积水涌进下水道，注入池塘。

这是一个真实巧合的故事，它确确实实发生在我们的身边。此事虽过去了多年，但让我感悟到生活里的人与事。黑鱼生活在这样一个特定的环境里，九死一生，最终活得游刃有余。

世上总有善良的人，爱放生，殊不知有的适得其反，对周围的环境造成极大危害。猛虎也恋山林，虽然它可以杀生，但这是它的天性。

生活中往往有这么一种鱼，利用坚厚、圆滑的外表，善于伪装，左右逢源，祸害、强占同类的利益，破坏环境平衡。被人捉住，施展伎俩，千方百计地自我保护，博取同类怜悯，得以放生后，它改变不了凶猛、残忍的天性，继续祸害同类。

在这物欲横流、挥霍浪费的年代，狗竟然成为人类的宠物，甚至让人羡慕。猫本是老鼠的天敌，但时势造成老鼠是猫的朋友。

一条鱼，为了生存，它凭着天生的潜伏本能，无论什么环境，都能游刃有余地保护自己，都将吞食同类，呼吸着自由的空气。

其实，每个人都是活在人群中的一条鱼，生存的质量与环境的选择，决定着它的努力与命运，这是不可逃避的现实。只不过，黑鱼有着精美的外衣，巧用智慧，贪图利益，成功逃脱大众的眼光，侥幸游刃于大海湖泊，乃至池塘。

故乡的那些味道

假山，峥嵘嶙峋，流水潺潺，蜿蜒注入水池，荷叶簇拥，掩映着池水。荷花亭亭玉立，点缀其间，或粉红，或白色，或花骨朵，偶尔也见绿叶托出一朵莲蓬，微风过处，荷叶轻舒轻卷。

凝神静注，心情荡漾，仿佛置身人间仙境。金鱼习惯人前缓缓游弋，自由自在，无惊无惧，或嬉戏，或追逐——况且，人本不想惊扰。

济南的五龙潭，一汪湖水里，我见过金鱼群的阵势，硕大的一片，五颜六色，斑斓多姿，虽博得游客的一片惊羡，但少了些荷花绿叶，也就缺少些诗情画意。

老家也有一片荷塘，浩浩荡荡，一片翠绿，也见鱼儿欢畅地跳出水面，绿的气场倒也勾引发小嬉戏、逗留。

暑假，发小扒光衣服，毫无顾虑地跳下荷塘。或避暑，或捉迷藏，或捉鱼儿。荷叶映天，水不很深，却因苏山山脉终年流下的泉水汇成小溪，源源不断灌溉，凉爽且清澈。

大伙兴趣盎然，直至筋酥脚软，索然无味，便淌着一身水，头顶一叶青绿，隔着烈阳酷暑爬上岸，聚拢大柳树的阴处，掏一个火坑，燃起干枯的枝叶，将淘洗过的鱼糊上泥巴，埋在火堆里，待泥巴爆裂，散发出浓烈的香味，扒出，剥落表面的泥层，那香味让我一生都忘不了。

每年惊蛰过后，天际滚过响雷，落下一晚的雨，天未亮，父亲带上我到藕塘边上的田里，晨光下，见鱼儿穿梭于秧田。鲫鱼为多，孱鱼难捉，运气佳时，也能碰上鲤鱼、草鱼。父亲吩咐我在岸边等着，我忍不住，脱下鞋，捋起袖子，追着捉鱼。性起，难免践踏几株禾苗。临走时，父亲将禾苗扶正。

后因背井离乡，在外工作，往事如烟，儿时的趣事也就成了此生追忆。

近年，老家也常回去，寻梦的情趣常被矿山隆隆的炮声惊扰，儿时的莲塘沉淀厚厚的沙石泥，上面覆盖着浑黄的液体，极像昏花混沌的老眼，没有了从前那片灵动的绿。少了儿时看全村人聚拢一起抓阄分鱼的热闹气场。

每次，我带着遗憾归城，梦滞留于儿时。老家的人靠着矿石大都殷实富足，青山绿水却是千疮百孔、凋敝荒废。即使面对着山珍海味，怎么也吊不起口味。

前些日子，弟发来微信与照片，政府综合治理，禁止乱采滥伐，盲目蜂拥的现象得到了抑制，环境渐渐优化治理，我想弟是给我心灵以安慰，儿时的绿水青山，沸腾的农耕季节真能回归吗？

白杨树

故乡的三月，烟雨蒙蒙，温润适宜。

剪几枝杨树，插于屋前。白杨生根吐芽，“嗖嗖”上蹿，时隔两载，碗口粗细，似一把伞，搬一条板凳，或玩耍，或歇凉。

初中时，读罢茅盾的《白杨礼赞》，突发奇想，莫非长大，梦落北疆。继后，别了白杨，换了香樟，韶华易逝，心里落下无限惆怅，但梦似未停歇，时常扰乱宁静的生活。

这难道就是北疆的白杨？当我真正与它亲近时，情感是那般亲切与炽热，那可是事隔三十多年后，梦的爆裂。白杨身处北疆，却有着故乡一样的叶脉，一样的肤色，一样地挺拔，沸腾着同样的血液。

儿子从北疆发来一帧照片，久久端详，细细抚摸，肌肤虽失去江南的白嫩，却平添北方的结实强壮。只因水土、时间雕琢，脱褪了家乡的奶油味，练成一身阳刚的健汉，威风凛凛。

因事，坐车深入边陲，似喝一壶北方白干。日日夜夜渴念，浇灌成天极处的美景：太阳的映衬，帽上熠熠闪烁的红星，手持钢枪，目光凝视前方，铁铸似的屹立。愈发朝气蓬勃，英姿焕发。

霎时，偾张的血液凝固了，不忍惊扰，只得默默地转身离去。

火车上，发出一则短信：北疆，我来了！我看到一棵极美的白杨！

泥　刀

炉火，淘尽渣尘，百炼成钢，看似无刃，却能削泥断砖。

似伯乐逢遇千里马，粉细的水泥与粗沙相伴，水做骨头，经泥刀调和，化作绕指柔肠，风尘仆仆，终日驰骋砂浆、楼墙。

楼房一天天挺拔，却把日子垒砌进砖块，拼成一幅蓝图。

泥沙陶冶情操，砖石磨砺锋利，你却把泥砖粘贴得四平八稳，休戚相关，荣辱与共。

泥刀，总爱为人作嫁。众人举杯相庆共奏凯歌时，你却被人弃之一隅，直至记起，又将奔赴新的战场。

泥刀的一生，踏踏实实，勤劳质朴，从平地做起，为了万丈高楼地屹立，衣带渐宽终不悔。

那花那草那些事

是谁拨弄世间的是是非非？

是谁挑逗起诗人的情趣？

养花弄草本是闲心之事，不知何时，偷份闲心，竟然喜欢起花花草草。

花，脑海里印象一直很好，草却不是那么幸运，甚至对它深恶痛绝。

儿时，读书的假日，同伴整天可以疯玩。我因家里农活多，父母负担重，只得跟随大人到庄稼地里扯草，年龄大些，便学会使用草锄，半天下来，腰酸背疼。草倒好，刚锄过的地，遇上几天雨，它又疯长起来。

学养花，也算有些年头，但并非正事，只是见人家买花、养花，心血来潮时便买上几盆，平时事多，懒得搭理，养不了几天，花殒茎枯。

三楼的阳台摆放了几盆花，也养了一盆龙须草，平日里洒洒水，施施肥，倒也容易，就是难以过冬。来年立春后，只得重新更换一批，唯独龙须草的根部重又长出新的嫩芽。

去年买花时，偶见有瓜苗似的草，问及花农，方知草莓。草莓好吃，营养价值高，平日价格较贵，试着买了几棵，待果长熟后，随时可采摘。

草莓苗很便宜，十元钱能买七八棵，盆景、树苗少则十元二十元，多则上百元。

卖苗木的花农认得我，外乡人，买草莓苗时，他特地多送了一棵。他说：最初卖苗木赚了些钱，便介绍老乡、亲戚也来卖，往往人多都想卖，价格你松我也放，花苗栽种期一过，除去开支，大伙都没赚到钱。年前，花农又陆续来了，价钱都很统一。买者无论怎么还，都是一个价。我戏说他们精诚团结，花农便咧开宽厚的嘴唇朝我笑笑。

今年本想多买几棵草莓，花农说不必多买，去年的草莓会分蘖发棵。开春，天气一直暖和，草莓的根部陆续长出很多新芽。

第一次吃上草莓，感觉很甜，草莓的形状，让我想起儿时吃的花塔饼。肚子疼痛时，母亲说我吃了生冷的或不干净的东西，吃上几颗就没事。

草莓属草本植物，父母也教我识别很多种草，大都矮小，却基本能入药治病。如菊三七、野菊花、马齿苋、蒲公英等等。

放学时，常抽空提着圆竹篮，到处摘野菜，打猪草。猪吞食后，很少得病。那时，我喜爱看书，讨厌做事，自然对草本植物不感兴趣，反而生厌。只是往后在外读书，继而参加工作，草便渐渐在记忆里淡忘了。

几十年过去了，如今，看着微风里摇曳的草莓与葱翠欲滴的龙须草，平时，很少花时间经管，它们倒和普通的草一般，一岁一枯荣，来年，生命竟然那么顽强，春风吹又生。

野草，生活在大地，却是那么谦虚、卑微、细小，常常被人践踏，它却毫无怨言地生长，让人类得益。

花苗期结束，外乡人便打点行装回老家。临别时，他说本地已有人种卖苗木，做生意精明，明年我和老乡就不打算来。

外乡人已离去一年，瞧着在春风里日渐长大、活泼的草莓，我倒叨念起他来！

生活是有温度的

人与人相识，本是一种缘分，应该相互珍惜，坦诚相待，施与温度。

夫妻之间，更应相互尊重，适性相处，相敬如宾，大礼不拘小节。天长日久，更要保持一种温度，让对方觉得因你的存在感到无比幸福和快乐，至于温度的高低，在于两口子之间戏剧性地创造。

夫妻之间，并不在于对方给予多少财富，多么有才华，地位有多高——而在于让他（她）感觉到家庭的温暖，其乐融融。平日里，递给他（她）一只喜爱的桃子，说上几句贴心的话，亲昵地抚摸，让对方觉得你在乎他（她），两颗心重叠在一起。

“你赋予别人多少爱心，将会得到多少爱的回报！”无论朋友、夫妻，我想大多如此。要想缩短两颗心的距离，在于平日里真诚、平等地相待。

曾有一对怨偶，他们常常拌嘴，后来发展到拳脚相加，最后闹到离婚的地步。有天，密友垂头丧气地找到我，一股脑儿诉说妻子的不是，待他情绪稳定，我哂笑着问他给了妻子多少温度，密友听后愕然，继而道：“我没少给她吃，少给她穿，厂里的经济全由她掌握，她还肉中挑刺，倒不如结婚那阵子，我们都能风风雨雨，一路走来。”

我说：“你有结婚时的温度吗？”

密友抱怨说：“厂里厂外的事够我烦心，回到家，只想着休息，偏偏她又烦絮，人前讲话不遮掩，对她自然没有好声气。”

我道：“多给她点温度，夫妻之间好比一块铁，离开手心越久，温度就越低，待到后来，感觉铁一样冰凉。”

然后，我再把夫妻相处的策略与奥秘讲给他听，劝他回家不妨一试，半月后，密友夫妇挽着手来见我，恳请上他们家做客。

住的隔壁有对小两口儿，男的是个厨师，女的外面厂里做些零工。后来，男的下岗在家，生活一下变得困顿。女的时常抱怨，说她当初瞎了眼，嫁了个窝囊废，害得她在女伴前没面子。男的一直忍着，他不灰心，很是辛勤，白天打工，趁早贪黑，捉捉泥鳅，抓抓龙虾——留下一份，卖掉多余的。吃饭时，男的替她夹上一只龙虾，女的颔笑；买来苹果，洗净，削好皮递给她；平日高兴时，两口子搂抱着跳跳舞——女方感到很知足，说他嫁了个体贴的老公。日子虽然过得清苦些，他们俩却过得有滋有味。

平时，夫妻之间往往忽略了生活之中细小微末之事，假如一方有了丰厚经济来源，或社会地位显赫，觉得高人一等，便把沾沾自喜的念头带回家，潜移默化地影响家里的和睦气氛，甚至颐指气使，让对方觉得怠慢、疏远了自己，认为自己的婚姻没有安全感，从而把久抑的怨气迁怒对方。

男女双方本应互相尊重，更应设身处地为对方着想，如果没有一方的默默付出与支撑，就没有现在的境况，理应多给对方一点温度，让她（他）觉得你没有变，仍然心贴着心。

“人往往共患难容易，度富贵难！”我想不无道理。想到以往的父辈时代，物质、精神生活极其贫乏，大都经历过山雨欲来风满楼的年代，他们艰苦奋斗，同舟共济，一家都能养活好些子女，夫妻离婚率尚且很低。

当今社会，随着改革开放不断深入，人民的生活渐渐得以富足。同时，也带来了富贵思淫欲的弊端，给夫妻双方造成一种不安全的感觉。此时，夫妻之间更应保持一定的温度，让家庭其乐融融，恩爱有加。我想：这该是现代家庭生活中首当其冲之事！

沉重的翅膀

院落里，妻栽了几棵瓜苗，悉心浇灌，秧苗长势蓬勃。藤蔓渐渐爬满棚架，缀满金黄的、白色的花朵，花期一过，花蒂之处结出嫩绿的瓜果。

瓜苗嫩弱，正如我的娇儿，平时要这要那，做父母的尽量满足。

一日，老师家访，提及孩子的成绩很不如意，急于责骂，反而适得其反，毫不珍惜、理解父母的一片苦心。又一日，我忍不住骂了两句，小儿很不服气，竟气咻咻地抓起笔扔到远远的瓜棚底下，回道："天底下，哪有你们这般做父母的？"我噎着，双眼呆望他。本想举起巴掌，但转念一想，冰冻三尺，非一日之寒，只有慢慢引导，思考如何将他引入正轨。如果一巴掌下去，也许自己会舒服些，儿子逆反心态定会加深。

我下楼到瓜棚寻笔，抬头见瓜棚的蔓藤上吊着一只十来斤重的冬瓜，绿皮表面褪脱成粉白色。

我并不在意瓜果的惊喜，而是惊诧、注重细长的瓜藤竟能悬挂住如此重的冬瓜。藤的韧性与强度让我实在担心，急待唤妻采摘时，她倒要让冬瓜多留些时日。

瓜藤承受着瓜果，从小到大到成熟，感叹其藤忍受着负荷，生怕风吹雨淋，难以承受。忙寻找木棍支撑起冬瓜，才慢慢爬上三楼，方知两腿有些发怵发软，让我想起平时缺少锻炼。

看着瘦骨嶙峋的两条腿，有如细脚伶仃的圆规。从呱呱落地，到溘然长睡，伴随人走过一生。人哪怕生来肢体不全，也会凭着坚强的毅力，不息的精神支撑着自己。

我曾惊叹笨拙的大象，庞大的躯体仅靠四条腿奔跑于原野、山林。正因为它的独特造型，才不至于被物种淘汰。

中华民族，有着几千年的文明与文化沉淀。起初，靠简单的结绳记事，逐渐演变成龟片和竹简，直到蔡伦发明造纸与活字印刷术，才延续至今。如今，进入电子商务时代，电脑储存的容量大得惊人，无可比拟。文化传承由粗糙、笨重到精准，无一不承载文化灵魂之精髓。

瓜苗有了蔓藤，继而开花结瓜，成熟结籽，周而复始，得以传承。大象有四脚奔跑、觅食才能生存；人类因生生息息，凭着思想、智慧、辛劳等得以延续。

如今，小儿正如一株生长的秧苗，只有循循善诱，加以辅导，培养成良好的读书习惯，辅之以安适的环境，待学有所长，长大成人，方能独立生存，有益于社会。并将生活加以丰富发展，无不关乎人类文明的完善、传承与进步，无不是父母翘首盼望的传承生活。

一个国家和民族，无论怎么进步，人民最低的生活要求莫过于富足与安定。他们安适、习惯于一垄田地、一口井、一片山地，这是最基本最原始的一种传承。正如小河是溪流的传承；湖是河的传承，每个民族都有各自的文化链接。一方水土养一方人，民族部落无论怎么相争，必将成就某一方的传承，沿袭某一方的语言文化特色。

草结籽，树生花，人吃五谷杂粮。人种稻谷，稻米养人。每一次的改朝换代，都是一个民族的发展。正如，我们对粮食加以改良，扩大耕种面积，从而让人类有着殷实富余的物质传承。大自然自始至终遵循着这一规律，并加以发扬光大，只不过大自然各物种之间的传承各有差异罢了。

夜深了，妻儿已渐渐沉睡，呼吸顺畅且均匀。我将笔轻轻合上时，水银般的月光透过窗户，泼洒床前。

我轻轻脱下衣裳，含着睡意渐渐沉入梦乡。

最美的风景

天空飘着白云，云凝结成雨，抑或随风消散，雨是结果。至于行程是否付诸实施，决定于云幻变过程的诸多因素。

桃红柳绿，春华秋实，桃花褪尽昔日的繁华，就是为了最后的硕果累累，桃树的行程便将花变成果实。柳绿的行程，付诸柳絮纷飞，柳枝的垂条拂过水面，柳枝长成大树，成为一种风景——

老师通过自己的教学，希望学生达到较高的层次；大人希望孩子长大成人，能够独立自主，出人头地。大人与老师最终目的一致，都是希望孩子成为一个对社会有所作为的人。

千里马之所以与众不同，在于平日努力奔跑；在于它本身骨骼的资质与调教，发挥其内在的潜力。如果将它置于驴中，它反而适得其反，最终落得被驴踢死的惨状。

生活中，任何事物都是相得益彰、相互演变而成。正如一朵美丽的鲜花，如果插于花瓶，生命很短暂，但如果让它在野外自由生长，若干年后，也许会开满整个山谷。

行程只不过将事物朝着结果步步接近，任何事物并非有了行程，就能到达彼岸。行程是生命中质的飞跃过程，但并不意味着到达终极，行程中还会有诸多因素影响。至于成功与否，在于机遇巧合，只不过有了行程，也就意味着有机会到达成功的彼岸。

正如白杨树，它把不折不挠、挺拔向上的精神传承给下一代，无论身处何处，都会落地生根。

同理，人只有同周围的环境相适、磨合，才可能在往后的机会中成才。风雨同舟，日夜兼程，砥砺前行；行程是努力到达最终目的过程；是否努力，切不可等闲视之。

人的一生，如白驹过隙，也非一日之寒，一蹴而就，任何事物抵达成功，都要经过漫长衍变与适应，哪怕一生无望，也会无怨无悔。

任何事物，先有伯乐，后有千里马，千里马常有，伯乐不常有。

知了深埋于土里，默默地守望，只待夏天化虫成蝉，只求夏天短暂地歌吟。

蜗牛背着重重的壳，只为一世艰难地爬行，不求结果，只求过得充实，没有虚度年华。

没有花香，没有树高，小草一生的行程，只求生长于大地，只求绿过一回。其行程实实在在，普普通通。

行程是人生充实的过程，默默地完成一生之中最美的风景。

沸腾的心

凌志是个十分讨人喜欢的老头，七十多岁，虽然头发已经全白，但他总把头发梳理得一丝不苟，尽管他的脸已经布满皱纹，但只要一笑，脸上的皱纹也会跟着变得柔和起来。只是近期大病初愈，略瘦的苍白的娃娃脸上，虽然缺乏血色，但开朗的他总是挂着微笑，见人点点头，手不停地与人打着招呼，给人留下一种亲切融洽的随和感觉。

半个月前，凌志天天待在家，或院内徘徊，浑身很不自在。平时，想上街溜溜的念头像条虫子蠕动着，慢慢爬上头顶，轻敲久违的脑门。

他推开院门，一缕阳光斜照在脸上，懒洋洋的，感觉极其舒服，他眯缝着双眼，轻轻地嘀咕：“早安，太阳！”

凌志摆动双手，迈开脚走了一会儿，似乎觉得有些费力，想是久病后缺少锻炼。他用力甩着手，似乎想把这软弱的症状甩在身后。

路上一小孩蹦跳着，背后的书包随着节奏上下颤动。

“爷爷，早上好！”小孩朝他打着招呼。他忙应付道：“毛毛，真乖！”

凌志轻轻地抚摸了小孩两下，将小孩皱褶的衣领整了整，嘴里像嘱咐自家孙子似的。

“乖孩子，好好读书！”

小孩嗯了一声，朝他挥挥手，他也举起手，觉得自己身体内的血液在沸腾、在跳跃。虽然隐隐听到医生告诫子女：“你父亲肺病晚期，时日不多，好好照料！”但是，他不服输，乐呵呵的，保持着年轻的心情。

迎面，一中年妇女踏着单车从他身边掠过，车上掉下一棵青菜，他尽力地招呼道：“闺女，你掉了菜！”

女人停住车，他弯下腰，觉得腰硬邦邦的。他再努力地弯下腰，将那棵菜拾起来，递给那位大嫂。

大嫂看他脸苍白，额上渗出细密的汗，很是感动，柔声道："谢谢！谢谢！"

他微笑着，笑得很美很柔和，虽然举动不大，但他觉得战胜了病魔。

他用手揉了揉酸痛的腰，身子左右扭动了几下，深吸了几口空气，湿润且新鲜。

马路上，时不时，一辆辆车快速地从身边掠过。

他习惯地加快了脚步，来到菜市场，见戴着袖章的大姐，正在忙着维持秩序。

冒失的小伙子随手将电动摩托车放在人行道上，有碍人、车的正常通行。大姐忙上前，想把车摆放好，因有一坎，试了两次，未成，他忙上前，帮着推搡后座，车挪到了车位。

他知道自己用的力很小，但是，他做了！

凌志忙活了一早上，微笑着迎送人们。他觉得自己有用不完的气力，绵绵不绝，像打太极拳一样。

他望了望太阳，仿佛年轻了很多。

第二天，他来了！第三天，他又来了……

苦楝树

儿时，母亲常把我背到菜园，将我安放在地边的苦楝树下，便开始忙她的活计。时间一长，我就坐不住，况且还有该死的蚂蚁时常溜到身上。

学会走路后，我便尾随母亲来到菜园地。母亲忙着干活，我就坐在树荫下玩土块、捉蚂蚁，玩腻了，便不安分，竟然攀缘苦楝树枝丫，一不小心，树枝的惯性将我反弹到地上，额角被树枝划了一个口子。母亲跑过来，忙用衣襟轻轻拭去血迹，再摘片菜叶敷住。

懂事时，我便跟着母亲扯草，学会了锄地。只因粗心，竟然将秧苗锄掉。母亲笑我是棵长不大的树，我不服气，噘着嘴回道："那棵苦楝树不也长大了吗？"

母亲被我的话噎住了，只得催促我别三心二意。

树长到两丈高时，父亲便在树下种了一颗扁豆，蔓藤顺着树干爬满树枝，开着一簇簇蓝紫色的花。蜜蜂飞来了，蝴蝶也来光顾，也见喜鹊飞歇树上，就是不愿在树上垒巢做窝。

苦楝树开着一簇簇淡紫色的小花，小得不被人注意。尽管散发着阵阵浓香，就连蝴蝶、蜜蜂都不愿飞来。苦楝树挺羡慕扁豆，但它毫不嫉妒，总是敞开胸膛，任其攀爬或在风中跳舞。

每当酷暑难熬，又或中途歇息，我便坐在树的浓荫下，就着瓷壶嘴喝着白开水。

采摘扁豆，需要攀爬上树干，站在树枝上摘，往往会把树枝折断。摘完扁豆，地上总要散落些枝叶。嚼着清脆鲜嫩的油爆扁豆时，只顾说扁豆好吃！

苦楝子长成一簇簇，未成熟时，青绿色且坚硬，伙伴常爬上树采摘，装满口袋，便你追我赶，相互扔抛。立秋后，苦楝子表面呈淡黄色。冬天的寒风中，总见树枝上有干瘪的苦楝子摆动。

有一年，脚生冻疮，奇痒难熬，父亲知道后，摘下苦楝子，捣碎。睡前，母亲轻轻揉搓着冻脚，再将配置的苦楝子膏布敷在表面。

平时，我喜欢生吃红薯，等到长成拇指般大时，就用木棍刨出。将红薯用衣服角一擦，塞进口里。因不卫生，肚子易生蛔虫，痛得难受，母亲叫父亲带上刀，剥来苦楝树皮煎水服下。

苦楝树的经济价值很高，周期长，乡下也很普遍。改革开放后，年轻人外出打工，树被人锯掉当柴火。菜园地里的一棵树，生长了近二十年，树径还是海碗那般大。

姐姐结婚时，木材紧张，父亲想打一个五斗橱陪嫁，便想锯掉苦楝树。母亲想了想，说：“留着吧，不够的材料还是想办法再找！”

高考那年，我有幸到省城读书，母亲便毫不犹豫地说：“地岸的那棵苦楝树大了，可以给山子打口书箱！”

只因时间短促，苦楝树水分尚未干，箱子虽然刷过紫红的油漆，还是不大美观。随着现代化的家具添置，搁置书橱上的旧木箱特别醒目。妻子几次要扔掉，都被我说服住了。

家乡的那棵苦楝树伴着我长大，更陪伴我在人生的路上，一步步朝前走。

记得有位诗人写道：

我不要闻你，
飘满方圆一里的香气
也不想看你
开似浮云一片的花朵
你的生、恋、孕、果
哪有一点是苦的迹象——

黑　马

一

鄱阳湖畔的阳储山脚，坐落着一个民风淳朴的杨家山村，自先祖相中这块景色秀丽、气候宜人的风水宝地以来。后人依山傍水，繁衍子孙。村民日出而作，勤劳耕织，怡然自乐，倒也不愁挨饿受冻。

村前，一条公路贯穿大山，衔接着市县。外界的信息，不出数日，便会给古朴的山村注入新鲜活力。

近些年，随着外界迅猛地发展，年轻人不甘现状，他们纷纷飞出山洼，外出打工创业，腰包足了，便推倒老屋，模仿城里垒砌洋房。

村里，一排排三四层高的楼房，宽阔的水泥滩场、石砌的水泥池塘、新建的祖厅，到处洋溢着安恬、清新、祥和的气息。

太阳尚且悬在阳储山的脊梁，村里，每家的烟囱陆续冒出青烟。“吱——啪啪啪！”随着烟花的炸响，村的上空紧跟着蹿出条条白烟，浓烈的烟味弥漫开来，给即将降临的年夜添上灵动瑞祥的氤氲。

村塘边，一幢三层的楼房里，杨大毛正将煤气灶上的压力锅盖合拢，里面压着豆参目鱼熬排骨。旁边，妻子六妹正忙着煎鱼。

“六妹，年后的初二，便是三年一届的村主任选举，你说，该选哪个好？”杨大毛面向女人问道。

六妹翻转锅里的鱼，叹了口气说：“选哪个？还不是选棒头鱼！他家兄弟多，七手八拳，虎狼一般。”

六妹看着锅里的花棒煎得差不多，顺手加了勺水，锅里腾起白白的烟雾。

杨大毛：“选他？我打心眼儿里不乐意！说来杨林真够胆大，竟敢占他三哥的地，争嘴时推了他三哥一下，棒头鱼倒说他三哥没伤着筋骨，劝他三哥放开些。当时，他的兄弟都看不过去。事后，听人说，棒头鱼暗地里得了杨林不少好处。”

六妹道：“我何曾愿选他？况且，俺做屋时，他得了俺不少好处，不然——唉！棒头鱼该杀的，就是晓得要钱，睡女人，这有啥办法？我担心怕惹怒他一家。”

杨大毛说：“这——倒不一定，老虎再厉害，也经不住狼群围攻。”

六妹顺手翻动了一下鱼，盖上锅盖道：“反正棒头鱼是恶人头，你看他二弟，仗着兄弟多，哥是村主任，强占了大同的老屋地基两三尺宽，大同去他家评理，反被他二弟扇了两巴掌，赶了出来。大同找棒头鱼，结果劝大同让些步。你看大同的屋小得多难看！”

杨大毛：“马善被人骑，人善被人欺。天高皇帝远，这有啥办法？棒头鱼弟拖砖时，撞裂了九毛的圈墙，九毛见棒头鱼过来，叫他看看，棒头鱼斜着眼，一本正经瞄了瞄。你道棒头鱼怎么说：‘旧缝嘛，我劝你莫惹我弟！他火爆子脾气。’你瞧这是村主任说的吗？”

“是是是！只顾着说话，鱼都烧煳了！”六妹似乎闻到鱼的焦味，她埋怨道。忙揭开锅盖，翻动，放入佐料。一只鱼眼死白死白的，似棒头鱼斜睨的白眼珠，很是难看。让他想到前年做屋时，遭遇棒头鱼的白眼。

二

大毛因在县城工作，每回下乡，吃喝住都挤在弟弟家，很想动手垒个窝。

正月十二，龙抬头。清早，大毛在村周转悠，相中了塘边的四分地。问过弟弟，便拎着果品来到大同家，见他在吃中饭。

大毛：“大同哥，听俺弟说，紧挨塘边的四分地是你家的？”

“不错！我家的。”

“能否帮俺个忙？将那块地换给俺做屋，好吗？”

“老弟，做屋本是一生中的大事，难得！本该理应帮忙，只是——”大同有些为难，他停住话，思索了一会儿，接着说，“说来这块地真的让我好为难，泉盛也曾说了几次，我有答应，现在，我总不能因你得罪他，你说呢？”

大毛见大同很尴尬，只得道："那是、那是，我就不为难你了！"

弟见大毛回来，忙问："大同家说好了吗？"

大毛摇摇头，弟又说："哥，田地到户时，那块地因挨近塘，村里一直留作机动地，后来，考虑大同家人口多，媳妇又是外地的，人多地少，也就让给他种了，你想做屋，只要找村长棒头鱼帮忙，准成！"

挨到黄昏，村里家家户户关着门，忙着吃晚饭，或看电视剧，大毛提着烟酒，躲闪着来到棒头鱼家，敲开门，见棒头鱼正坐在沙发上，剔着牙，他见大毛拎着烟酒进来，堆着笑。

大毛似乎不习惯，他屏住气，挂着笑，提着气低声道："村——主任，我——有点事，想找您帮忙！"

棒头鱼转了转白眼珠道："找我？大毛老弟，莫不笑我？你是吃官粮的，既体面，又得礼。我——只不过屌大的村主任，只要是你的事，尽管开口，包你办成！"

大毛想说又不好意思开口，棒头鱼见大毛尴尬，迟疑着不吱声，便有些不耐烦，道："你说有啥事！怎的吞吞吐吐？有屁就放嘛，别吊人胃口的！"

大毛费了好大的劲才露出话来："我想用弟弟的五分田，换大同的四分地做屋。"

"我说你大毛，这么卵大的事，不就是块地吗？况且是田换地，我打个电话不就成了！"

棒头鱼拨动电话，里面传来他二弟的声音，他忙截住道："大同吗？我给你说件好事，大毛想用五分田换你四分鸡啄的地做屋，好吗？"

话筒那边沉默了一会儿，继而传来忙音，他挂上电话。愤愤地道："大同真是狗戳的，连我的面子都不卖，我看，你还是另想办法！"

棒头鱼说完，眼看着酒烟，道："老弟，咋这么客气，这东西——你——还是拿回吧！"

大毛忙应道："主任说哪里话，这大正月里，哪有空手来的？东西本是特地拿来给您的！"

大毛说罢，便起身告辞。他跨出门，重重地呼出一口气，心里觉得很失落，他沮丧着，只得默默回到二弟家。

"成了吗？"二弟问。

"冇成！"

“空手去的？”

“我拎了烟酒！”

“烟酒？哥，你真是书生脑瓜，不开窍！现在什么年代？想办事，县官不如现管，听我的点子，再去一回，包成！”

弟吩咐大毛封三千元钱红包。

大毛：“这么多？”

二弟：“哥，你再去，狗不咬送礼的，猫总爱吃腥的！况且，打狗要打响，除非莫想那块地！”

大毛依着二弟，再次敲开棒头鱼家的门，见他正看电视，大毛忐忑不安递上红包，棒头鱼脸堆满笑，忙起身递过烟，泡上茶。道：“你又客气个啥？说来都是光屁股一起长大，你慢坐，我解下小手！”

棒头鱼进入厨房，他熟练麻利地数着钞票，油光发亮的胖脸露出丝丝满意，过了一会儿，出来。

棒头鱼：“大毛老弟，这事，我和你到大同家去一趟！”

大毛忙道：“还是您单独去，你是村主任，面子大，说话更方便些，我在这里等你的消息。”

大同家，他边剥边吃着花生边看电视，听人喊他，忙开门，见是棒头鱼，肚里怄着气，脸上堆着笑，让他进来道：“四叔，您怎有闲来我家逛？”

大同忙着递过烟，沏上茶。棒头鱼见大同的妻子桂花正催着孙子小胖睏觉，他趁大同去房间拿果点转到她身边，暗地捏着她肥大的屁股，细声道：“大妹子！”桂花赶忙摆摆手，指指隔房的大同，脸上似朵绽放的桃花。

棒头鱼左瞧瞧，右看看，只得坐定道：“我说大同，你家又添了液晶电视！”

大同“嘿嘿”讪笑着说：“我的主任大人，托您的福，这不是跟您学？刚买的！”

“你的好，比我家的大得多！”

“哪里话？你比我早就享受了！若是现在买，你花的钱，准能买个家庭影院！”

“说来也是！也是！”棒头鱼听着，很是舒服。

大同又道：“瞧您大忙人，今晚，怎的有空关心小弟！”

棒头鱼假意愤愤道：“说来还不是大毛做屋地皮的事！啥地方不成？非央求我来跟你说！说来也难怪大毛，他一辈子想做幢屋，不容易，他想拿田来换你的地，用马换牛，好事嘛！大同，我做主，你就别推三阻四！”

大同：“我的大人，大毛做屋，我帮忙都来不及，只是那地——泉盛早说过两三回，总不能为了他，得罪泉盛。”

“泉盛，他算个啥屎？这事，我说了算！你那块地，我已答应了大毛！”

大同怯怯地说：“我大孙子已牛高马大，也……”

棒头鱼听罢，眉头一皱，他拉长脸，截断大同的话，语气不容置辩地说：“大同，我话说了一箩筐，你孙子做屋是往后的事，大毛做屋是眼皮睫毛的事，一码归一码，他弟愿用五分好田换你四分地，你还啰唆，还不知趣？奠基那天，我会亲自去管，别不知好歹！”

棒头鱼拉下脸，横下话，往外走，桂花忙迎出来想说，棒头鱼忙截住道：“我说我的乖妹子，此事别掺和，男人做主的事，大同会考虑的，往后日子长得很！我会罩着你全家！”大同见无转机，只得轻嗯道：“是！”

大同夫妇恭送他出门。待棒头鱼回到家，见着大毛，便道：“卵大的事，还得我亲自去，搞定了，奠基那天，我还得亲自主持！”

好事等不得豆煮烂，正月十八，破土动工。大清早，大毛赶忙送了条极品金圣，两瓶上好的酒，外加千元红包，乐得棒头鱼眯缝着眼，反背着手，来到工地，嚷着这，指点那。

午席，他拍着大同的肩膀说：“老弟，你帮了大毛的忙，村里村外的人都说你好，同屋檐下的人，本应该相互关照，这回，你做得很对！大毛，来！敬大同一杯。”

大同喝着酒，口里不知啥滋味。席后，棒头鱼睁着惺忪的醉眼，似只肥鸭，摇晃着身子，嘴里哼道：“咚锵，咚锵锵！——”

大毛忙上前扶着他，棒头鱼醉眼斜睨，手一挥，嚷着道：“不……用，老……老子再喝它一瓶，也……不醉。”

棒头鱼歪斜着身子，趔趔趄趄回家，嘴里又哼道：“咚锵，咚锵锵，想当初，老子的队伍才开张……”

三

杨阔家，年夜饭一过，妻子金花从床沿下取出一沓钱数着。

杨阔牛高马大，皮肤黝黑。年夜，他格外高兴，菜还没动筷子，连接喝下几杯酒。他脸颊黑里酡红，微醉道："金花，咱两年百事顺利，办砖厂净赚了一百多万，说来还得感谢老主任。他动员村里干部借俺十五万，又凭着熟人关系替咱办证。大前年选举时，棒头鱼硬说村主任贪污挪用，咱说啥都有用，结果连村主任都弄丢了。"

金花道："咱一辈子都该念老村主任的好，怪只怪棒头鱼不是善头斋公，他早动了当村主任歪念，碍着善宝叔威望高。只是他借故寻拆，拿咱钱的事开刀，狗戳的！真没安好心。"

"不管怎样，老村主任的事，好歹因俺借钱引发的！"

"那是！那是！当时只因钱赶急，一时贷不到款，老村主任乐意帮俺，俺几辈子都忘不了他的好！"

"后天选村主任，你说这事咋办？"

"理应举手投老村主任的票！"

"假如棒头鱼又当选，他定会抓俺小辫子，秋后给穿小鞋整咱们，到那时，俺恐怕又没好日子过。想想他当村主任三年，背着手跑到咱砖厂，横挑鼻孔竖挑眼，三年孝敬他五六万块钱，似乎还嫌少，他家势力硬，我想，当着众人还是选他算了。"

"哪成？这天杀的！想想村里这三年过的日子，也真是窝囊，你平时不是不知道，大伙明里怕他，暗地恨他，老虎斗不过群狼，只要大家心齐，谁干都成，怕他怎的？村里偌大的一座山，他租给外地人，白送一样，暗地里得了多少黑心钱？唉，如果又让他当选，村里恐怕又得让他糟蹋得一塌糊涂，不可收拾！"

"是啊，想想三年前的选举情景，真不是滋味，他全家多霸道，多横！"

"也是！俗话说：一个篱笆三个桩，众人拾柴火焰高！墙倒众人推，还怕他报复不成？要么大家确实无卵用！桂花，我说别忘了！还有一件事，泉盛的儿子考上了大学，母亲又有瘫病，泉盛家现在够可怜的！儿子想退学，趁着过年，我想送泉盛家两万元，不然，小白准定读不成大学。"

"我想也应该！想当年，泉盛也多横，总骂你是野种，没爷娘管的，唉！说来也是，三十年河东，三十年河西，瞧他家如今落得这般光景，真是天开眼！但咱别落井下石，泉盛心里也够难过的！唉——"桂花长叹了口气，又道，"也是！只怪平日人缘差，他家的情况村里人都晓得，就是没人相帮，如今的人图实在。你去他家劝他想得开些，想想咱们，将心比心，别跟他一般计较，他家有困难，不看他也得看他小白，那孩子多争气，考个大学不容易。咱家拿出两万，不算什么，就说借给小白念书用的，有钱就还，讲话时注意分寸。泉盛说来一辈子没求过人，恐怕瘦狗屙硬屎，死要脸面。顺便莫忘了去村主任家，他家也不富裕，咱吃水不忘挖井人！”

杨阔见金花用礼包装着钱，想了想，说：“金花，我说还是算了，善宝叔不会要的。”

金花道：“不妨试一下，善宝叔三年冇当村主任，不在其位，别人不会说闲话。近两年，他家经济又不太好，我俩诚心感谢，他也许会接。”

四

三年前的农历初二夜间，祖厅里人头攒动，日光灯贼亮贼亮，照得地面看得见一根针。上厅堂中央摆放着一张八仙桌，首席坐着村主任善宝，旁边坐定棒头鱼，银同、宝弟两侧陪同，待人到齐。

老村主任发话：“乡亲们，三年一届的村主任，我已满期，今晚选定下一届村主任，由众人提名选举通过！”

甲说：“村主任仍由老村主任连任，他德高望重，深得人心！”

乙话：“老村主任秉正奉公，一心为民，善宝叔理应尊重！”

丙道：“寒冬腊月，年轻人都不敢下塘，善宝老倌带头下塘砌岸头，婶子病重都不顾，功德彰显，众人愿服！”

丁言：“村前水泥滩也是村主任主持铺的。从前，下雨天时，村里倘若办个事，地面全是烂泥巴。”

……

“选老村主任！”

“选老村主任！”祖厅里，人群鼎沸，纷纷推崇善宝连任村主任。

棒头鱼用狠毒阴鸷的眼光一扫会场，忙大声制止道：“我说：大家先莫激动，停下来让我说几句话，善宝哥年高体弱，还要为我们劳心费力，排忧解难，你们良心过得去吗？理应让他松松筋骨，各事放轻松些。”他停了会儿，喝了口茶，站立起来，缓缓加重口气接着说：“况且，大家尚有一事不明，善宝村主任私自挪用村款十五万元，冒着天大的风险私自借给杨阔，这可是大家的血汗钱啊！血汗钱啊!！说好话是件好事，说句不该听的话，如若杨阔泡了汤，我们不都跟着倒霉，听说善宝得了不少好处！”

春全道：“有这等事，我们怎么没听说？”

来宝说：“善宝叔这事做得似乎太不妥当！”

棒头鱼二弟见众人火候已到，他跳上椅子，大声嚷道：“善宝受贿，凭着权力，私自挪用公款，他当村主任，众人肯服？我第一个站出来不服!！”

祖厅的人听他一喊，全震住了，目光齐刷刷射向棒头鱼二弟。

棒头鱼的四弟、五弟、六弟齐声附和道：“贪污受贿，本应坐牢，咱村里人都不计较，像他这样的人当村主任，行吗！”

老村主任听后，很是镇静，他缓缓地站立起来说：“借十五万元钱给杨阔，这事不假，我冇和大家通商，这是我的不是。杨阔当时急着要钱办砖厂，如若话明，其中必定有人不同意。大家怀疑我得了许多好处，想必也是。掏出心窝话，杨阔借钱时提了两瓶四特酒，一条好烟，十斤茶油。这事不假，但我冇收。杨阔当时办厂，白手起家，挺不容易，箭射到尽头，一分一厘都难拔。当时，我说：‘厂办好了，到时，我高兴吃酒，东西一概不收，如若不信，可问杨阔！’近两年，杨阔也很不错，村里谁家做屋，红砖价格都实在，村前水泥滩出资五万，垒塘坝，又出三万，大伙也许不知道，不信，可问杨阔！”善宝缓了口气，又道：“村主任当到今天，借给杨阔的钱，全村最实在，如今背黑锅，我甘愿！”

众人听罢，目光又犀利地投向杨阔。

杨阔走到台前道：“各位乡亲，我对不起大家！更对不起善宝叔!！让他卷入我的私事。东西，我是送去了，善宝叔没收。当时，我觉得挺没面子，认为事情落了空，没想到，他借钱反而害了他。烟酒，棒头鱼五哥可以做证，我在他店里说好赊的，如不用，退回。厂里经济好时，请了善宝叔吃酒，有这回事。当时，白毛叔与棒头鱼五哥作陪，四菜一汤，我要多点，叔说够了，多点浪费，挺可惜。退烟酒还钱时，白毛叔也在场。”

白毛说：“不错，我管财会，当时借十五万元，我怂恿了善宝，也有责任。还钱时，提在手里，路上挺不放心，杨阔陪我一同到信用社，将钱存补在村里的存折上。另外还加了一万六千元利息。不信，这里有账。”

白毛将账本递与大家查看后，众人纷纷应付道：“哦！我们错怪了善宝叔！”

“老主任人品好，我们选善宝叔！”

“不错，老主任理应连任！”

祖厅里，大家言行一致，众口铄金。善宝缓缓站起，双手挥了挥，众人屏息，聆听村主任道：“大家听我说，大伙选我，是抬爱我，信任我，非常感谢。但是，我毕竟挪用了公款，这是不当行为，我自知不配担当村主任。况且，年纪也大了，砌塘坝时落下风湿病，如今，变天就痛，希望大家还是推举出新的村主任！”

众人沉默，鸦雀无声。良久，棒头鱼双眼似两道寒光，划过众人。

“还是选棒头鱼吧。”有人提议道

棒头鱼二弟：“大哥人品也不错嘛！何不试着选他！”

棒头鱼双目如剑，向全场再次划过一道亮光，很久。大伙低低地说：“选棒头鱼！”

棒头鱼闪着一双鱼泡眼，嘴角泛出一丝得意的笑。

五

三十年夜，善宝家，大门敞开，桌上盛放着瓜子、花生、苹果、橘子等。厅堂的中央，燃烧着一堆岁火，火越着越旺，善宝围着火塘烤火，孙子孙女围着要压岁钱。

善宝搂抱孙子孙女，享受着绕膝承欢之乐。

善宝道：“好哇！好哇！爷爷分压岁钱，分压岁钱！”

善宝掏出钱，每人十元。

孙子年年似乎有些愤懑，不服道：“爷爷，棒头鱼的孙子瑶瑶去年都有两百，今年又说要三百元，我们分发十元，太少了！”

“乖孙子，咱家不能同他家相比，他爷爷有钱，爷爷老啰，不晓得赚钱，别嫌少。”

园园懂事地接过钱，伏在爷爷身上，亲吻着爷爷。杨阔忙掏出八百元，递给年年、园园道：“年年、园园，叔给你压岁钱！”

年年、园园站着，凝望着爷爷。俄而，齐声道：“爷爷已给了我，叔叔的钱，我们不能要！”

杨阔道：“年年、园园都大了，真乖！一年比一年懂事。”

待杨阔坐定，善宝忙递烟倒茶唤吃水果糕点，杨阔双手接过烟。

善宝：“杨阔，今年砖厂还好不？”

杨阔：“叔，托您的福，今年砖厂赚了六十来万。”

善宝：“好事，好事，钱多莫乱花，该办正经事。”

杨阔感激道：“是！是！叔真心细，平日，生活里的芝麻小事都记得关心！”

善宝说：“我说杨阔，钱若有得多，孩子大了，你家的房子也该翻新改建，近来，钢筋水泥挺便宜，砖自己有，只要添些人手。有些事，我能帮得动，我会毫不含糊，你只管叫！”

杨阔：“我父母过世早，叔像父亲般待我，照料我。把我扯拉成人，结婚、成家、办砖厂，事事替侄儿担心着想。”

善宝说：“做长辈的都差不多，见你年纪小，无依无靠，实在不放心。至于抚养你长大，希望你们年轻人务正业，多赚钱，有出息，生活过得舒坦些。假如你上了年纪，也会总想尽自己的心去帮助别人！”

杨阔：“是的！叔，听说杨兵哥很不错，他的作品又获得省级奖，挺羡慕的！”

善宝：“他，穷秀才一个，成天疯写，我劝他干点别的事，他说我不懂。也许，我与你们年轻人的想法不一样，过时啰！”

杨阔：“大叔，莫小瞧杨兵哥的笔，历朝历代，武官打天下，文臣坐天下。远处不说，咱说现在的事，当今的有钱人、名人，他们为了树碑立传，显名扬世，还有的企业家为了提高产品的知名度，他们都得请文人写文章替他吹捧。”

善宝笑笑道：“杨阔，你也学会了说好话，拍马屁，我劝过杨兵别想这钱，难道产品的好坏仅靠穷酸秀才能吹捧出来？”

“大叔不信？现在不比以前，总认为好酒不怕巷子深，如今，广告满天飞，好产品往往被假冒伪劣的东西遮蒙住了。况且天下的好酒有的是，谁还愿意花时间谋寻好酒？恐怕酒未沾口，别人就把您的厂挤垮了！就说昨天的报纸上，咱中国的医学家屠呦呦获得了诺贝尔奖，要不是医学家饶毅写文章公布了她的医学成果，世界各国也许还不知道她发明的事。况且这一代人爆发力强，谁也预料不到，就说咱村的鼻涕罐，大字不识几个，小时谁看谁都怕，这不发家致富赚了钱，都当上市政协委员啦！”

“杨阔说得也是，我说杨兵不是那种料！”

“大叔，人不可貌相，海水不可斗量。杨兵打小聪明，我比不过他，别看我有您帮着赚了点钱，没用，钱只不过身外之物。听人说，好文章能传百年千年。”

善宝：“拔萝卜选葱，矮子里面选高个，出类拔萃的人毕竟少，除非俺祖上烧高香。有钱可不一样，年年、园园就羡慕棒头鱼的孙子压岁钱多。”

杨阔：“伢仔懂什么，叔，我这里有一万，孝敬您的。”

善宝：“杨阔，怕你想挨揍，你把叔扁成啥样的人？我做人一世，图个清白。趁着没人，赶快收好，别人看见，准会嚼舌头！”

杨阔：“是、是，我晓得叔不会收，家里人过意不去，硬要让我试试，我说害你村主任都冇连任。”

善宝：“我说，你夫妇想得太多，任何事都得有定数，众乡亲要帮忙，我不是照常上前？三年前选举时，你看棒头鱼啥熊样？众兄弟帮腔，看那阵势，他猴模狼样的，非当村主任不可！三年下来，他干得也很是卖劲。”

杨阔：“卖劲？您没听村里人暗地议论，你塞了钱，他就替你卖劲办事，白的可以变成黑的，强制遏平。今年，村里账目缺了六万的档口，他说是招待费，真是鬼吃饼的事。”

善宝：“棒头鱼人品如果不行，后天选举，大伙理应慎重！”

六

正月初二晚，祖厅内灯火通明，一堆岁火燃烧得特别旺盛，棒头鱼端坐上方，两眼射出炽热的光芒。

火映照在他泛着油光的胖脸上，他立起身，威严地扫视全场，见人已到齐，便扯着破风车似的嗓子道：“诸位，本人不才，承蒙乡亲抬举，让我兢兢业业干了三年村主任。虽说大事冇出，村里，多多少少也解决过鸡毛蒜皮的事。”

棒头鱼怀抱双拳，朝四周连连作揖。又道：“今年选举，如能连任，定会努力干得更好，更上一层楼，尽量让大家满意！”

“嘘”，不知谁戏耍地打了个呼哨。

棒头鱼忙道:“严肃些!严肃些!选举是村里的头等大事,来不得半点嘻嘻哈哈!”

众人沉默,死一般地沉默,偌大祖厅静得听见柴火燃烧的噼啪声。棒头鱼巡视过众人,又拉开了风车腔道:“我们都是喝着一口井水的人,乡里乡亲的,低头不见抬头见,选举还是现在开始吧!”

棒头鱼二弟:“我选哥连任村主任!!”

众人低着头,会场再次沉默。棒头鱼见众人不语,怕冷了场面。连忙又说:“诸位,大家要了解我的一片苦心,如若连任,我决不会偏薄亏待大家。我已干了三年村主任,多少积累些经验,不必破土开荒。”

棒头鱼见众人哑声不语,又缓缓地改口道:“要么让善宝叔当。”

众人不语,仍然无动于衷。棒头鱼见左右不是,将目光投向善宝和银同宝弟。

善宝道:“众人既然不好明选,我想还是采用无记名投票!票多者当选!”

众人纷纷点头赞同。

银同分发选票,宝弟收票,杨阔唱票,棒头鱼二弟监验,银同记数。

杨阔唱票道:“棒头鱼一票,棒头鱼两票……”

棒头鱼听得悦耳,头不由得晃动起来,手指随着唱票不由得敲打桌面。随着唱票,他的头突地呆住了!

杨阔:“善宝一票,杨阔一票,杨阔又一票……”

唱票的声音,让棒头鱼越听越刺耳,额头渐渐渗出汗珠,身子坐不住了,衣领里蒸发出一股难闻的怪味。杨阔唱毕,银同总结票数共四百六十八票,同发票相符,其中,杨阔一百二十八票,善宝一百八十六票,银同二十票,宝弟十六票,棒头鱼一百一十八票。棒头鱼看着数字似蚂蚁般跑路,喉头很是难受,他似乎要晕过去。

厅堂里,火越烧越旺,火堆“噼啪”一声响,连着蹿出一串火星,像是在跳舞。人们群情高涨,气氛很是活跃。

人们欢呼道:“善宝叔当选啦!”

“善宝伯伯当选了!”

善宝缓缓站立起来,面朝大家,心情很是激动,他摆了摆手,会场便安静下来,等待善宝说话。

善宝:“大家选举俺当村主任,是看得起俺。我本理所当然想干下去,但我年事已高，浑身是病，唯恐对不住大家！”

善宝停了停，喝了口茶，润润嗓子，接着又道：“大家请看，今年的选举，恰好冒出一匹黑马，他领头带领大家脱贫，我也闲不住，就做个帮手，替村里打打杂，凭着良心尽力为大家做个参谋，大家意见如何？”

“好！”

“太好了!!! ”

“尊重老主任意见！”

“老主任做人就是让俺大伙佩服！”

“老主任德高望重，做人就是不一样！我们顺着他的话，再好不过!!! ”

“是！再好不过!!! ”

……

年　味

思念的味道

我总抱怨日子过得不称心,常常想生活过得好些。整天忙碌奔波,无暇顾及儿女成长。

我深知自己是个不称职的父亲，大儿子学业未成，便草草跨入社会；小儿又远放外县读书，让他过早地忍受思念煎熬的滋味。

平日，只要接到儿子所在区域的电话，心里一阵激动，心跳往往又被对方的声音陡然失落，凭空徒增许多无奈。

小儿的教练时不时从微信发来照片，我总是把照片特写，瘦了、胖了、笑了。笑时是否充满着思念。端详良久，心里泛起深深歉意。

大儿子刚上班时，也曾再三叮咛，“注意身体，十天半月报个平安！”开初，倒也隔三岔五来个电话，时间长了，便生厌烦，说：“自己大了，晓得照顾。”再后，电话渐渐少了，拨打过去，问为啥不接电话。大儿要么说正在上班，要么干脆说手机坏了，没事，我很累，休息！

唉！我长长地叹了口气。

想到大学读书、上班时，父亲也是这般要求。每逢过年之时，他总问我啥时放假。回家那天，父亲便立在村口的渡槽下张望、守候，见我，轻声问：“来了！”问的次数多了，便有些不耐烦。

父亲吃惊地看着我，想说，又不说，只是默默地陪着我回家。

刚上班的第一个年关，我拎着大包小袋的年货，挤着班车下乡。为了让父亲高兴，便特地托熟人买了一条“蝴蝶”泉牌香烟，父亲看着心疼，说什么东西都不稀罕，就是想你回家团圆。

小儿放寒假了，大儿快两个月没有音信。再过十天，就是年关，看看身边的小儿，我便更想念他。煎熬中又度过了四天（也就是小年腊月廿十四），我确实坐立不安，连拨了十几个电话，又发出数条微信。后又托弟转拨，仍是毫无音信，心里便开始发慌，深怪平时粗心，要不然……无奈，茫然中，只得漫长地等待时，大儿发来微信："明日放假！初三上班！"

我急不可待地回话道："时间再短，也该回家过年!!"

儿子道："晓得!"

待急促的语调平稳后，我便想到了当年回家时，父亲欲说未说的难言表情。

堵　车

车，说来有缘!

儿时想辆精制的铁皮车，单身时想买自行车，成亲后，拖儿带女挤车。

已有好久没回老家过年。只因今年考了驾照，便赶时髦买了辆小车。之后又担心技术不精，恐怕路上出事、堵车。

前几天，乘坐大巴到省城，车到九江加油站，司机说永修路段出事堵车，车排列六七公里长，不知啥时通车。师傅只得改跑国道，车上有一位大姐到永修，她只得在吴城路口下车。此时，天正下着小雨，瞧着她的大包小袋，在车辆稀少的地方转车，担心她不知要等多久。

无独有偶，去年到县作协办事，出新一中大门时，见三轮电动车陷入车的海洋里，问咋回事！门卫说："今天放寒假，家长开车接子女。"

现在的子女读书条件太过优越，父母把他们当成温室里的花朵来培养。在校，父母陪读，寒暑假又是补习。他们都想让子女读书好，家事、田间事从不让其沾手。

去年，清明扫墓途经麦地时，我试着考问儿子，哪知小儿竟脱口而出说："韭菜!"

这事对我感触很深，当年，上海知青插队时也说麦苗是韭菜，粮食是从麻袋内倒出来的。

时今，父母望子成龙，总希望子女两耳不闻窗外事，一心只盼状元郎。

如此下去，实在让人堪忧。

于是假日里领着儿女踏青，间或带着他们到田园地扯草，让他们参加力所能及的劳动，教会他们识别和掌握农作物。

“叭！”尖锐的喇叭惊醒了我，便忙将车朝前挪动。此时，天开始下起了细雨，热心的大姐从小车里递来一把雨伞。只因身子又冷又寒，事后还是感冒了一场。

往年，商城旁的主道上，每逢节日就堵车。年关，外来车辆更多，哪怕交警忙着疏通，一堵还是少不了半个钟头，货源往往不能及时到位，谈成的生意眼看着落空。

车，既想之，又恨之。

今年回家过年，担心似乎多余的。主道上，车辆有秩序地移动，志愿者又参与交通指挥。往年，车像没头的苍蝇，一窝蜂似的乱挤瞎拥，今年，堵塞的场面几乎没有。

道与德，中国传承了五千年，在于规范和约束自己践行。如果三百六十行，行行都立德，那该有多好！想到年前的驾驶员车德与技术培训班，既提高了车技，又明确了交规，同时，更提高了司机的职业道德。

时下的生活之中，处处暗藏着急流险滩，时时出现堵车。我常问自己：人们是否被金钱的铜臭味堵住了？以至于践踏最起码的道德标准。人们风急火燎、跌跌撞撞地往前闯时，人类的文明是进步了？还是倒退了？哪怕前面是沼泽地，是万丈深渊，也要大着胆，冒着风险朝前开。不管白猫黑猫，哪怕坑蒙拐骗、贪污腐化、损公肥私、有损国誉，只要弄到钱就是好猫？

过年时，我试着问村中尚在读书的小儿辈，他们最崇拜的偶像是什么？其回答不超出网上的民意测试，崇拜明星，长大后想做明星，由此可见民族之劣病。试想：如果青少年都往明星路上闯，社会上岂不拥挤堵车？新中国成立初期，为了防洪防灾，大兴水利，人民群众饿着肚皮干得热火朝天，不怨苦，不怕累。一方有难，八方支援。

去年抗洪的一幕历历在目：洪水肆意冲毁堤坝，家园即将被毁，村民竟然麻木不仁，能静下心来玩国粹，村干部动员抗洪时，便反问道：抗洪多少钱一天？在贫富不均的社会里，弱势群体是否确实需要钱生活？

当前网上讨论老人摔倒是否上前搀扶？假如处在二十世纪七十年代，人们无须考虑，如今为何变得如此复杂？是道德超前还是落后？诸如此类，实在让人深究、堪忧。

两千年前的孔圣人曰：大德必得其寿。其后孟子说：穷不失义，达不离德。近代章炳炎道：道德衰亡，诚之国灭种之根基。马克思教育说：道德的基础是人类精神的自律。

社会之中，道德是立国之命，提高全民的文明素质教育是刻不容缓的事情，人们应该潜移默化地遵循，从而蔚然成风，形成文明的社会秩序。

道德，国家稳定、发展之根本，更是社会健康向前的最大动力。

年　味

往年，蜗居城里的斗室里过年时，要么局限春联晚会；要么立在三楼的阳台，欣赏火树银花、万紫千红的不夜天，听不停歇的爆竹炸裂声，枯燥无味。心胸被股股气浪围堵、压抑着，无故平添诸多的孤独与寂寞。

每逢年关，大弟来电话邀请下乡过年，只因父母不在人世，也就懒得打搅。

父亲尚在时，曾多次提及老家建房，囿于手头经济紧张，也就拂逆了他的心愿。随着年轮增长，思乡的念头日渐浓厚，后经别人怂恿，叶落归根，老大回家的乡愁迫我圆了父亲的遗愿。

汽车奔驰于宽阔的水泥路上，天空中不时地炸裂着烟花，预示着年味愈来愈浓。

弟像往年的父亲，立在渡槽下张望，他把我领到一座别致的三层楼前时，我倒心存惭愧，似乎房子对我陌生。好在过年的浓酽气氛包围着我。

村后的山上，断断续续响起鞭竹的爆炸声，那是村人在祭拜与缅怀死去的亲人。

想起破四旧、立新风时，迷信、祭祀一律禁止，就连听当年的盲人评书，乡亲都得躲躲藏藏。但还是杜绝不了祭祀祖先。

记得年三十下午，父亲先用竹篮盛着福礼(福鱼:最好鲤鱼、鸡神福、米粑、肉）带着我（男性）满山转一圈，凡是先人的坟前，烧几张黄表纸，燃一挂爆竹，手捻香，虔诚三拜，插好香，复三拜。

祭祀祖先更是隆重，父亲双手托着朱漆托盘，领着我，将三牲放在祖厅里的条案上，待点燃一挂长长的爆竹，先拜天地，再拜祖宗，神情格外庄严。

祖厅里的照壁和厢房，一直从上厅连到中厅，像棋盘似的。那时，发小胆子也大，常躲在厢房、照壁内的楼上捉迷藏，“乒乓!”“啪啦!”像跑马似的，大人拿我们没辙，但不敢进厢房，只因里面摆放了几副寿料。

敬过祖宗后，父亲还得回家敬灶神等神灵，祈求来年五谷丰登、六畜兴旺。

自从田地分产到户后，村里又将久藏的祖先牌位重请回祖厅神橱内。祖厅中央曾摆放过一只足有四百斤重的明代铸铁香炉，听上辈们讲：明代时一个先祖发了财，便修善积德捐献了这个香炉。少年时，我也曾见过几次，不知哪年，被外贼勾结内鬼偷去合伙卖了。今年过年祭祖，见香炉是陶瓷的。

如今，人的思想观念无论怎么淡薄，但感恩祖先、祭祀祖先的传统仍旧沿袭了，只是祭品比以前随便些，而祖厅越发庄重豪华，显赫气派。

追本溯源，年味孕育着一种浓厚的寻根文化，也是人立世生存的最起码的道德标准。

荠　菜

大弟家的年夜饭，除了日常的鸡鸭鱼肉，还特地添加了兔、羊、牛肉，大闸蟹等。可满桌的山珍海鲜，我却品嚼不出儿时的味道。

少时的农村，单门独户时兴养猪，过了腊月十六，杀猪师傅要忙到腊月二十七。正值寒假，发小便尾随着杀猪的家家涨彩，拾未燃放的爆竹。东家兴起，赏给大伙一只猪尿膘，我们乐得来回当球踢。

我家杀年猪时，父亲便交给我一挂爆竹，待猪放血时燃放。此时，父亲拿出准备好的木杆大秤，将年猪称秤，唤我再次张烟。想到平日打猪草，心底里比父亲还高兴。

年关，叔伯常把木盆、门板、楼梯扎成筏子，放入池塘，人站在筏子上，任凭怎么撒网摆动，筏子都不会下沉。直到后来学过物理，才知道其中奥妙。

村前的土滩，堆放着捕捞的鱼，待叔伯挑过相当的鱼后，全村按二十人一股分配，再由三四家抽签细分。这时，发小像泥鳅般蹿来蹦去，翻翻这条，摸摸那条。

现在，城乡的生活条件都好，平日里吃腻了饲养的荤腥。今年祭拜先人时，我见田地里长着荠菜，便建议家人挑肥青的选了一袋。

荠菜，城里也见卖，平时也常买来炒菜、包饺子。想到儿子、侄子长年在外读书、打工，团圆饭，便吩咐弟妇用柴火灶爆炒一盘。

荠菜的美名远扬，得力于历代好美食的文人。魏晋南北朝时，便有《荠赋》问世，后来，宋代的苏东坡、陆放翁，现代的周作人、汪曾祺前后接力，众口一词为荠菜唱赞歌。荠菜不仅美味，而且还有诸多功效。入药可和脾、利水、止血、明目，治痢疾、水肿等多种病。

荠菜生长田塍地角，无论土壤多么恶劣，它都能生存，默默地开着朵朵淡雅素洁的白花。哪怕间杂大蒜、蔬菜之间，也会生机盎然，油绿葱葱。

小学时，老师把我们挖来的荠菜洗干净，清水煮熟后，要求每人盛上一碗。待我们皱着眉咽下时，便讲红军长征过草地时，连野菜树皮都没得吃。队伍中，曾有一个十五六岁的小战士，他牺牲时，脸含微笑，手攥一破瓷碗。

我想，假如战士的碗里盛着野菜，也许他会活着走出草地。

今夜的团圆饭，面对满桌的山珍海味，全家人的举动，似乎格外出人意料。

人啊！不以物喜，不必奢侈，别有一番滋味在心头！

年三十夜的那些事

拜祖宗年是全村最热闹、最为隆重、男丁人数到得最齐的集体活动。

年前，村里安排得力的人到村后山上，选一些老死干枯或不成材的栗树，弄到祖厅，截成断，从三十夜烧起，便一直燃烧到正月十五。

吃过年饭，发小很少在家待得住，一心想着往祖厅里跑，身后的母亲追着，再三叮嘱别摔跤。

祖厅的中央燃起一堆熊熊的岁火，两米之外，便感觉到火的炙热。大人们围着岁火谈论一年的收入，叙说村里村外的新奇事。年夜，男人都很自由，愿打扑克的，则围着八仙桌。那时，大人打牌，整晚输赢不过一两盒香烟，现在的人，牌局不怕大，一夜之间，输赢往往相差上万。

年三十夜，村里习惯打锣守岁，安排的人员每年轮流转。打锣人很辛苦，每隔一个时辰，便围着村子转一圈。再带着在祖厅里守岁。祖厅内，其他人随时都可走动。

午夜十二点，响锣关门，祖厅里的人大多回家安睡，打牌的余兴正浓，就继续打到破天荒（即东边放亮）。打锣人便沿着村子敲锣吆喝道："开门啦！"此时，那些晦气孽障、妖魔鬼怪已被赶走，整个村庄迎来了一个万象更新、紫气东来的新年。

再过一个时辰，天已亮，男丁洗漱完毕，听到吆喝"拜祖宗啦"时，便陆陆续续向祖厅汇集，开始燃放爆竹。

全村还是生产队的时候，村里统一购买鞭炮，待两把土铳响过后，大人站在中厅的天井处依次燃放爆竹，待放完后，天已大亮，只听村主任一声吆喝："拜祖宗年！"几百号人一齐攒动，先叩拜天地，再转身叩拜祖宗，气氛特别浓烈，各自祈求祖宗庇佑新年万事如意，吉祥安康。

自落实生产责任制后，拜祖宗显得更为隆重，每户男丁根据各自的经济条件，纷纷捧着大小不一的鞭炮和烟花。

近些年，村里有的人外出打工、经商或办企业因赚了钱，便暗地里攀比。祖厅前的水泥滩前，爆竹虽然越打越多，烟花愈多愈精美，但似乎觉得少了些年味。往年，村里从小年（腊月二十四）响铳后，便一直延续到正月十五元宵之夜。

弟告诉我，村里多年没有时兴。其实，我挺想念。打铳本是一门耐心细致的活计，家对门的二喜，装火药时很有心眼，他先在土铳的眼里插好引线，再用大拇指粗的竹筒装填乌黑的火药，然后用纸轻轻压实。点放时，铳斜举过头顶，因燃放时反坐力大，打铳的人大都安排有手劲的汉子。

年铳一响，预示着年味开始浓厚，各家开始忙着到大队供销社采购年货，洋油（煤油）、豆参、糖等凭计划购买。也是孩子开始掰着指头算日子的时候，他们尾随着父亲要这买那，大人乘兴便一一答应。

我十岁左右时的一个年夜，父亲将买来的一封爆竹拆零，吩咐我在天井、厨房、猪圈等处时时燃放。

小儿前两年闹着要烟花，懂事时，便吵着玩手机、电脑，他游戏过于着迷，往往连饭都不想吃。为伊消得人憔悴，拖垮学业终不悔，寒暑假一过完，人就落膘一圈。

因在外工作，年夜饭后，出于对宗族长者的尊重，我便一一拜访。坐下来同他们叙叙话，谈谈情，同村里人相互寒暄。

大人平时在外没空打牌，三十晚相聚一起，女人大多不会计较。拜祖宗年时，打牌的人哪怕输得发疯，赢得发紫，时间一到也就歇手。

吃 酒

正月里，人都比较轻松、闲散，结婚、嫁女、互拜似流水般集中到正月。从古到今，不管哪个朝代，无论贫富，官员之间、师生之间、亲情之间等。人从相识相知，大都免不了要吃酒。吃酒是笼络感情的纽带，吃酒，标志着人与人之间的亲近关系和血脉延伸。

吃酒似乎永远吃不完，吃酒意味着人与人之间，从一种生活深入另一种生活。从生到死，荣辱与共，同舟共济，又或臭味相投。

吃酒的历史也是文化的历史，同时又是文明社会里的一种奢侈与浪费。

想到老家的酒席，是那么充满着年味，让我永远地思念与渴望。

农村的婚嫁大多风风光光、热热闹闹。米酒是自家酿造的，只要拔掉瓶塞，满厅飘着醉人的醇香。八仙桌上，分享的都是乡邻共同相帮制作的家乡菜，它赋予了浓厚、独特的地方特色。大碗鱼肉，人碗吃酒，相互传递，喜气往往空前高涨。

家乡的酒席上，总有几碗美味的三鲜薯粉、豆豉烧肉，还有滑嫩的色子薯粉，不知何时，竟退出了历史舞台，取而代之的便是稀罕昂贵的虾、鳖、蛙等，品种愈来愈多，酒席越办越奢华。

村里的乡亲总是那么好客，正月里，我被相邀参加婚礼酒席。每回吃酒，总能感觉出酒席的一些变化。酒席是人上户揽下承办的，八仙桌改换成圆桌面，就连碗筷也都改头换面。

原先，一顿酒席下来，总要忙乱村里的一帮人，借桌椅的、帮厨的……只要当事人磋商确定了人员，大伙便乐意相帮，毫不计较，充分体现了鱼帮水、水帮鱼的凝聚力量。

只因经济的迅猛发展，人们物质生活渐渐奢侈，先前勤俭节约的美德似乎与时潮不再相适应。如今，酒还在喝，菜还在吃，但议论的话题都是谁家的酒席最为丰盛。

儿时，只要村里的开席锣一响，人们便蜂拥着赶去吃酒。现在，吃酒似乎在完成一项任务，就连子女也想待在家里，图份清静自在。

平时没事，挺想念儿时吃酒情景：八仙桌、精肉薯粉、大碗轮流喝酒……虽说风俗粗鄙，却往往勾我贪杯，曾经醉过一回又一回。

坐　　轿

坐轿，对以前的官宦或有钱人家并不是什么稀罕事儿，但对女人来说是极体面的事，她一生中也许仅坐过一回，但足以让她在往后的日子里，自我陶醉，在众人面前值得羡慕与炫耀。

四奶去世已有些年头，给我的印象极为深刻。她，性格开朗、做事泼辣，说起话来，两片薄嘴唇总是得理不饶人。好在嘴无遮拦，心善。事后，便搂着别人的腰，搔着女人的腋窝哄闹，好像什么事都未发生。

女人习惯围坐一起海聊，间或扯到坐轿时，四奶的鼻翼一张一合，两眼也便格外明亮，她两腿一叉，嚷道："村里，我是最后一个坐轿来的！"

四奶坐轿，似乎是一个不争的事实，她身后的女人，要么两腿走到王家；要么是坐自行车来的。

近些年，男女结婚，讲排场，摆阔气，小车由一辆演变成一溜烟。贯穿乡村的路，因没有长远规划，狭窄得像条衣带，几个村委会的车子都从这里经过，到了年关，四乡八镇、别县外府的车子大量涌来，常常拥塞堵车。

去年的正月初三，两队婚车狭处相遇，避让不开。双方互相指责，埋怨对方，车一堵一上午，结婚的本图早到早发，弄到最后，各自后退，一直折腾到下午。

任何新鲜事物都是短暂的，随着时间推移，终将会归真返璞。

村前的路上，响过一阵嘹亮的喇叭声后，随后传来久违的口琴、箫等乐器奏起的《小桃红》或《八月桂花遍地开》等歌曲，两列花轿队伍相对从村前走过，是谁吼起了电影里插曲

"九月九，喝新酒，好酒出自咱的手……"

歌声高亢、浑厚，喜庆的气氛空前高涨。吹喇叭的两腮鼓起，吹箫的脸涨得通红，他们似斗架的公鸡；抬轿的和着节奏把轿越荡越高。轿内，胆大的九儿不时地掀帘，她多想把喜悦分享给对方的新娘。

热烈的气氛如一坛久藏的酿酒，连路散发着清醇的芳香，也许轿子结婚没有汽车豪华。但是，千年的文化底蕴，古朴、典雅、高贵的场面更能引发人们心底的共识、共鸣。

鹑　鸟

俗话说得好，亲情是把锯，拉来又拉去！

平日里，各自出门工作，难得相聚一起。正月里，沿袭风俗，大伙趁着轻松闲散，亲朋之间相互走动，巩固彼此之间的情感纽带。

小时候，我最愿随着父母去亲戚家拜年。无论到哪家，至亲都将捧出积攒的上乘食品，忙着招呼亲友，分手时，约定好回拜的日期。

那时的乡村，没有自来水和电，更谈不上有冰箱。天气乍暖时，过年的食物容易腐烂霉变。

现在，条件好了，待客的食物大都存放在冰箱里，客人随时来，都可吃上新鲜的。

近些年，妹夫靠外出卖苦力赚钱。抚州的一家砖瓦厂请他运红砖，他一人扛着两个人的事做，因此，深得老板喜爱。每年去他家拜年，都能吃到抚州当地的野羊肉、竹鼠等稀罕食物。

今年的餐桌上，妹夫捧出一大钵焖熟的肉，待我们尝过，问味道如何？

我感觉肉汤非常鲜美，不油腻，肉质细嫩，有嚼味。

妹夫介绍说：它是鹑鸟，野性大，可以飞。抚州那边，每家都会养上五六只。听当地人引荐，也就试着养了几只。

平时，妹夫设法弄来鱼虾喂养，但鹑鸟最爱食蚯蚓，只要妹夫肩扛锄头，手一招，它们尾随身后，待刨出蚯蚓，便蜂拥着吃。

妹夫又说：“刚孵化出壳的鸟便可飞上屋顶。抚州人饲养时，便剪掉它的一个翅的羽毛，鸟因失去平衡，也就飞不起来。妹起初不懂，她将两羽都剪，以致影响了鹑鸟的下蛋率。”

妹夫接着道：“鹑鸟生活习性很有规律，很难喂养，窝一旦选定好后，就别移换，不然的话，它会溜到野外寻窝生蛋。”

闲谈时，妹捧出一只小鸡似的麻鸟，说是昨天刚出壳的。她一不留神，鸟便飞到屋前的树上。

妹补充说："鹑鸟难孵，周期又长，一旦惊动，便使性子不孵。今年一窝蛋十二只，七只已出壳，现因没有暖箱设备，剩下五只不知咋办？"

其实，鹑鸟孵蛋时很尽心，它用双羽把蛋捂好，未能遮盖的，便啄下羽毛盖严，有时，风把羽毛吹走，它便再次拔下绒毛，反复数次，鹑鸟的腹部成血肉状，让人实在不忍看。

鹑鸟经济价值高，蛋营养又好。妹妹身体孱弱，却舍不得吃。如今，妹夫年纪大了，上有父母要照顾，便不再外出打工。年前，他拟定了一个详细的计划，将蛋悉数繁殖。

小鹑鸟在树上待了一阵，还是留恋伙伴，便箭一般飞向屋里。

此时，我似乎看到一群鹑鸟，正在围绕着妹夫，抢食蚯蚓与鱼虾……

游　龙　灯

老家的龙灯采用稻草扎成，俗称黄龙。

正月十一，村里安排几个巧匠，从村前的草垛挑选出金色灿烂的稻秆编扎龙灯，龙头到龙尾的节数大多为十一节或十三节。扎龙灯时，大伙围着帮忙，两岁的儿子吵着也要条龙，父亲扛不住，就编条小龙讨孙子欢心。

记得父亲也曾替我扎过小龙，回家后，他用红纸条嵌在龙嘴。

正月十二，龙抬头。村里挑选出十四个力壮的青少年，各自在龙上插好香火，在一片锣鼓声中，他们擎起龙灯，沿着村前村后转上一圈，便回到祖厅前的土滩开始盘龙，龙在龙珠的引导下，合着紧锣密鼓的节奏，一条红线上下飞舞，或腾跃，或俯卧，龙灯舞得活灵活现，少年游得淋漓尽致，方歇。

元宵节，待龙体上遍插檀香后，龙灯便在漆黑的节夜游动，缕缕的烟雾袅娜雾绕，倒给草龙平添无数的仙气。

游龙在锣鼓声中游进每家各户，待接灯的东家燃过一挂鞭炮，方迎龙进家门。擎龙珠的忙着张彩，举龙的异口同声喝彩。张彩词大多是：

龙灯进门洒金街
老板店门大敞开
左边开个金银铺

右边开个积谷仓
积谷仓里生财宝
财宝里边万担粮
老人添福增寿
中年添子增孙
少年高中状元榜……

接龙的家人喜气洋洋，忙着倒糖水、发烟、递果品，主人忙着给龙珠、龙头添香。老家的村庄比较大，龙灯游完了南头，便在祖厅前的土滩换香，待村庄北面各家游遍，已是午夜一两点钟，游龙便又沿着背靠山与村前转一圈，名曰赶散，其意是龙赶跑村庄上空滞留的晦气，暗示元宵后，村里紫气东来，万象更新。

龙灯停靠祖厅前的屋墙后，大家忙着整理口袋里的香烟、果品。香烟大多是壮丽牌、海鸟牌，五分一包，好一点的烟即是欢腾牌、大前门牌。没事，大家便学着抽烟，吵吵笑笑。

待大人挨家唱完曲，已是东边放亮，男丁便带上家里的小龙灯，在喧闹的锣鼓声中，把龙灯送到化灯的地岸边，几声铳响，伴随着爆竹的浪潮，人们开始化龙，预示着过年到元宵止，各人寻生意，希望每个人今年赚更多的钱养家糊口。

老家游龙灯的习俗已多年停歇，不知何时，村里搞起了新农村，化龙灯的场地新建了一个游乐广场。华灯初上时，村里的老人、妇女聚集广场，或唱歌，或跳舞，或健身。他们宛如一条娇龙，游弋于新时代的文化天地里。

第四辑

信笺札记

XIN JIAN ZHA JI

没有规矩不成方圆，人的心中永远有盏不可熄灭的三色灯，理念和意志才能加以千锤百炼，才能一生变得丰丰满满，活鲜的生命在你千万次的洗涤考验后，才能一生纯纯洁洁，幸福完美。

——《红绿灯》

叠起的生命

我与《九江日报》结缘，源起多年前的一次巧遇。

那时，我喜欢看书，平时，也常涂抹些文字，只因单位经济不景气，遂挂编下海。

经商并非轻松、愉快的事，成年累月，赶早贪黑，蜜蜂般飞来飞去，忙这忙那，读书之事由此搁浅。

近些年，因生意不太景气，人又上了年纪，就懒得与人比拼，抱着空些时间多看些书的想法，但又不能置生意不顾。往往刚闯进“大砖头”，又被客户讨价还价搅乱出局。思忖大部头的书无法静心进去，只能寻找些短小精悍、内容丰富、贴切生活、震撼读者的文章充实生活。

某个端午节后的一天，一客户来店买货，顺手放下一份《九江日报》，我拈起匆匆浏览了一遍，竟然被贴近社会现实、语言丰满流畅的新闻吸引了，但我喜爱读副刊《白鹿洞》的文化逸事、风物人情，更喜爱看副刊《花径》饱蘸感情、触及灵魂的散文诗歌，它似磁场般吸引住我。客户见我痴迷，耐心等待，见我看完，便道：“这是份不可不看的报纸，新闻气息浓厚，贴近家乡的人与事，切入肺腑。特别是《花径》副刊，常可品读熟人的文章，陶冶自己的情操。我最喜爱它，已订阅十年有余。”

客户真情实在的语言，惹动了我的心音，顿增了对《九江日报》的渴慕之情。

隔日，店里生意清淡，趁空跑到工商局的会议室浏览《九江日报》，竟然打开了心中的潘多拉魔盒，每天必看，这倒也误了生意，妻子数落，就干脆花钱上邮局订了一份。竟读报成癖，一看数年。

几年来，日报伴我一路走来，丰富、充实了我的生活，天长日久，激活了我心中沉睡多年的“野兽”。

每当夜静更深，我便写些生活中的亲历之事，谈些生活中的感受。试着投送，拙作渐渐变成铅字，见诸各级报刊，丰收的喜悦更加激发我创作的欲望，增进了我与《九江日报》的情谊。

鄱阳湖，生我养我的地方，我被它独特的人文、风景痴迷陶醉，学生时代就蠢蠢欲动，总想写些什么，但写出的东西不尽如人意，投诸报刊，大多石沉大海。后因生活搁浅二十多年，通过多年阅读《九江日报》后，写作水平有了显著提高，我对生活、景观的悟性有了全方位审视，激发了我文学创作的欲望。近年，再添加了一些报刊，观赏和写作角度提升到新的高度，一路酣畅淋漓，一番发挥，竟然有些成就。

饮水思源，人往往生活在现实的梦境里，我能重续文学旧梦，得益于《九江日报》的后天培养，如今，创作的欲望越来越强烈，越走越光亮。如果说我的文学梦获得第二次生命，可以说是与《九江日报》分不开的，它似一位渊博的老人，亦师亦友，循循善诱，伴我风风雨雨，似梦非梦般一路走来！

如今，《九江日报》紧跟时代，改进成现代袖珍数字版，让我们更加方便快捷，随时随地都可阅读，不可不谓之时代的脉搏。

最后我深深祝愿《九江日报》健康长寿，与日同辉！

士兵的高度

在血与火、生命与险情面前，军人的形象如珠穆朗玛峰般矗立人们的心中。二〇一六年的抗洪抢险，军人的形象再次在人民的心中得到了充分体现，并再度升华。

七月盛夏的一天，二十多辆军车闪电般疾驰，当车队徐徐进入蔡岭高速路口时，立即受到都昌人民夹道欢迎，民用、商用车辆纷纷让道，用最亲切的注目礼迎接子弟兵的到来。

这是浙江金华某部官兵接到紧急调令后，从某地抗洪处急急赶来。只因受“尼泊特”台风侵害，周溪、鄡阳等圩堤在肆意的洪涛中战栗着，险情一触即发。

当一队官兵刚赶到鄡阳圩堤时，狂风大作，天正下着瓢泼大雨。湖面被雨雾笼罩着，透过微弱的光亮度，见冲天的白浪漫过堤坝，直往坝内倒灌。

坝内坐落十余个村庄，几千亩良田。情况万分危急。官兵来不及换下汗渍的脏衣，马不停蹄地奔向圩堤。装沙袋、垒坝、加固，阻挡住迅猛飞泻的巨浪，汗水和雨水混合着，唱响军民齐心排险情的壮丽诗篇。

正在军民合力护坝战斗时，一处堤坝抵抗不了台风“尼泊特”的强烈冲击，它颤抖着撕开了一条长长的缺口，洪流似猛兽般冲进坝内，险情容不得军民丝毫犹豫，战士迫不及待地朝溃决处跳下，用血肉之躯筑成一道钢铁般的长城，有的战士被巨流冲出十几米后，不顾浑身伤痛，迅速爬上来，再次同战友一起堵住洪流。沙包在缺口处渐渐垒起，圩堤得以加固。在子弟兵与镇干部群众齐心努力下，他们经过六个多小时拼搏后，险情得到及时排除，时间已是第二天凌晨三点，战士极度疲劳，身体因虚脱而倒地，但是，他们用钢铁般的意志支撑着，直至险情稳定。

古代，大禹治水，三过其门而不入，新时期，战士再塑大禹精神。两年前，蒋一民等战士带着家乡父老的深情厚望应征入伍，远赴浙江金华驻防，现在随部队来家乡抗洪抢险，多次路过家门而不入，满头银发的母亲倚门盼望着儿子，深藏着思念，寄予深情厚望。他驾驶冲锋舟往返三个多小时，转移群众上百人，自己因淋雨过长，且极度疲劳，重度感冒，竟然晕倒两次，他喝了瓶藿香正气水，带病坚持到部队换防时，便又带着老母的眷恋、遗憾，默默地随部队离开都昌，返回几百公里的驻地。

军爱民，民拥军，军民团结战洪流。村民看到子弟兵冒雨日夜坚守抗洪，铭记在心，他们熬了一大锅青葱、生姜汤，似心疼子女般深情地催促他们喝下，好御寒防感冒。

强烈的太阳下，他们又熬来绿豆汤，送来西瓜，给战士降温降暑。战士却守着铁的纪律，不拿群众一针一线，直至坚持付钱后方才食下。

刚换防时，因同台风抗争，部队官兵无暇煮饭，村民心里挂念着子弟兵，煮上可口的饭菜送到子弟兵身边。可子弟兵们宁愿饿着，也不愿破坏纪律，直至部队与地方协商后，方才接受村民送来的饭菜。

村民程二九见子弟兵连日坚守奋战第一线，很是心疼，为了改善部队的伙食，熬夜捕捉一袋青蛙，送到炊事班，队长很感动，花钱买下后，说青蛙是益虫，又放归大自然。

因连日高温、太阳灼烧，子弟兵浑身的皮肤变红、脱皮，但他们容不得半点松懈，搭起帐篷。野外的夜晚，蚊虫特别多且毒，倘若叮上一口，立马隆起红包，奇痒难熬，蚊香毫无作用，村里的王大娘送来苦艾，浓烈的艾烟为战士驱赶蚊虫。

网上传言，火车上，某位贵妇人见儿子戴着战士的军帽，大呼肮脏，有汗味，其言行对军人是极大侮辱，有损于军人的荣誉。如今，在抗洪抢险的鱼水情中，贵妇人是何等自惭形秽，何等渺小。三汊港镇的村民吴梅荣邀来七姐妹，要求战士换下多次被汗水、泥浆浸湿的军衣，她们用娇嫩的双手反复搓洗，手洗破皮，疼痛不已，但她们毫无怨言。

金华某部子弟兵换防后，部队又为当地注入了新的血液，鱼与水的亲密组合，血与水的水乳交融，谱写了一曲动人的鱼水赞歌，在抗洪抢险的天宇里荡漾。

如今，洪水一天天败退而去，士兵在人民的心目中的地位日复一日地升高。

头发的故事

——于细微处读《名将陶侃》

一书在手，芳香四溢。阅读一本好本，犹如生活中获得一位良师益友，与他彻夜长谈，受益匪浅。特别是当今崇尚拜金主义的时潮里，更应把握人生尺度，自觉抵御污泥浊水冲击。

读同学观潮的长篇小说《名将陶侃》，犹如手捧一杯香茗；有如沐浴着和风春雨，于无声处润无声。书中波澜壮阔、惊心动魄、跌宕起伏的故事情节，丝丝入扣地把我引领到古战场。我被他独特、严谨的大手笔所折服，为篇幅中有血有肉、有思想灵魂的细节感叹不已，它犹如华丽的丝服搭配粒粒闪光的珍珠。

头发长于肤体，受之于父母，聚日月之精华，凝一生之气血。自古以来，人视它有如生命，无论成吉思汗入宋，还是多尔衮入关，征服汉人，无不从头发开始，多少汉人因它引颈被割，任其宰杀。随后，太平天国崛起，起义军与清廷对抗，又无不从头发开始，在留与不留的问题上，多少人为之纠缠，与之斗争，一时间，多少人的头割如韭菜。这慷慨悲壮的斗争，一直抗争到清王朝颠覆、“五四运动”崛起。

头发是人完美不可缺少的，是人的尊严。上至帝王将相，下至黎民百姓，肤发受之于父母，不敢毁伤，历朝历代，唯有头发，皇帝同子民才一视同仁。男女成人便要束成发髻，行弱冠、及笄之礼。

民间传说正月里不准剃头，大都期待“二月二，龙抬头”，清朝皇帝的头最难剃，且又特别讲究，剃头时间选在太阳升到东南角时，意为如日初开，剃头匠跪于帝前请刀子，若稍为疏忽，就得剃掉自己的头。

也许大家看过电视剧《还珠格格》，清朝对头发格外注重，皇后几次革发裹挟乾隆，奉劝他一心为民从政，少纳妃子，乾隆震怒，竟然把皇后尊贵的头发革去了。

古代妇女梳妆打扮，对镜半日，无不是对头发看重与保护。唐代的杨贵妃为了掩盖自身的狐臭，竟然在高高的发髻里藏有麝香。

唐代李白《秋浦歌》诗云：“白发三千丈，缘愁似个长。不知明镜里，何处得秋霜。”杜牧的《河湟》诗云：“牧羊驱马虽戎服，白发丹心尽汉臣。”白居易的《长恨歌》又云：“云髻半偏新睡觉，花冠不整下堂来！”等等，无不道尽头发的重要性。

众所周知，辛亥革命失败了，唯一的成功是革掉了辫子。鲁迅笔下的未庄，赵姓家族把“假洋鬼子”视之为邪魔、异人，不伦不类、似鬼亦妖，并对他嗤之以鼻，深恶痛绝。随着清王朝覆灭、湮没，赖于头颈上的长辫，最终跟着被革掉了。

儿时常见发小嚷嘴咒骂别人癞里仔，我也曾跟着别人羞辱耻笑，殊不知伤害了别人的尊严。

初中读到鲁迅笔下的阿 Q，深入社会现状，我对头发的体验才切肤透骨，往往因额角的瑕痕，为它时时遮掩、隐藏。假如阿 Q 长着满头黑发，他也就不怕别人叨念光与亮。

农村人的生活大都拮据、困难，哪怕家里无米下锅，妇女大都不会轻易将剪掉的长辫拿来换钱。有一回，母亲见长辫的价格诱人，家里无钱买油盐，便将珍爱多年的长辫掂量又掂量，最后还是没有动心，日后，长辫随着母亲入土为安。

天不可以一天无日，人不可以一日没发。男女双方私订终身或婚后，倘若男方背井离乡、远别故土时，女人都要男人带上她的一撮头发和泥土。无论过去多少年，无论离乡多远，男人都将一直珍藏在身边。

陶母管教儿女正直明理、深明大义的典故，曾影响过无数代人，民间至今流传甚广，宛若星河。

读罢《名将陶侃》，思想当今社会，对待寡妇尚存偏见。她们生存百般艰辛，时时遭受世俗迫害，而文中的陶母，更何况处于动荡、凋敝的封建时代。

那时，陶侃一家生活极其清贫。陶母贤惠能干、不贪小利，每天在家辛勤纺织，矢志不渝，终保贞操。犹如灿烂的光辉照耀人间，无不影响着陶侃，无不左右邻舍的灵魂，让人钦慕与尊重。

邻里的商贾，打心底敬佩陶母的美德，无奈思想作祟，但又不想玷污她的贞操。他百般煎熬，日夜思之想之，只得放出口风，渴求买得陶母的一绺长发。

陶母待客之美德，曾震撼、培植着多少代人的灵魂。鄱阳孝廉范逵投宿陶侃家，正逢连日冰雪，家中空无一物，陶母只得铡垫草喂马，砍屋柱做柴薪，想必此事尚在世人情理之中，但陶母仅因缺米下锅，竟然忍心剪发换之，这种大度之举，有悖世人情理。陶母置世俗于身外，逆时世而作为，实为天下之人感动，她的做法不仅不被世人唾弃，反而视作待客的高尚之道。

《名将陶侃》一书的细节描写众多。陶母以身作则，相夫教子的典范为他日后成就一代名将，打下了深厚的思想基础。

当今社会，多少人为了一己私欲，腐化变节，百事可为，直至坠入罪恶深渊。因此，世人更需观看《名将陶侃》，深深领教陶母的“封坛退鲊”“截发筵宾”等高尚情操，使人潜移默化地吸收其思想精髓，从而时时告诫自己公正廉洁，一心为民，防微杜渐，防患于未然。《名将陶侃》一书不正是当代人之所迫切需要的文化大餐吗？

堆 雪 人

湖边漫步，倏地发现两粒黑黑发亮的石子，拾捡起来，用心用血打磨光滑，置放在生命的角落里。

路上，踽踽漫步时，见行人如潮，匆匆而过。小儿忽然说：脚下有五角硬币，他看看我，我弯着腰，慢慢拾起来。

有一年，妻子梳理过时的衣物，无意将儿子戴过的红领巾翻落地上，我忙将它拾起，保存在记忆的书库里。

有时，我拾起遗落的一截口红，几颗纽扣，几块多彩的围裙，放置在生活里的百宝箱中。妻说我生活太过细致，我说：这就是生活中的情趣与沉淀。

南方的雪似乎很少有，终于等到某一年，雪飘飘扬扬下了一晚，第二天开门，庭院、田野里到处是白的山、白的树、白的田野。

那天，儿子起得格外早。在院内堆着一个大大的雪人，我来到他身边，忙从生活的“百宝箱”里取出石子、口红、围裙……

我将石子点缀眼睛，口红涂鸦嘴唇，红领巾系在脖颈，迷你裙套在身上。看着栩栩如生的雪人，我满意地笑笑。儿子还不满意，他说：爸，还有功勋章吗？

我笑了笑，又从口袋里掏出五角硬币，轻轻地贴了上去。不知过了多久，雪人肩上停歇着两只麻雀，嘴里不停地叽叽喳喳，似乎还缺少些什么？

红　绿　灯

你是世纪老人，历经城市沧桑更替，你是矫健的处子，分秒必争，快若闪电；你是妙龄少女，用春风般的绿意迎接往来的人与车；你是苛刻的法官，铁面无私，没有一丝宽容。

有你，人们松弛拖拉的作风得到规范；有你，毫无警惕、野马般的乱象给予严加约束。你的铁腕统治，让人车难越雷池一步。每一辆车，在你一年的评估中加以褒奖和批评。

全优，满意的微笑；优良，希冀来年努力，再上一层楼；不及格，对不起，只有勤奋努力，重新面对人生考验，从而让人跨入全优境界，否则，请你从眼里消失。

生命线在你严厉的视野里延伸，人们胆敢以身试法，立即给予生命警告。绿色的生命之光，让人与车毫无阻拦地前进，或左右跨入人生的列队。

人因亲情和贪念会丧失信念，而你的威信至高无上，不容半点质疑、跨越。

你强盛的生命力扎根天涯海角，你生命之手触及全球。你在风雨中迎接、恭送，生命在你漫长的祝福里健康成长。

没有规矩不成方圆，人的心中永远有盏不可熄灭的三色灯，理念和意志才能加以千锤百炼，才能一生变得丰满，活鲜的生命在你千万次洗涤考验后，才能一生纯纯洁洁，幸福完美。

我是只甲壳虫

我是一只甲壳虫，孤独地穿越山体，岩石磨钝我的牙齿，坚硬的土阻止我前行。我无所谓有，无所谓无，一点点、一点点朝前啃动，身后一堆堆的岩土，足以证明我勤奋地努力着。

我是一只甲壳虫，冬天，潜伏在泥土里；春天，在鸟语花香中复苏长大；夏天，笨拙的身体面对赤练蜂与螳螂进攻，竟不知天高地厚，与之对抗。也许，岁月的花纹刻在背部，记载着我短暂地存在。雪白似银的棉啊，你可曾记否？你尚是花铃未曾绽放时，我就是你坚守的勇士，日夜飞翔。面对天敌与人为的农药，无论是倒下，还是幸运地存活下来，我也要把丑陋的身子树立起形象，让娃娃骑着我憨态可掬的模样，快活地存放于可爱的记忆里。

我是一只甲壳虫，鸟啁花开的春天，硕果累累的秋季，霜欺雪压的漫长冬夜，我不知自己迷失于哪里。只是夏天躲进阴凉的叶底下，不知疲倦地高唱知了知了。由于浅薄的生活阅历，我能知道些什么？竟妄自菲薄，不知自识之明，一个孩子惊断我的梦，我知了一声，穿越过林中的树丛，蝉羽的微风轻轻将绿叶颤动，我喘息着粗气，我似乎真的感知深秋来了，冬季迫近。我知道春天向我招手，快来，快来呀！我叨念道：知了，知了，我又知多少？

我是一只甲壳虫，穿越过千年之梦。我感知汉的赋颂，唐之诗风，宋之词令，元之戏曲。文人笔尖下的风骚，引诱我蠢蠢欲动，竟然咚锵锵、咚锵锵蹚进浩瀚的海洋里，我笨拙地划动四肢，呛着海水爬上海岸，在厚实的沙滩上爬动。我的步子太慢了，慢得有如蜗牛般蠕动，我循着龟兔比赛的足迹，同快如风的兔子比拼，做着险胜兔的甜梦。也许蜗牛身后的白迹有如我的形象，我是只耐磨的甲壳虫，只能爬进我的梦河里游弋。

我是一只甲壳虫，生活把我打造。驱使我飞到这，跑到那，你可疼惜我否？一阵水柱狂注，积水成河，我漂浮着不知流向何处，我试着改换成这模那样。不管我还是不是甲壳虫，不知可曾越轨？是否有莫名的印记强贴在我的身上？让我不得安宁。夜幕降临，你的随意，可知我的感受。众人的愤怨与不满，让我萎缩拥挤在孤寂的夜晚。白天，我又被继续拖着消磨我的身躯，我的灵魂！

酒　魂

五千年的历史长河中，自从诞生了酒，便衍生了酒文化。酒文化无处不在，几乎渗透到生活中的各个领域，且根深蒂固，源远流长。

祖先酿酒，绝大多数以粮食为原料。根据酒业兴衰，便可窥视粮食的丰歉与储蓄。

酒在众多场合下，它代表一种文化符号，一种文化消费，用来象征一种礼仪、一种气氛、一种情趣、一种心境。

酒既是中华民族的魂魄，又是诡谲善变的精灵，它炽热如火，冷酷似冰；有时缠绵如梦萦，狠毒似蛇信；柔软像锦帕，锋利似薄刃。既可让人超脱旷达，才华纵横，放荡不羁，又可让人超脱人世的痛苦、忧愁与烦恼，它宛似自由的飞鸟，在时空中尽情翱翔；但它也能如溃堤的洪水淹没、毁灭人的意志，叫人丢魂丧魄，防不胜防。

古代，酒神精神开道家哲学之先河，让庄子甘愿醉卧烂泥，乘物神游四海之外；又让尼采抛弃传统束缚，回归原始，精神的超度与世界合而为一。

在文学的圣殿里，酒魂无处不在，它是自由、艺术和素养的化身，相互水乳交融，浑然一体。昔时，王羲之因曲水流觞挥毫成就《兰亭序》，开天下第一行书之先河；刘伶因“兀然而醉，豁然而醒，静听不闻雷霆之声，孰视不睹山岳之形。不觉寒暑之切肤，利欲之感情。俯观万物，扰扰焉如江汉之载浮萍”。

文人以酒为趣，斗酒为乐，激发灵感，兴趣盎然，乘兴呼出：“钟鼓馔玉不足贵，但愿长醉不复醒。古来圣贤皆寂寞，惟有饮者留其名。”“五花马，千金裘，呼儿将出换美酒，与尔同销万古愁。”酒仙李白的《将进酒》气势豪迈，感情奔放，语言流畅，成为千古绝唱的斗酒诗篇。

春江花月夜，面对良辰美景，此时，诗人心似海上明月，与海潮碧水连天般涌来，潋滟的波光激起诗人满腹情怀，面对明月，把酒问青天，对影成三人。如若此时能闻丝竹之声，观赏长袖善舞，定会将满怀愁思，尽抒纤细毫发，尽付觥爵樽杯，宠辱皆忘，大呼：“拿美酒来！”

历代先人，为了发展与传承酒文化，他们呕心沥血，勇于探索，酒文化可谓五花八门，灿若星河。如今，酱香型的茅台让人流连、浓香型的泸州老窖让人心动、米香型的桂林三花、特香型的四特无不勾人馋虫……

一方水土养一方人，一方水土生长着独特风味的粮食作物，从而酿制一份独特的甘醇，杏花村是汾酒的发祥地，它起源于商、周，有着三千年的文化传承历史，得天独厚的地理条件，独步的优良地下水资源，以及特有的酿酒微生物群，加之无与伦比的传统酿造工艺和精益求精的品牌文化理念，它凝聚着当地历代劳动人民智慧的结晶，造就了千年传世佳酿汾酒——清香型。

汾酒最能沁人心脾，入口绵长、落口甘甜，饮后余香袅袅，回味悠长，最适宜我们当地的口感，它如多米诺效应般萦绕、扎根于国内外的食客。世人对它的忠诚、赞誉与倾慕度与日俱增。几度风雨几度秋，几经考验，汾酒的辉煌业绩，必将永远载入中国二十四史，或许，这就是一种名酒铸就的文化缘分。

“借问酒家何处有，牧童遥指杏花村。”当我从晚唐杜牧诗的意境中走出，感悟到杏花村汾酒包含着一种魅力，一种时空，一种制胜的文化筹码，其富有个性的“清香文化”，根植于华夏文明的沃土，秉承了黄河文化厚德载物的精髓，传承了晋商诚信与义利合一精神的品行，它与诚信、专注一起铸就立业、守业、处世的传播合作之道，从而潜移默化地生根在世人的心海里，挥之不去，蚀骨销魂。

我曾见过一副“中国酒魂”的书法，刚劲有力、挥斥方遒，它宛如一缕飘曳的汾酒魂魄，走进千年不衰的华夏酒文化之列独领风骚。

“杏花村”，魂萦梦绕的仙境之地，梦呓中常常叨念，虽说未曾拜谒，但梦里不知多少次神游。每每瞥见“杏花村”三字时，我的神经不由自主地跳起来，心潮澎湃，激动不止，脑海立马联想到当地盛产的汾酒，似乎注定今生与它结缘。

记得刚入社会工作时，“杏花村”汾酒风靡全国。年底，单位分发福利，其中就有两瓶汾酒，一瓶立马送与老爸；另一瓶敝帚自珍近二十年，其中不知喝过多少瓶酒，就是不舍得开启那瓶。

前不久，山西文友来鄱阳湖观光旅游，便相邀来家中相聚，方捧出酒中极品，文友深知这不是酒，乃是文化交融相汇的情愫。虽说是粗茶淡饭，但食之甘饴，让简陋的斗室蓬荜生辉。

清明，我感于时节，怀念先人，每每诵念杜牧“借问酒家何处有，牧童遥指杏花村” 的诗句，心中伤情别离的滋味渐入浓重。当我举杯浅酌、首颔醉意时，让我忆起祖上先人，思念别离后的亲朋密友、老师同学。醉意朦胧，恍惚之间，我的灵感似一株小树慢慢长成参天大树，开枝散叶，滋生出一种难以言语的情愫，我忍不住吆喝道：

九月九，喝汾酒
汾酒举在咱的手
好酒好酒——

迷宫之门

夜，深沉，毫无睡意，打开门，跨入一条深长、幽暗的巷道，缓缓前行。忽地，一道闪电照亮巷道，惊乍之余，天渐渐亮了起来。愈朝前走，巷道愈见明亮、宽敞。

待走尽巷头，眼前豁然开阔。“啾！”随着一声清脆的晨鸣，一只山鹰冲向天空，盘旋着，向无边的天际飞去——

这是年少时的一个梦，虽说时隔多年，但梦境随着时间推移，似乎越来越清晰，越来越强烈。

当我从甜梦中跨入“迷宫之门”，我似乎闯入了浩瀚深邃的梦幻宫殿。

我生长农村，一直从贫困、狭隘的巷道内前行。从小学、中学直至闯进高等学府，眼前顿觉海阔天空。

自从跨上书宫的阶梯，才算真正开启了迷宫之门，眼前是瑰丽的风景。我一路饱览秀色，从报纸到书刊，从古老的孔子到苏格拉底，从哲学到厚黑学，从《诗经》《论语》《史记》、四大名著到诗歌、散文、小说；从天文地理到自然科学，广泛猎获，深入浅出，羽翼渐渐丰满。于是，我试着想飞，想飞——

梦的飞翔中途也曾停歇，读书从未间断，虽说没有撷取什么果实，但也丰富、陶冶了情操。

高尔基说：“书是人类进步的阶梯！”

假如少时未涉入迷宫之门，此生也许会过得枯燥、单调、贫乏；假如我没闯入迷宫之门，也许不会滋生、培养着文学梦，往后的路途同常人般落入庸俗的臼窠。

少年时代的我，夏夜数着满天的星星，听大人讲牛郎织女的传说；冬天围着火炉，听叔伯讲妖魔鬼怪的故事。常常吓得晚上不敢从厅堂走到厨房，就连睡觉，也会梦见披头散发、伸长舌头的厉鬼，醒来惊出一身冷汗。

农村的孩子常爱玩抓特务的游戏，村庄的柴垛、祖厅的廊坊，到处成为伙伴藏匿的地方。

一日，我和伙伴洋洋光顾公社商店时，偶见柜台里躺着日本作家横沟正史的小说《迷宫之门》，我立马被新奇的书名猎获了，回家的路上，便暗自下了买书的决心。

农村人大多是摸着鸡屁股买油盐，孩子想钱买书绝非易事。那时，我只不过十多岁，无奈之时，每日只得紧盯着父亲的口袋。见放有五元钱，趁着父亲熟睡，偷来钱。天一亮，便守着商店开门，急匆匆买来了久念的书。事后，挨了父亲几巴掌，也害得全家端午节没有肉吃。

《迷宫之门》确实让我痴迷，前后看过不少于十次。当时，乡下的煤油凭票购买，天一黑，吃完饭，母亲便捻熄灯，催促着我们上床睡觉。

我躲着母亲，在如水的月光下偷看，书中的情节跌宕起伏，扑朔迷离，引人入胜，扣人心弦。竟动了贪念，倘若自己也能学写一本侦探小说，那该多好！

如若不是大弟拆建新屋搬运后遗失，《迷宫之门》也许还会静静地躺在阁楼上的书箱里。

起初，我爱看侦探小说，缘由也许来源伙伴捣鼓的游戏。后来，我将《迷宫之门》与同学交换，才陆续接触《福尔摩斯探案集》《一千零一夜》等书籍。

农村孩子最大的幸事莫过于跳出农门，我也毫不例外。只因平时偏科，总分常常提不上去，老师、父亲规劝我各门兼爱，基于高考，只得忍痛割爱，暂时告别课外小说。

时光稍纵即逝，转眼已过半百，阅看的书籍也不少，它们带给我生活的乐趣，陶冶了情操，但影响最深的莫过于《迷宫之门》，犹如刻骨铭心的初恋情人，因它给予我最初开启智慧的钥匙。

世纪之眼

——读《世纪诗典》偶感

高尔基曾说：“书是人类进步的阶梯。”

手捧翰墨，染有书香。诵读一本好书，便能陶冶读者的思想情操，灵魂得以升华。

平时，我偏爱藏书，但更喜欢读书。每每收到文友的新书，欣喜若狂，精雕细琢拜读后，心海泛起无数的涟漪，犹如玫瑰的花香沁人心脾，随书入柜般永久珍藏。

我喜欢静下心读小说、散文，更喜欢诵念诗歌，这也许与平时生意繁忙有关。诗是泉眼，是诗人心灵的窗户，短小精粹，随手拈来，便于见缝插针地默读熟记。诗读多了，也就试着鹦鹉学舌。

近日，又收到明杰老师主编的《世纪诗典》，它倾注了编委多少心血，如蜜蜂般采百花之蕊，酿世纪之蜜，化茧成蝶，织件件似彩云般的绢帛。

书刚到手，便迫不及待翻阅，如痴如醉，如饥似渴般念读。虽说平日常也接到朋友寄的书，《世纪诗典》却以独特的选本，集千余名优秀诗人之作，卷帙浩瀚，开拓世纪之先河。巨作高档大气，洋洋洒洒，便于永久性收藏。

诵读每一首诗，犹如源源不断涌出的泉水，清澈、丰润，甘之如饴。如诗人灵魂海洋里飞溅的浪花，在《世纪诗典》的阳光下，折射七彩的光芒。

当我在浩瀚的《世纪诗典》海洋里畅游时，偶见浪花里也有我的一朵，尽管微不足道，在阳光的折射下，无论有无七彩光华，浪花中，多少看到微弱的光亮。这也是生命里尽力尽心游划疲惫喘息之时，尚能给自己些许安慰与补偿。在此，谨向编委老师深表感谢！

路遥知马力，日后的文学之路还很长很长，至于自己能走多远，能扑腾多少朵浪花，想必未知。但我义无反顾地坚持朝前游，哪怕“为伊消得人憔悴，衣带渐宽终不悔”！

愿《文学与艺术》微刊在明杰老师的统领下，越走越远，绽放出更加璀璨夺目的光华！

释放的情结

读书是我一生中最快乐的事，床头、书柜、店铺里，到处散放着各种书籍，空闲之时，便于随手拈来翻看。这种习惯由来已久。

小时候，因喜爱读书，见父亲有一本线装的《水浒传》，如获至宝。只因书中常遇到陌生字，恰好老师刚教会了查《新华字典》。此时，我多么渴望有本心爱的字典，只是家里经济困难，父亲一时拿不出钱。遇到书中不认识的字，就只得借用同学的字典查阅。天长日久，也就不好常麻烦同学。

有一回，我见父亲住房的地上掉了两元钱，捡起后跑到供销社买了本《新华字典》。放学回家，见父亲到处寻钱，只得照实说了。父亲说：后天是四月八（本地习俗农历四月初八），本想割些肉，既然钱已买了书，也就算了。

省城读书每逢节假日，便时常同雪林、亿玉两位叔结伴逛省新华书店，顺便用平时节余的钱，买回梦寐以求的书籍。

假日，我又去书店淘宝时，相中了一套《辞海》，价格十二元八角。这对于捉襟见肘的我来说，相当于一个多月的伙食费，但《辞海》对我的诱惑力量太大了，我只得咬咬牙，掏尽口袋，仅有十一元八角。当时很窘迫，心想：如此不巧，假如有一位叔在，也不至如此。售书的阿姨见我太痴爱书，便和蔼地道：“小伙子，少一元，不要紧，《辞海》先给你，下回有钱再补上！”

这件事给了我极大启发和鞭策，教会我在日后的生活里如何做人。

只因酷爱读书，买书便成了一种嗜好。参加工作后，我更加有时间光顾书店，只要瞄准了自己喜欢的书，总要想尽一切办法弄到手。书店内有位志趣相投的文友爱国，每当书店到了异常火爆、畅销的新书，他立马打电话约我到书店。

我得感谢我的妻子，只因白手起家，日常连女儿买奶粉的钱都见短缺。她有时见我像掉了魂似的，猜着我又想买书，便安慰我道：“想买书就买呗！

天无绝人之路。鬼叫我嫁了个书痴，让自己喜欢上一个穷光蛋！”

妻子同我结婚时，除了几柜书外，连她穿的袜子破了，她都舍不得买，只是用钩针在破洞上添了朵红茶花。

时至今日，家前前后后搬动过好几次，唯有书一本不少地陪伴着我。

如今，时兴电脑、网络，书店的生意渐渐冷淡。为了开支节源，进书量相对减少。为了能购买到久已羡慕的名著，只得相托爱国从新华书店的正规渠道订购。

现在，家境渐渐殷实起来，小儿也上了五年级。前几天，老师要求学生买字典，他很羡慕同学买了一套高档字典。平时，小儿勤俭节约，从不乱花钱，穿着也不和同学攀比。如今想买套心爱的字典，我想有他的理由，也就不想拂逆他的心愿。

致战友一封信

亲爱的兄弟姐妹：

大家好！

岁月如流，日月如梭。不知不觉，岁月的长河已淌过四十年，几度亲情，几度欢乐，几度挂念，全凝聚于弹指之间。

平日，老乡相聚，谈及兄弟姐妹之情时，军营里的生活犹如一束束浪花，随着醉意逐入，渐渐泛起，顿感唏嘘与留恋。

“啊！四十年，人生有多少个四十年？”大伙分别于天南海北，虽然未曾相见，但随着时间推移，兄弟姐妹之情如醇厚、浓烈的美酒，愈藏愈芳香。我们如星星、月亮般同处在一个大宇下，为了各自的家庭与事业，闪耀着辉光。

人生中，我们不奢求有多少财富，只求有轻松的心态面对芸芸众生，快活地生存，但最大的收获莫过于我们有缘结为兄弟姐妹。

记得有一句话很有哲理：人最大的成功莫过于拥有健康的体魄。在此，我们为之举杯庆贺，点上一赞。

想当年，大家来自五湖四海，兄弟姐妹的缘分把咱们揉搓在一起，哪怕生命终了那一刻，兄弟姐妹的情结终将都难分割、解开。

曾记否？同一营地，同一个操场，嘹亮的军号催促咱们列队操练；那熟悉的口号“一、二、一”一直在我们的脑海里萦回。还有，天底下，我们骑着摩托、自行车，同唱一首歌；夕阳下，咱通信兵的剪影，曾让多少人倾心羡慕。

时至今日，同乡相聚时，仍然情不自禁地同唱电视剧《火蓝刀锋》主题歌：“我爱这蓝色的海洋，祖国的海疆壮丽宽广，我爱海岸耸立的山峰，俯瞰着海面像哨兵一样。啊——”

“夜蒙蒙，望星空，我在寻找一颗星——”仰望满天的星星，我们多么地思念兄弟姐妹。

四十年相聚！我们曾日夜盼望这一天到来。当喜庆的日子即将降临时，我又将面对感情困惑与纠缠，并为爽约的行为局促不安。

我只因身处乡村，如今正值农忙时节，事务繁忙，身为一家之主，节骨眼儿上实难走脱。况且，儿女纷纷外出务工，我作为留守老人，妻子卧床需照料，还得兢兢业业地照顾孙儿辈，唯恐其学业荒废，起居与安全不周等。诸多的现实原因如丝线般缠住我的手脚，反躬自问：我能安心赴约吗？经过再三斟酌，只得违愿，在此深深致歉。我深信：只要上天保佑身体健硬，兄弟姐妹相聚的机会一定会有的！

兄弟姐妹重逢，共贺良宵的激动时刻，我将在千里之外款款深情祝福，默默祝愿大家邀对明月，举杯畅怀，激情歌唱，共庆兄弟姐妹之情天长地久，直至永远——

颂念！顺祝战友合家身心健康、愉快，万事如意！

此致！

敬礼！

都昌老兵　吴绍赣

2017 年 5 月 10 日

走向田野

从一片田野里走来，夹带着一股清新的泥土气息。那一页页的历史掌故，一汪汪碧绿透彻的湖水，一片片肥沃的田畴，一缕缕袅袅的炊烟，恍如在我的眼前铺陈开来。

《番人后裔》是杨廷贵先生的遗作，难掩一生壮志未酬，从曲家湾复杂的文化背景一路渲染开来，鄱阳湖畔典型的农村画面，及都昌方言浓缩的精华，它是世居都昌人思想的缩影。我陶醉其中，仿佛看到一个伟岸的文化人士，默默地朝我们走来，他坚实的步伐落在这片文化湖滩，留下串串蓄满水的脚印，有待于后人纵横、延伸；有待于后人将芬芳且充满原始野味的乳汁提炼、开发成飘香四溢的醇酿。

杨廷贵先生只有初中文化，从工人、厂长乃至名作家、文化评论家，他一路走来，能在文学艺术上取得不菲的丰硕成果，以及高深的造诣，原因在于他有好的心态，积极、努力进取的开拓精神，及后天对文学不畏困难、勇于攀登、孜孜不倦的求学毅力。

“无聊话少说几句，有为事多做几件！”乃是先生金良玉言的座右铭，他那脚踏实地、求实务干的精神，对文学的虔诚与追求，从他个人文集《看法》《寒号鸟》等，以及由他主编的大型综合文集《野老泉》足可见证。他对当代都昌文化事业的影响，皆可成为后来文学创作人员的楷模。如今，先生的兄弟、儿女能成为文学界的一分子，与先生的言传身教、潜移默化有极大关联。

四月，该是多情雨季，带给人们感伤的情思，怪不得唐代诗人杜牧诗曰：“清明时节雨纷纷，路人行人欲断魂！”今年正值杨廷贵先生十周年祭日，应县作协主席邱林邀约，怀着对文化前辈的一分虔诚，一分崇拜，一分思念，一分感恩，我欣然前往。

我与先生接触，多半在于他留下的文字，二十世纪八十年代末，正值鄱阳湖文化复苏，都昌始创立《鄱阳湖诗社》，我作为一个名不见经传的奶油小生，对文学满怀渴望与炽爱，偶尔应邀参加鄱湖文化的座谈与探讨，我倒有几分羞涩，总爱坐在不起眼的角落里，专心倾听前辈娓娓畅谈。记得造船厂会议室那回，会议间，一个目光炯炯、身材清瘦高个子言谈吸引了我的眼球，他即是当时很有影响的廷贵先生。后因生活困顿之故，中途辍笔二十多年，因此，我与先生失之交臂，相隔阴阳，但先生的影子在我往后的生活里被定格，许多年过去了，至今还清晰可见。

车沿着都中公路飞驰，路边精致的清明花引起我的遐思，邱林滔滔不绝地讲着先生生前的事迹，先生是鄱阳湖文化的传承人，又是都昌作协的组织和发展者。邱林详尽的叙述加深了我对先生的了解，更加深了我对先生的崇敬与思念。

先生静卧在一处山丘，或许他生前在文学道路上太孤独、太疲惫，现在也该静心闲致，怀着孝善、感恩之心陪着他的父母。

墓地，树木参天，鸟语花香。正因为他炽爱家乡的乐土，生前，从这里走出，成为鄱阳湖畔原汁原味的“土著人”，给他插上思想的羽翼飞翔，死后，魂归故里，守候着这片清静、生他养他的土地。

县作家一行肃立先生墓前，深深地鞠上三躬，这三鞠躬代表了我们对先生生前开拓都昌文化事业呕心沥血的景仰。这三拜，也是对先生离世十周年的思念之情。

回归时，我们走在田野，手脚粘着潮湿的泥土，我想：这不仅仅是简单、质感的泥土，倒是融合了先生丝丝缕缕的灵气和情感！

后 记

怀着揣测不安的心捧出第一盘菜《藜蒿》，分给读者品尝，竟获得意外惊喜，哪怕给予的是一种善意欺骗，我也欣然接受，因为它倾注了我精心设计的厨艺，让我甘愿潜心默默地、寂寞地做好一个厨师。

俗话说："蹩脚的厨师在乎烧煳的鱼！"欣喜之余，颇知志大才疏，根基尚浅。迫切需要大师与读者指点迷津，传经送宝。更需倍加努力，广泛猎获书海知识，博采众长，从而丰富、充实自己。奈何不了夜郎自大，几经呕心沥血地选料、研磨，采用甘澈的泉水配合，掺入配料，蠢蠢欲动地做出了第二道菜《山水豆腐》，希望它一如既往地得到世人喜爱。

豆腐极为普通，但生活之中必不可少，因它魂系山水，无论怎么变化，无论身处何处，其心不变。只需配与不同的食材，其风味千变万化，各有千秋。愿读者给予关爱、品食之余，赐予宝贵的偏方，以便使今后的菜肴更加美味。

俗话说：丑媳妇得见公婆面！踌躇之时，竟能得到火仲舫老师的厚爱与指教，百忙之中为《山水豆腐》作序。经同学观潮（著名作家）推荐，得以顺利出版，在此，鞠躬致谢!!!

也许，我的技艺迂腐、愚拙，漏洞百出，不合众人口味，但愿得以谅解包容，加以指正。